U0091727

福星小財迷 1

文創風 300

雙子座堯堯 著

目錄

序

雙子座堯堯

一個人一種人生，究竟什麼樣的人生才是完滿？現代人每天想的就是如何爭取更好——能力更強、工作更好、愛情更甜、生活更好……驀然回首，卻多了多少悵然？月有陰晴圓缺，人生總是有這樣那樣的缺憾。

偶然看了一部穿越重生的電視劇，突發奇想——如果有幸重生，會否堅持當初的選擇？會否選擇一種不一樣的生活？在某個轉捩點側個身，是不是會走向另一個未來？再萬一，突然穿越，重生在某個異時空，會如何面對？有記憶會如何？沒有了現代記憶又會如何？前世的性格會延續嗎？

某天，一個衝動，堯堯在鍵盤上敲出四個字——「我心安然」，我決定將這種種「如果」和「我心安然」的心態與祈望用一個故事表達出來，也來幻想一下穿越後慓悍的人生，就是親們看到的這本《福星小財迷》。

故事是虛幻的，背景是虛幻的，故事中的人物和人生都是虛幻的，但故事源於生活，總是會有些來自現實生活中喜怒哀樂的影子，尤其是性格和人生觀。當然，不是來自某個人，而是很多人，有堯堯自己，還有堯堯身邊很多認識與不認識的人，甚至只是道聽塗說來的一個感慨，或者曾經打動自己而淚流滿面的一首歌……

《福星小財迷》的女主安然本著有銀子才有底氣的原則一路走來，經過自己的努力，以及關鍵時刻正確的選擇，從災星倒楣蛋變成人人口中的福星，在親情、愛情、友情上成了真正的大贏家。人生如此喜樂，夫復何求？

清冷幹練的金領剩女冷安然因飛機失事穿越到異時空的大昱王朝。雖為大家小姐，卻是娘死爹不疼，生活過得比莊子上的佃戶還不如，好在身邊還有忠心護主的奶娘和從小一起長大的貼心丫鬟。

不可思議的是，她竟然意外找回連親生母親都不知道其存在的雙胞胎弟弟。

安然憑藉自己的技藝和得自現代的知識逐步打造起堅實的物質保障。同時，為了給自己姊弟倆尋得庇護，她爭取母族的憐惜，結交權貴，贏得明珠長公主的喜愛……小心防備、誠摯付出、步步為營，一介孤女在這個皇權至上、講究家族權勢、不知何為人權的古代，為自己編織起一個不容他人輕視的人際關係網。

而對於自私陰冷的祖母、薄情的父親、陰毒的庶母庶兄庶姊庶妹，以及那些動不動跑出來打醬油潑毒水的極品親戚，安然冷眼待之，該出手時就出手。反正已經頂著一個「孤僻暴躁，剋母薄命」的名聲，我是「孽女」我怕誰？

一心一意掙銀子打鬼子的安然，卻一不小心先後招惹了國姓的兩兄弟。一個說「在我心口繡花就要為我負責」，一個一臉深情唱著〈三生三世〉；一個自從結識以來就細心呵護、小心保護，一個是前世刻骨銘心的缺憾……糾結啊！

身隨心走，她把心賣給了鍾離浩，執子之手，與子偕老，他給了她一生的甜蜜愛戀和幸福家庭。她把腦賣給了鍾離赫，勞心勞力，為他掙錢，為他幫扶太子、穩固朝廷，最後還要賠上下輩子的約定……

第一章　既來之，則安之

盛夏的夜晚，沒有白天那麼悶熱，不時拂過來的絲絲晚風給靜靜躺在床上的安然帶來些許涼意，小丫鬟秋思拿溫水浸了棉巾輕輕給安然擦洗額頭——小心地避開纏在腦袋上的布條，以及臉頰、雙手。

床邊矮墩子上坐著的婦人倚靠著身後的桌子，一邊縫製著手上碧色的荷包，一邊默默地流淚，她是安然的奶娘劉嬤嬤。

「二小姐已經昏睡快一天了。」劉嬤嬤的聲音裡透著濃濃的擔憂和害怕。

「老李大夫說了，明天早上應該會醒的，嬤嬤妳還是回屋裡好好歇著吧，妳這病還沒好全呢，小姐醒過來又該擔心了。」

「我這老婆子有什麼要緊的，沒了就沒了，現在害得小姐這樣，我到了下面都沒臉去見夫人啊！」劉嬤嬤轉過身對著窗外，合起兩掌小聲祈禱著。「夫人啊，您在天有靈，一定要保佑小姐趕緊醒過來，平平安安的啊！」

安然閉著雙眼，靜靜聽著兩人的交談，一動不動，其實她醒來有一會兒了，在秋思端著水盆進來時才又閉上眼睛，整理著腦袋裡不斷湧出的記憶，屬於這個身體的記憶。

這個身體也叫冷安然，同名同姓，但不再是二十一世紀那個精幹冷情的金領剩女（注）冷

注：金領剩女，一般多指那些高學歷、高收入、高年齡卻還沒有理想歸宿的大齡女子。

安然，而是大昱朝福城知府冷弘文家的嫡出二小姐，今年十三歲。

冷安然的生母，也就是冷弘文的結髮妻子夏芷雲，是大將軍王夏紹輝唯一的嫡女，卻因著一個很爛、很老套的「英雄救美」的故事，不惜忤逆父母，一往情深地下嫁於寒門探花冷弘文，並將嫁妝的大半充入公中。

夏芷雲成婚五年才得一女冷安然，然後一直無所出，而貴妾林姨娘卻「生」勢浩大，生有長女冷安梅十五歲，長子冷安松十三歲，大安然半歲，還有一對雙胞胎兄妹冷安竹和冷安蘭，今年十一歲。另外，安然還有一個十二歲的庶妹冷安菊，為趙姨娘所出。

安然的生母夏芷雲在安然八歲那年得了一場大病，折騰了大半年就去了。本來就體弱、孤僻的小安然更沈默了，誰都不愛搭理。直至有一次因為跟冷安梅吵了幾句嘴，拿瓷器砸傷了冷安梅和林姨娘，冷弘文請出家法要打安然二十板子，虧得劉嬤嬤和秋思拚死護主，搬出夫人和大將軍王府，最後才以劉嬤嬤代受二十板子了結。

之後，在祖母冷老夫人的安排下，坐了一天一夜的馬車，安然被送到平縣遠郊的這個莊子上來「休養」，身邊只帶了傷勢未癒的奶娘劉嬤嬤，和僅比安然大一歲的小丫鬟秋思。

秋思是六歲那年跟著家人從邊陲的昆城到福城謀生的，路上父母都被山匪殺了，自己被哥哥藏在草垛子裡逃過一劫，而引開山匪的哥哥也不知道是生是死。秋思跌跌撞撞跑到官道上被上香途中的夏芷雲母女給救下，就留在安然身邊做了丫鬟。

至於劉嬤嬤，她從小就是夏芷雲的貼身丫鬟，作為陪嫁跟來冷家，後來配了陪嫁鋪子上的管事。安然出生的時候，劉嬤嬤不到一個月的二兒子先天不足死了，她就又進府做了安然的奶娘。沒幾年她的丈夫也病死了，就剩一個大兒子福生與她相依為命，今年十六歲，在一個木匠鋪裡當學徒。

其實夏芷雲很多年前就將劉嬤嬤一家的賣身契還給她了，給他們除了奴籍，只是她放不下年幼失去母親的安然。

除了每半年送了些粗糙的米糧過來，冷家幾乎忘記了這個在莊子上「休養」的二小姐。幸好劉嬤嬤的刺繡手藝非凡，帶著秋思做些繡活貼補家用。主僕三人的日子過得雖然清苦，但溫飽還是勉強可以的。

半個月前，劉嬤嬤病倒了，僅有的幾個錢都拿來抓了藥，這幾天才見好些，安然想給劉嬤嬤補補身子，一大早就帶著秋思去莊子前邊那條河裡，想看看能不能抓到魚，她見過莊子裡的小孩拿竹簍子在那兒撈魚來著。結果安然腳一滑，腦袋撞到了大石頭，昏死過去，再次醒來的時候，這個身體的內裡已經換成了從希臘旅遊回國遭遇飛機失事的冷安然。

「嬤嬤，妳先回屋裡睡覺吧，我今晚就在這兒打地鋪守著小姐，小姐醒來我馬上叫妳。」秋思輕聲勸著。

劉嬤嬤點點頭，拿手抹掉眼淚，由秋思攙扶著站了起來，又看了一眼安然，才慢慢走出屋子。

秋思送劉嬤嬤回屋後，拿了草蓆和枕頭、被單進來鋪在地上，把窗子關了，又幫安然掖了一下額角的一綹頭髮，把蓋在安然肚子上的被單拉拉好，便吹滅了油燈，躺了下去。

安然悄悄睜開了眼睛，在心裡嘆了口氣……

既來之，則安之，既然重獲了一次生命，總要好好地活下去。過去的一切就只能是「上輩子」的事了，好在大齡未嫁的她除了父母也別無牽掛。父母有弟弟一家照顧，又都有退休金，加上自己的高額保險，應該能好好地安度晚年。時間，能慢慢抹去他們失去女兒的悲傷。

安然放下心思，美美地睡了一覺，再次醒來的時候已經是第二天早晨，天已大亮。她習慣性地屈起十指梳壓頭皮，卻一下刮到纏在頭上的棉布條子，牽動了後腦勺腫起的包包，「嘶」一聲重重吸了口氣，真特麼的疼啊！

正推門進來的秋思一臉驚喜地跑了過來。「小姐，您總算醒了，您再不醒來，劉嬤嬤就要進城去求老爺、夫人了。」秋思口裡的夫人正是三年前扶正的林姨娘，冷老夫人的親侄女林雨蘭。

「找他們幹麼？他們知道了也是巴不得我不要醒來呢。」安然冷冷地答道。

「不管如何，您都是冷家唯一正宗的嫡出小姐，大將軍王府的嫡出外孫女。」聞聲急急趕進來的劉嬤嬤心疼地扶起安然，為她披上一件外衫，拿了大迎枕墊在安然身後，讓她坐靠得舒服點。

「然姊兒，您以後可千萬不要再做這樣的事了，您是大家小姐，怎麼能跟那鄉下娃娃一般下水撈魚呢？這次虧得沒事，您要真有個三長兩短，嬤嬤死了都沒臉去見夫人啊！」劉嬤嬤說著說著眼淚就開始唏哩嘩啦了。

「好了、好了，嬤嬤，我這不是沒事嗎？妳可別哭了，有東西吃嗎？我餓了。」安然話音未落，肚子就很積極地「咕嚕」一聲配合起來。

「秋思，打水進來給小姐洗漱一下，廚房裡有剛熬好的米粥，我去端來給小姐吃，小姐昏迷了一天一夜，可不餓壞了。」劉嬤嬤也笑了，邊說話邊抬手抹了抹眼淚就趕緊站起身奔向廚房。

秋思連忙「欸」了一聲也跟著出去了。

安然抬眼細細打量了一下這屋子，看起來這房子應該很老舊了，但屋內收拾得很乾淨，房裡的擺設也很簡單——自己正躺著的一張床，床旁一張長方形的黑漆桌子，斑斑駁駁還有不少凹坑。桌子下面一個大木頭箱子，桌子再過去是一個泛黑陳舊的木櫃子，應該是衣櫃吧，不大，高大概一百六，寬不到一百。

床的正對面就是一扇正方形的窗子，窗格上糊著的白色窗紙泛著一塊塊暗黃色，甚至黑褐色。此時窗半開著，藍色洗得泛白的粗麻布窗簾被攏到一邊，用一條藏青色的布條子繫著，窗前擺著一個木條做的大繡架子和一個包著藏青色舊棉布墊子的矮木墩子。繡架上還放著應該是做了一半的繡活，安然此時坐靠在床上看過去也不是太清楚，花團錦簇的一片。

再看桌子上，一個針線簍子，一盞油燈，一面銅鏡，還有一本翻開的書。

所有的屋什擺設都很老舊，但都擦拭得非常乾淨，擺置得很整齊。

安然拿起那本書翻了翻，竟然是一本藥理書，全部的繁體字。幸好啊，前世的安然曾在一家台資企業做了五年的總經理助理，看過不少臺灣出版的書，都是繁體字、豎式從右到左排列的，安然起初看得很不習慣，頭暈，後來看多了也就自如了。

「小姐，您可別看書了，老李大夫說您傷了腦子，一定要好好休息的。」秋思端了臉盆和一個缺了一小口子的粗瓷杯子進來。先遞過杯子讓安然漱口，又從床底下拿了個痰盂出來，安然把水吐在裡面。

秋思擰了棉巾幫安然仔細擦洗了手和臉，劉嬤嬤正好就進來了，端了一碗白粥和一小碟醃白菜，坐在床邊細細地餵安然。那米一吃就是陳年糙米，還帶著淡淡的霉味，安然在心裡長長哀呼，但面上沒有表現出來，乖巧地吃完了整碗米粥，心裡想著前世時爸爸說的話「有吃都是補」，好歹得先吃飽了，有力氣了才能想著以後怎麼能夠過得好一些不是?

用完了粥，劉嬤嬤和秋思也去廚房吃早餐了，安然才拿起桌子上的銅鏡端看自己這一世的相貌，十三歲的臉蛋還沒完全長開，但已經可見小美女的風姿——小小的瓜子臉，秀氣烏黑的眉毛，亮晶晶的深邃大眼睛，那鬈翹的長長睫毛真是安然的大愛啊，鼻子纖細而挺拔，小嘴粉嘟嘟的，唯一的缺憾是皮膚黯黃沒有什麼血色，明顯的營養不良，加上額頭上纏著的白色棉布條子，更加襯得人沒有精神。

安然把鏡子放好，輕輕合上雙眼，調整了個舒適的姿勢靠著。

嗯，雖然環境不大好，但活了三十好幾的人本來隨著飛機失事就要去見上帝的，誰知竟然返回十三歲這樣的花骨朵年華，還撿了一副美麗的外貌，前世的安然雖說不醜，可也稱不上漂亮，勝在氣質好，只能算是耐看的第二眼美女。女人嘛，總是希望自己能更漂亮的。

接下來就要好好規劃一下這以後的生活了，安然習慣性地在心裡列出自己目前面對的一切狀況和自己的所有「資本」。

首先是冷家，在原身的記憶中，自己一直沈默孤僻，不討老夫人和父親的喜愛。老夫人不喜歡夏芷雲，對安然也是淡淡的。至於父親冷弘文，基本上沒有什麼可回憶的情景，似乎從來沒有過什麼大手牽小手、摸摸腦袋、輕言教導，或者勸慰之類的親子畫面。而且她來這莊子也五年時間了，冷弘文完全不聞不問。冷家，是沒有任何可依靠的了。

然後是夏家，根據記憶中夏芷雲極少數的幾次描述，以及劉嬤嬤時不時的嘮叨，大將軍王府在當朝還是極有地位的，兩代邊關大元帥，如今一門三將，除了夏紹輝這個大將軍王外，安然的三位嫡親舅舅中，兩位子承父業，都是身有軍功的大將軍，而最小的舅舅夏燁林跟當朝天子從小交好，幼時就作為太子伴讀進宮，如今雖然沒有明面上的官職，卻時常在御前行走，眾所周知是皇上面前的大紅人。

夏芷雲是夏家唯一的嫡出女兒，父母極為疼寵，兩個哥哥一個弟弟對她也是眾星捧月，很是疼愛。可惜當年夏芷雲一意孤行，拒絕父母千挑萬選出來正在為她議婚的人選，執意下嫁冷家，傷了父母的心。雖然夏家還是為夏芷雲準備了豐厚的嫁妝，但之後來往越來越淡，加上冷弘文總是抱怨大將軍王不講情面，夏芷雲跟隨冷弘文到福城任職後，與京城的夏家更是幾乎沒有了聯繫。夏芷雲病著的時候，夏家倒是派人來探望過一次。

安然知道，在女人沒有什麼地位的古代，一個實力雄厚的親族是多麼大的底氣和依靠，現在自己的父族靠不上，母族實在有必要爭取一下。在現代都講究「人際關係是重要的生產力」，何況現在是在一個講皇權、講家族勢力、完全不知何為「人權」的古代！

當然，最重要的還是自己的實力。

財力？她目前一窮二白，母親的嫁妝在冷家手裡也別指望了，何況大部分早已充入公中。

人力？目前也只有劉嬤嬤和秋思兩個相依為命的忠僕。

能力？文科出身的安然可不知道那些什麼火藥啊、機器啊、紡織之類的東西，從小在城市裡出生長大的她對那些農作物啊、釀酒啊什麼的也完全一竅不通。安然大學裡學的是英文，在這裡完全無用，十幾年的企業管理、品牌運作工作經驗，在她有一定實力之後還可能用得上，但目前也是零用途。

倒是她從六歲開始學的蘇繡現在可真對上口了。上一世，安然幼時特別調皮，拿媽媽的話說就是「屁股上長刺似的，三分鐘都坐不住」。

而那時鄰居家從上海過來到兒子家養老的老太太是正宗的蘇繡傳人，有一手刺繡絕活和裁製旗袍的真功夫，據說她和她的師傅在上海灘還算是小有名氣。這老太太和小安然不知怎麼地特別有眼緣，向來坐不住的安然竟然可以坐在一旁看老太太繡花半天不動的，後來安然就跟老太太學習刺繡，一學好幾年，直到讀初二時老太太去世。老太太過世前甚至還將珍藏的五大本繡花圖樣送給安然。讀大學時，安然可是靠這一手繡藝兼職賺了不少學費和生活費。

接著還有什麼呢，廚藝？安然無聊時曾看過幾部穿越小說，裡面就有穿越女主賣食譜開飯店的。

還真得感謝二十一世紀那成天不絕於耳的地溝油、蘇丹紅之類的奸商傑作，弄得讀大學之前連手帕都沒洗過一塊的嬌嬌女冷安然，在能夠獨租一套一居室、擁有自己的小廚房之後，立刻開始學習給自己做好吃的，網上菜譜比比皆是啊，東南西北各大菜系、中式西式點心、泰式韓國菜日本料理……只要你想得到，基本上都能搜到。

安然成天全國各地出差，當地代理請她去的必然都是本地有名的酒樓食檔，點的也必然是鎮店名菜，引起安然興趣的，她有空就會上網查查相關做法，甚至動手試驗。當然了，純粹滿足自己的好奇心和虛榮心，能做出個大概的樣來就不錯了，要都能做出那個水準，那些大廚們可不都要買塊豆腐撞死了？呵呵。

所以，廚藝方面，安然的水準多好談不上——她承認自己沒有這方面的天賦，但菜譜、配方、製作過程可是記得多了。說起來一套套的，只要不讓她親自動手露餡，嘿嘿……

問題是不知道自己現在所在的這個時空飲食文化發展得如何，她的這些食譜和點心方子能給她帶來多少機會?

安然正在心裡獨自盤算著，劉嬤嬤和秋思拿著繡繃和一張小靠背椅子走了進來。

「小姐，您要不要躺下歇息?我和劉嬤嬤邊做活邊陪著您。」秋思擺好小椅子給劉嬤嬤坐下，回頭看著安然問道。「老李大夫說了，小姐醒過來如果有什麼不舒服啊頭暈嘔吐的，就再請他過來瞧瞧，如果沒有就好好休息，等那腫塊消了就不疼了。」

「我想出去走走，就在院子裡。」安然回答，亮晶晶的眼睛期盼地看著劉嬤嬤。她真想運動一下，老躺在這兒，腰背都躺疼了。

「這可不成，您乖乖地躺著休息，大夫說您撞到了腦袋，沒有養好不能亂動，很容易犯暈的。」劉嬤嬤想也不想就一口回絕。

安然想想也是，先養好身體，攢點精神再說吧。

她轉頭對著在矮墩子上坐下的秋思說道：「妳幫我拿本別的書看看吧，有趣點的。」

秋思忙放下繡繃，過來打開桌子下面的大木箱子，邊挑選著書邊問：「遊記好不?還是詩集?」夏芷雲教安然識字時大都帶著秋思，所以秋思認得很多字，還能寫一點。

安然低頭一看那箱子，哎喲喂，這麼多書，整整一箱子欸。

搜尋腦中的記憶，這是夏芷雲的東西，原來擺在她房間架子上的，夏芷雲過世後，安然就收拾到箱子裡收進自己的房間了，這也是她唯一能帶到莊子上來的母親的東西。

「拿本遊記吧，再看看有沒有其他風俗民情的?」安然回答。

秋思拿了本《李銘遊記》和一本《大昱風物志》給安然，安然眼尖，指著一本墨色封面的書說道：「那本《百年史傳》也遞過來給我翻翻。」

秋思遞了書過去，關好箱子就又坐回去繼續繡荷包了。

劉嬤嬤生病以來耽誤了很多繡活，一直沒有進項，可憐的一點積蓄也都抓藥用掉了，現在她們還欠著老李大夫藥錢和診費一百六十文呢，這還多虧了老李大夫心善，看她們主僕三人實在無法擠出錢來也不催著。

於是，劉嬤嬤和秋思兩人忙著手中的繡活，安然就默默地翻著書頁，瞭解她現在所在的這個時空、這個地域。

就這樣過了五天，安然粗略看完了那三本書，還透過同劉嬤嬤、秋思聊天，在劉嬤嬤的嘮叨中套出了不少資訊。

這是個與安然前世所處的那個世界沒有任何關聯的時空，安然自詡掌握挺好的歷史知識，在這兒也就半點用處都沒有了。

所幸，這是個和平的年代，當今皇上是大昱朝第三代帝王。第一代昱元帝推翻前朝，浴血拚殺中創立了大昱皇朝，不過只當政十一年就薨了。第二代昱陽帝在位二十八年，穩固皇權，鎮壓前朝餘孽的數次暴亂，收服相鄰的少數民族政權。老百姓的生活逐步安定下來，開始安居樂業。

大昱皇朝國姓鍾離，現在的第三代帝王乃剛剛登基不到三年的昱文帝鍾離赫。

一個不到五十年的新興皇朝，一位年輕的帝王——推算過去應該三十出頭，安然想，只要他不愚、不暴虐、不阿斗，此時應該正滿懷抱負要安定民心、增強國力，實現國富民強。

根據劉嬤嬤對昱文帝登基這幾年時間，朝廷推行民生政策的描述，比如減輕賦稅、鼓勵開荒、鼓勵經商、嚴懲貪官等市井小民喜聞樂見並樂於談論的事，當今皇帝應該是一個有著長遠眼光和開明頭腦的帝王。

這樣的年頭，社會風氣應該不會太壞，百姓勤勞掙錢的機會也會多一些。

第二章　麗繡坊

除了剛「醒」來的第一天劉嬤嬤不肯鬆口外，安然每天早晚都會堅持讓秋思扶著在院子裡走幾圈，她後腦上的腫包已經慢慢消下去，又沒有什麼不良反應，劉嬤嬤也就不再反對了。

這是一個不大，但還算齊整的小院，一溜三間正屋，屋子左邊有一個廚房，右邊還有一間小棚子堆了些雜物。小棚子前面空地上圍著一小圈竹柵欄，估計之前應該是養雞什麼用的。

院子裡有一棵很大的榆樹，榆樹邊上還有一口井。可惜啊，現在早已過了吃榆錢兒（注）的季節。安然抬頭看著大榆樹，愜意地眯了眯眼，嗯，她很期待明年春天的到來。

整個院子，安然最滿意的還是那一人半高的院牆，目測過去至少有兩百二。雖然舊，但看起來很結實，這在這個莊子上是唯一的。

劉嬤嬤說，冷家是從平縣俞家買下這個莊子，俞家是個商戶，已經過世的俞老太爺白手起家，生意做得挺大，但是子嗣單薄，只有一個兒子嬌生慣養長大。俞老太爺過世後，掌家的俞老爺花錢的能力比掙錢能力強，家業漸敗，虧得有個追隨老太爺多年的老掌櫃忠心得力，才得以保住俞家在平縣的幾間鋪子。俞老爺的妻子溫婉賢良，屢屢規勸夫君奮發向上，

注：榆錢兒，即榆樹的果實或種子。

學習經營，卻令得俞老爺非常厭惡她，還娶了冷弘文的妹妹冷幼琴為平妻。當年，冷家雖窮，但新科舉人冷弘文才學出眾，前途看好，而且冷幼琴也算是楚楚動人。

冷幼琴進門沒多久，俞夫人被送到這個莊子上養病，據說當年就住在這個院子裡，不到一年就病死了。夏芷雲嫁入冷家後，大半嫁妝充入府中，冷老夫人把夏芷雲名下的一大片田地給賣了，高價從冷幼琴手上買下了這個莊子。

安然身子好了，就跟劉嬤嬤、秋思一起趕繡活，她先用了三天時間把繡架上未完成的百花圖繡好。

安然繡百花圖用的還是原身記憶中的繡法，是劉嬤嬤教的。劉嬤嬤的女紅在冷府裡是最好的，府裡針線房的繡娘大都跟劉嬤嬤請教過繡藝。安然和秋思自小也是跟著劉嬤嬤學刺繡的。安然覺得劉嬤嬤的繡法很像前世的甌繡，前世安然學的主要是蘇繡，但為了博采眾家之長，增長眼界，老太太也給安然介紹過粵繡、湘繡、蜀繡、顧繡、京繡、甌繡等各主要刺繡流派的特色。加上安然本身對刺繡有著濃厚的興趣，長期以來倒是逮到很多機會欣賞、研究了不少各大流派的優秀作品，甚至是大家名品。

劉嬤嬤對安然這幾天刺繡的速度和熱忱覺得很是驚訝。之前的安然雖然刺繡很有天分，也會跟她們一起做從繡莊接來的繡活，但並不是很熱衷，繡的速度也比較慢。比如那幅百花圖，前面一半繡了將近十五天，可這後面一半安然竟繡了不到三天。

自從夏芷雲死後，安然極少開口說話，似乎對什麼都不感興趣，最經常做的事就是發呆。偶爾看看書、繡點東西，也是做著做著就發起呆來。

可是這次醒來後，劉嬤嬤發現安然活潑了一些，雖然話還是不多，但聽她們說話的時候眼裡有了明顯的興致，有時還會問一些關於夫人、關於夏家的事情，不再像以前一樣總是低著頭沒有反應。安然刺繡的熟練度和速度也比以前強太多，而且一繡起來就是連續兩、三個時辰。

秋思對劉嬤嬤的疑惑很不以為然。「這不是好事嗎？這說明小姐長大了，想通了，一定是天上的夫人保佑著我們小姐。難道嬤嬤不喜歡小姐這樣嗎？」

劉嬤嬤一愣，是啊，小姐長大了，更懂事了，這不是很好嗎？想那麼多幹啥？

這天晚上，孫大家的小石頭過來了，告訴劉嬤嬤明天他的哥哥大石頭要去縣裡，問劉嬤嬤要不要搭他家的牛車去，或者要不要幫忙捎帶什麼東西。

孫大是莊子裡的佃戶，家裡有三個兒子、兩個閨女，順序排下來是大石頭、二石頭、大丫、小石頭和小丫。劉嬤嬤經常指點大丫和小丫刺繡，兩家走得比較近，每回他們家駕牛車去縣裡，都會叫上劉嬤嬤。莊子裡的其他人坐牛車都要付車錢，一人一趟來回五文錢、單次三文錢，可孫大家從來不肯收劉嬤嬤的錢。

自從劉嬤嬤生病，接著安然受傷，已經很久沒有去縣裡送繡活了，最近三人趕了不少荷包、絹帕出來，還有安然繡的那幅桌屏和劉嬤嬤繡的一套三幅大屏風。而家裡的油、鹽都沒有了，還欠著老李大夫的錢，劉嬤嬤確實也準備去一趟縣裡。

看著劉嬤嬤跟小石頭確定了出發的時間，送小石頭出門後，安然抬起頭對劉嬤嬤說：「嬤嬤，明天我跟妳一起去縣城。」

「姊兒，您想買什麼嗎？嬤嬤給您帶回來。」安然很少出門，這還是她第一次提出要跟去縣裡。

「不是，我就是想去看看，我還沒去過縣裡呢。」安然拉著劉嬤嬤的袖子，大眼睛亮亮的滿是渴求。

劉嬤嬤心頭一軟，摸了摸安然的頭，答應了。

第二天一早，安然就起床了，約好的出發時間是辰時一刻。

今天，安然穿了一身淡藍色的交領單衣襦裙，粉紅色的繫帶，下裙打了褶子，裙襬上繡了幾隻翩翩飛舞的大蝴蝶。衣服的布料不是很好，但還算透氣舒適，縫製和繡花都是極其精美的，可以看出做衣服的人的用心。這是劉嬤嬤生病前為安然趕製的新夏衣，也是安然現在最好的一身衣服，之前的衣服都小了，還都洗得很舊、很薄。

秋思幫安然把上半部分的頭髮梳成兩個小包包，下半部分則紮了兩條麻花辮。

安然站在大榆樹下，亭亭玉立，裙襬飄飄。劉嬤嬤看著看著眼眶就濕了，小姐長大了，越來越像夫人了。等還了錢，還是得給小姐再做兩身衣服，之前的都小得不能穿了。

擔心牛車坐不下，秋思也沒要跟著去，只是再三叮囑小姐要跟緊劉嬤嬤，別走丟了。安然笑著扯了扯秋思的大辮子。「知道了，秋思嬤嬤，妳好囉嗦呀。」氣得秋思嘟起嘴，小臉兒脹得紅紅的。

安然兩人到莊口的時候，牛車上已經坐了孫大媳婦和小丫，還有安然叫不出名字的另外三人，看到她倆來了，大石頭笑著打了聲招呼，就趕上車出發了。孫大媳婦把最前面的位子讓給安然，就同劉嬤嬤閒聊起來，她知道安然孤僻，很少說話，一向不喜歡與人交談。

孫大媳婦指著安然的裙子，連聲誇著劉嬤嬤的手藝。「瞧瞧這身衣裙，哪裡比那些大家夫人小姐們的衣服差了？劉嬤嬤妳的手藝真是沒得說了。」她已經全然不記得安然是冷家二小姐這件事了。不僅她，全莊子裡應該也沒幾人記得。安然她們主僕三人的生活並不比莊子裡的人家好，甚至還差些。

劉嬤嬤的心頭卻因為這句話扯痛了，她的然姊兒本來就是大家小姐啊，可是……

安然眼睛看著前方牛車行駛的方向，默默地聽著大家的閒談。

她知道這個朝代的社會風氣還算比較開放，比如商戶是被鼓勵的而不是被看低的，比如對女人沒有像中國古代那麼苛刻。女人不裹腳，只要妳有錢交束脩便可以進女學，可以工作掙錢，但大多還是拘於繡莊、製衣坊等少數女性行業，雖然也有不少女人做生意……

牛車行駛了大約有一個時辰，才到平縣縣城大街的主路口。大家下了車，約好申時初仍然在這裡會合，就各自散開辦自己的事去了。

劉嬤嬤帶著安然沿著主街向縣城中心區走去，街道兩旁有著各類小店鋪，多數是樓下做鋪面，樓上住家，或沿街屋子做鋪面，後面院子住人那種。現在朝廷鼓勵經商，沿街住戶有很多人家就充分利用位置優勢做點小買賣，沒有經商能力的也會把自己的屋子租賃出去收取租金。

安然一路注意下來，這裡的服飾文化接近漢唐時候，布料主要有麻、棉，和各種絲織面料。這裡沒有花布，都是單色面料。「可惜啊，我這個文科生不懂印染紡織，不然就發財了。」安然在心裡暗道。

街上還有很多賣吃食的點心鋪子，主要還是饅頭、麵餅、各種餡料的包子，以及多種口味的米糕之類，品項倒不是很多。

安然轉頭問跟在身後的劉嬤嬤。「嬤嬤，在福城還有京城的點心鋪子裡，是不是有很多更好吃的點心呀？」

「那肯定呀，口味更多，味道也比這裡做得好，不過東西倒也差不多都是這些，做得更好看、更美味就是了。」嬤嬤疑惑地看著她。

「嬤嬤，是這樣的。」安然在劉嬤嬤耳邊小聲地說：「我從昏睡那天開始，連續好幾晚上都作了奇怪的夢，夢見娘親給我看了好多書，還跟我一起畫繡圖、一起繡花，還做很多吃食給我，都是我沒吃過的。那些書裡有寫吃食的做法，還有好多其他東西呢，娘親說，她希望我能用學到的這些東西過得更好。剛剛那些店裡，都沒有我夢裡吃的那些吃食，所以我在想別的地方是不是有。」安然琢磨著為以後的行為和能力找好藉口。

劉嬤嬤一臉震驚地看著安然，對，是震驚，還有驚喜，但沒有一絲懷疑。「真的嗎？

難怪我昨天晚上也夢見夫人了，夫人拉著我的手說不怪我，還說我們的日子慢慢會好起來的。」劉嬤嬤緊緊摟著安然的肩，激動得幾乎要哭出來了。

暈，這麼巧，難道是老天助我？安然差點被雷到了，在心裡驚呼一句。

不過安然很快鎮定過來，扯著劉嬤嬤的衣袖輕聲笑道：「嬤嬤，別激動，大街上呢。」

幸好這會兒她們站的位置旁邊沒有什麼人，倒也沒人盯著她們看。

「是哦、是哦，我們晚上回家再說。」劉嬤嬤用手印了印眼角，領著安然繼續往前走，但臉上抑制不住的笑容昭示著她此刻的激動和興奮，這段時間以來安然的那麼一些些小反常，此刻在劉嬤嬤心裡也都找到了答案。

安然繼續著她的市場調查，時不時停下來看看鋪子裡或攤子上的東西，有時還問問價錢。不多久，她們在一間兩層樓的鋪子前停下來。

「這就是麗繡坊。」劉嬤嬤指著店鋪的招牌給安然介紹著。「我們的繡品都是送到他們家的，他們的老闆鄭娘子有個哥哥同福生他爹是好朋友，她給我的價格還算不錯。」福生是劉嬤嬤的兒子。

安然曾聽劉嬤嬤嘮叨過，這鄭娘子之前嫁到福城，結婚才三年丈夫就病死，她帶著一個女兒被夫家幾個兄弟找藉口趕了出來，回到平縣後靠做繡活養活自己和女兒，還開了這間麗繡坊。鄭娘子繡藝精湛，處事大膽潑辣，做生意精明有手段但不失仁義，如今麗繡坊頗有名氣，在平縣幾乎與刺繡名家田家繡莊齊名。

進得店裡，安然看到大廳正中央一張圓桌旁坐著三個女人正在談事，其中兩位差不多都是三十五、六歲左右，另一位是年輕的姑娘，大概十六、七歲。桌子上堆著好些繡圖。

劉嬤嬤輕聲在她耳邊說：「那位穿著紫色衫裙的便是鄭娘子了。」

正好鄭娘子此時抬眼看過來，輕輕地向劉嬤嬤點一點頭算是打招呼了。

劉嬤嬤也沒吭聲，領著安然走到鄭娘子身後，靜靜地站在一旁。

她們聽了一會兒，知道了大致情況——跟鄭娘子談事的那兩人是一對母女，陳夫人和陳小姐。她們來鋪裡想選一幅牡丹繡圖，陳小姐未來婆婆的生辰就要到了，陳小姐準備繡一幅大屏風作為賀禮，因為那位準婆婆非常喜歡牡丹，所以這母女倆想找一幅特別的牡丹圖，可是從田家繡莊到麗繡坊，看了很多都不滿意。

鄭娘子微微嘆了口氣，建議道：「要不，妳們到福城看看，那兒的大繡坊比較多，不過福城最大的繡坊也是田家繡莊。」

「看過了，我們昨天才從福城回來的。」陳夫人苦著臉回答。

「能讓我試試嗎?我畫一幅妳們看看能用不?」安然聲音不大，但透著堅定和自信。

眾人驚訝的目光齊齊看向安然，安然從容大方的臉上帶著淡淡的微笑。

鄭娘子正想開口說什麼，那位陳小姐已經轉向她說道：「讓她試試吧，反正我們現在也找不到滿意的。」

鄭娘子笑著點點頭，讓人拿來紙筆彩墨。

安然調好各種色彩，鋪開畫繡圖專用的大白紙，就在那圓桌上畫起來。

前世安然學刺繡是與學畫同時進行的，那五大本繡樣圖她不知臨摹了多少遍。老太太曾說，只有圖樣了然於胸，才能繡出好的作品。

畫了小半個時辰，安然輕輕呼出一口氣，放下筆，退到一邊。陳氏母女倆和鄭娘子站到畫前直直盯著畫，滿眼驚豔。劉嬤嬤則是欣喜地看著安然，安然知道她此時心裡一定正在感慨著她家的夫人呢。不過這樣才好，師出有名，安然才不會讓這位對原身最為瞭解的奶嬤嬤懷疑到什麼。

「天啊，真美啊，雍容華貴又活潑生動，這是花蕾兒，這是半開的，這是剛剛綻開的，這是怒放的，這兩朵並在一起像兩張大笑臉，嗯，這墨色的葉子襯得整幅圖更加有生機。呵呵，這花下面的兩隻小雞，是在追逐蜜蜂吧？」陳小姐激動地拉著她母親的手，說道：「娘，就要這幅，繡出來一定好看。」

「是，這幅圖繡出來一定比畫的更好看，要注意的是劈線的運用，這兒、這兒，還有這兒，都要注意用劈線的方法，使光澤更有層次感，繡出來的整體效果才會更生動。」安然微笑地看著陳小姐。「另外，還請陳小姐您再注意看看，這畫裡還藏著四個字呢！」

「噢？」不僅陳小姐，其他人都一起再次轉頭盯著那幅畫。

「富貴吉祥！」還是陳小姐先讀了出來。眾人「嘩」一聲，大家都看出來了。

「這位小姐，妳出個價吧，這幅繡圖我們買了。另外，那個什麼劈線，妳可以教給我女兒嗎？我們會另外付費的。」陳夫人熱切地看著安然。

「陳夫人，謝謝妳們喜歡這幅圖，關於價格，請您跟鄭娘子談。至於劈線，我待會兒會跟陳小姐解釋一下，還會在需要劈線的位置標注記號和詳細方法。付費就不需要了，只要妳們承諾不隨便教給別人，然後多多關照我們麗繡坊的生意就可以了。」安然平靜地回答著。

劉嬤嬤輕聲在鄭娘子耳邊說了一句話。

鄭娘子深深看了安然一眼，似乎想看進她的心裡去。只見安然靜靜站在那兒，嘴角依舊掛著淡淡的笑，眼裡沒有半點波動。這就是那個傳言中孤僻暴躁的孩子嗎？還真是有意思！鄭娘子眼眸裡掠過驚嘆和深意。

「陳夫人，您別急呀，我們到裡間坐下來慢慢談，我還想跟您打聽些福城的事兒呢。劉嫂子，妳跟我們一道。」鄭娘子不忘叫上劉嬤嬤，然後開始俐落地安排著。「紅錦，妳帶安然和陳小姐到一號繡樣間，安然需要什麼妳幫忙準備。紫緞，送些茶果點心進去，哦，也送些到我們這邊來。」

第三章 合作

紅錦仔細拿著那張牡丹繡圖，領著安然和陳小姐進了一號繡樣間，陳小姐身後那個叫爾琴的貼身丫鬟也跟著。

這是一間四十坪左右的大房間，光線通透。房間的三面牆上以及牆邊的長檯子上，掛著或擺置著很多大大小小、形形色色的精美繡品，房間正中央是一套能坐下六人的桌椅，長木檯子和圓桌椅都是由上好紅木製作的。

「安然，妳叫安然是嗎？我叫妳安然妹妹吧。」陳小姐一坐下來就興奮地拉起安然的手。「我叫陳之柔，妳的這幅牡丹圖是我看過最好的牡丹繡圖，更奇特的是，妳怎麼能把富貴吉祥這四個字嵌入畫中呢，妳是怎麼做到的？安然妹妹妳太厲害了。還有還有，什麼是劈線呀？我都沒聽說過。我的女紅教習嬤嬤是從宮裡針線館出來的，她肯定都不知道。安然妹妹，妳快跟我說說。」

看著陳之柔噼哩啪啦的像放炮仗一樣，安然忍不住噗哧一聲笑出來。「之柔姊姊，妳別急啊，我這就跟妳解釋什麼是劈線。紅錦姊姊，還請妳幫我拿一套小號繡具和一些絲線過來，簡單的就行。」說實話，安然對這位直爽開朗、面部表情豐富的陳之柔小姐還是滿有好感的。

紅錦拿來一個已經固定好白色繡布的小手繃，以及絲線和配套用具。

安然拿起一根絲線，邊操作邊向陳之柔解釋劈線的用途和方法，當她運用劈成不同粗細的絲線繡了一片花瓣後，陳之柔看得兩眼發直，躍躍欲試，然而才一動作就把絲線給弄成一小團亂結，看得一旁的紅錦都跟著著急。

安然笑了笑。「熟能生巧，多弄幾次就熟練了。現在我幫妳把這圖上要用到劈線的位置標注出來，哪裡要劈成二分之一、四分之一，我都會幫妳注明。」

陳之柔猛點頭。「安然妹妹，我們還能見面嗎？我到時候要請教妳怎麼找呢？」

「有需要妳就跟鄭娘子約吧，我住在莊子上，離這兒比較遠，但偶爾我會到繡坊來的。」

安然她們回到大廳時，鄭娘子幾人已經坐在那兒飲茶了。

陳之柔開心地把手上安然繡的那片花瓣展示給陳夫人看。「娘，安然妹妹年紀雖小，這繡藝可比林嬤嬤強，我今天可是學到好東西了。」林嬤嬤是陳之柔的女紅教習嬤嬤。

另一邊，紅錦也在鄭娘子耳旁窸窸窣窣悄聲說了些什麼，鄭娘子的眼眸更亮了。

幾人又客套地聊了幾句，陳夫人就攜著女兒起身告辭。

陳之柔母女離開後，鄭娘子把安然和劉嬤嬤請回裡間的小會客廳，也就是她剛才和陳夫人談價錢的地方，桌子上還放著一張紙。

鄭娘子開門見山道：「安然，妳為什麼不自己跟陳夫人談價錢呢？那牡丹圖是妳畫的，是妳自己的東西。」

「一，這裡是鄭娘子您的繡坊，陳夫人她們是您的客人，我不能在這兒搶您的客人；二，劉嬤嬤在您的繡坊接活，這些年您給了我們很多關照，想辦法幫您解決問題、留住客人是我很樂意做的事；三，我沒有賣過繡圖，也不知道行情，確實不知這幅繡圖值多少錢；四，如果有機會，我很願意跟您的繡坊合作。我腦袋裡還有很多比那張牡丹圖更好的繡圖。」安然淡然的語氣和淡淡的微笑始終如一，讓人看不出任何的情緒波動，但她純淨的眼裡是不容置疑的真摯和真誠。

「噢？怎麼合作？」鄭娘子哂然一笑。

「繡坊跟需要繡圖的客人接洽談價格，我按照客人要求繪圖，所得費用三七開，我七，您三。有一點請您放心，如果有客人私下找我接洽，我不會接，會讓他們到麗繡坊來找您談。」

「噢？我們自己跟客人談價格，妳不擔心我騙妳嗎？另外，圖是妳畫的，我們白白收三成，妳不覺得虧嗎？」

「您客氣了，怎麼會是白白收呢，麗繡坊的知名度和客源，還有鄭娘子您的信譽、經營能力，都是您收這三成的底氣和理由，這些足夠了。」安然語氣依舊平靜。「至於說被騙，我倒真是不擔心，不說這幾年劉嬤嬤一直在跟您打交道，就說剛才與陳夫人談價格，如果您心存私心，就不會讓劉嬤嬤跟您一起進去了。」

「哈哈哈！」鄭娘子開心地大笑起來。「妳這孩子可真是不能小瞧，穩重心細、滴水不漏，一點都不小家子氣。好，我們就依妳說的合作。妳看這樣行嗎？市面上品質較高的繡圖，按圖面大小來說，一般價格在二十兩到二百兩銀子之間。我們會在合作契約中標出常用規格繡圖的價格，妳每個月給我們五張圖，規格大小我們會通知妳，至於畫什麼就由妳自己決定，我們也會根據市場喜好給妳一些建議。這些繡圖我們依契約上所列價格的七成按月支付給妳，無論繡圖是否已經賣出。另外，如果是客人訂製的，按我們與客人談定的價格支付給妳七成。我們能保證的是，所談價格一定不會低於合約上的價格。」

「但是安然，」鄭娘子喝了一口茶繼續說道：「我們對妳也有一個要求，就是三年合約期內妳不能跟其他繡莊有任何合作，包括繡圖和繡品。當然，如果妳的繡圖由妳們直接繡成繡樣給我的話，我們會按照之前給劉嬤嬤的價格另外支付費用。」

「其他都沒有問題，只是合約期能不能改為一年一簽？您知道，我家在福城，雖然在莊子上好多年了，但誰知道後面怎樣呢。」安然看到劉嬤嬤直向她點頭，應該也是考慮到這個問題了。「但是請您放心，只要沒有什麼意外情況，而我們之間也沒有傷害彼此交情的事情發生，我不會放棄麗繡坊而與其他繡莊合作的。」

「嗯，這樣吧，先簽兩年，之後我們再談。如果兩年之內妳真回到福城也沒有關係，我已經計劃在福城開分店了。平縣畢竟太小，我在福城也有些關係，重要的是我的女兒曼碧明年十月及笄後就會嫁到福城去了，我還是希望離她近些。」

「好的，那就如您所說，您讓人擬好合作契約後我們就可以簽了。」安然爽快地回應。

「喏，這是陳夫人剛剛支付的三百兩銀票，她自己提出的價錢。她們母女倆找合適的牡丹圖找了很久，妳的繡圖給她們很大驚喜，她們真是萬分感謝的。這陳小姐是湘州刺史陳大人的女兒，聽說陳大人很快就要調到京城升任刑部尚書，那邊一安頓好，她們母女就要帶陳老夫人一起過去京城了。正好陳小姐的未來夫家也在京城，明年春就要過門，她的未來夫婿是清平侯的嫡次子，她們尋這牡丹圖就是要送給清平侯夫人慶賀生辰的。」

看到安然張嘴想要說什麼，鄭娘子搶先一步。「這次的錢我就不分那三成了。陳夫人母女找了那麼多繡莊都空手而歸，卻在我這裡找到她們滿意的東西，妳這已經幫了我麗繡坊一個大忙了，何況剛才紅錦丫頭也從妳那裡偷師了。」鄭娘子堅決地把銀票塞給安然，不容拒絕。

安然想了想，不再推託，笑道：「那就謝謝您了。還要麻煩您幫我換成兩張一百兩、一張五十兩的銀票和五十兩的碎銀子可以嗎？我們正好缺了不少東西需要去採購。」

鄭娘子馬上讓紅錦按照安然的要求去辦，又對安然和劉嬤嬤說道：「我一會兒要出去辦點事，剛好妳們去逛街採買，晚上回到這兒來我們一起吃飯，然後簽合作契約。飯後我讓車夫張叔用馬車送妳們回莊子。」

安然正在愁著，她準備買好些東西，可是又不想讓莊子裡那些人知道什麼。孫大家的人還好些，可車上還有三個看上去就很八卦的女人呢。這下可好，瞌睡就有人送枕頭。

安然趕忙應了，並跟換了銀票和一包碎銀子進來的紅錦說：「紅錦姊姊，我們會讓店家把我買的東西送到麗繡坊來，妳交代人幫我收一下可以嗎？」

紅錦點頭笑道：「當然可以，妳們讓店家把東西交給綠綢姑娘收就可以了。」

安然把銀票、銀子都交給劉嬤嬤收好，拉著劉嬤嬤高高興興出門了。

她是真的開心啊。據說這一般人家二十兩銀子就能過一年了，她現在有三百兩欸，怎麼也算是小有錢財了。

銀子是底氣啊，不管在哪個時空，沒有錢都是萬萬不能的。她冷安然在哪裡都不願意虧待自己，好日子要靠自己去爭取，何況這一世她還攤上那麼一個垃圾家、垃圾爹。想到那個垃圾冷家，她用力甩甩頭，先丟一邊去吧，那是需要慢慢謀劃的，急不得。

劉嬤嬤也很高興啊，她今早還在發愁來著——老李大夫那還欠著一百六十文錢呢，小姐的夏衣幾乎都小得不能穿了，家裡只剩下一點點的醃白菜了，還有米也快沒了，這次的米也不知道能不能按時送來，一般都至少要拖上一、兩個月的，而且還總是不夠數。

可是現在不用愁了，她的然姊兒多能幹啊，一幅繡圖就賣了三百兩，這以後每個月還有呢。想想她們之前只能靠一針一線十幾文、十幾文地賺，碰到大的繡品最多也只是三兩、五兩的，還很少有機會能接到大活。

這要不是在外邊，她真想跪下來給夫人拜三拜了。現在小姐又能幹又大方，都是虧得夫人進入小姐夢中辛苦教導，夫人就是放心不下小姐啊。

想到這裡劉嬤嬤又一陣心酸，夫人的靈位供奉在泉靈庵，她們離開福城到這莊子上五年了，都沒機會去庵裡祭拜，也沒能去墓前祭掃。

安然注意到劉嬤嬤剛才還喜氣洋洋的臉上突然籠上一層哀傷，小心地問道：「嬤嬤，怎麼了？」

「沒，沒什麼，就是突然想起我們已經有五年沒去祭拜過夫人了。」劉嬤嬤回答。

「嬤嬤，別傷心，我娘知道我們過得好就會很開心的。等明年清明，我們回福城去祭掃。」安然安慰著劉嬤嬤。

「可是老爺會讓我們回去嗎？這麼多年了府裡都沒派人來接我們。」

「不需要他接，只要我們有錢就可以自己僱輛馬車過去，祭掃完再回來。」

「這……行嗎？」

「當然行了，好了，嬤嬤，我們現在不說這個了，有好多東西要買呢。」安然拉著劉嬤嬤的手撒嬌道。

「好，好，我們去買東西，我還要給我們然姊兒扯幾身衣服呢。」劉嬤嬤又開心地笑起來。

她們先進了一家米糧鋪子，安然可不想再吃那發霉的米了。米有好幾種價格的，安然選了中等偏上的要了一袋五十斤。又要了一袋麵粉、二十斤糯米、二十斤花生、二十斤紅豆、二十斤綠豆、二十斤紅棗。她們家三個女人啊，都是一臉青菜色，可得好好補補。

劉嬤嬤張了張嘴，想了想，還是沒有說什麼，付了三兩銀子並六百文錢。看著安然黯黃的小臉心裡想著，小姐這幾年真是受苦了。

米糧鋪的小夥計笑得見牙不見眼，笑咪咪地應承著很快會打包好送去麗繡坊。聽到安然說要買糖，小夥計又殷勤地把她們帶到隔壁的雜貨鋪子，原來兩家店鋪是一個東家的。

安然買了糖、鹽、醋、薑、辣椒、紅酒（權當料酒用了）等雜七雜八的東西。竟然還很意外地看到了蜂蜜，立刻欣喜地買了一大罐，店裡的夥計樂呵呵地免費送了一小包芝麻糖給她。

原來在這裡買蜂蜜的人很少，都是那些有錢人家才會買的，買那麼一罐蜂蜜可以買五十斤糖了。

安然交代夥計將這些東西跟隔壁的米麵一起送去麗繡坊。

一番採購下來，安然的肚子咕咕叫了起來，早起喝的那碗粥，這會兒早不知哪兒去了。

「嬤嬤，我餓了，這縣城最好的酒樓是哪裡啊？」安然問道。

「啊？小姐，不用去酒樓吧，貴得不得了，也不見得好吃。嬤嬤帶您去牛家麵攤吃麵好嗎？味道很好的，嬤嬤讓他們給您多放點肉絲，再加一個雞蛋。」劉嬤嬤真是覺得去酒樓太浪費了，還要最好的酒樓？她哪吃得下去呀？

安然早就知道劉嬤嬤會反對，拉下她小聲在她耳邊說：「嬤嬤妳忘記啦？我娘在夢裡給我看的那些書裡有好多吃食的做法，我就想去最好的酒樓看看他們做的菜裡有沒有，我們有沒有機會可以掙銀子啊。」

「您想幫他們做菜？這絕對不可以的。還是，您想開酒樓？可我們也沒那麼多銀子啊？」劉嬤嬤還是一臉不贊同。「然姊兒，您是大家小姐，是大將軍王的外孫女，不好成天想著掙錢的，嬤嬤一定會想辦法讓您早點回冷府。」

「嬤嬤，妳就跟我去吧，吃進自己肚子裡又不虧。我都很多年沒吃過好吃東西了。」安然沒辦法，用上了哀兵之計。

大家小姐？有天天喝霉米粥配鹹菜的大家小姐嗎？安然在心裡翻了無數個白眼。

「唉，走吧，縣裡最好的酒樓是雙福樓，雙福樓在很多地方都有，包括京城裡。在平縣就一家，福城有三家呢。」劉嬤嬤終究還是妥協了，帶著安然往雙福樓方向走。

雙福樓門前許多人正圍著牆上貼著的一張紙熱烈地討論著什麼，安然笑著跟劉嬤嬤說：「莫不是這酒樓招夥計吧，那邊好熱鬧的。」

「小姐說笑了，您看那些人的打扮，像是肯做夥計的人嗎？都是些讀書人呢。我們雙福樓推出兩項活動，為期六天，今天是最後一天了，他們都想贏得彩頭呢。」酒樓門口迎客的一位夥計將安然和劉嬤嬤迎進門。

夥計暗暗打量著這看似主僕的兩人——年紀大的那位穿著一身洗得發白的藏青色粗棉

布衣，但乾淨整潔，整個人沒有絲毫粗鄙之氣。而那位一身粉藍的小姑娘，衣服面料不是很好，但做工精良、刺繡精美，言談之間透著一股從內而外的貴氣。

碰巧這位夥計是從福城店暫時調過來培訓新店夥計的，見多了富貴人家的夫人小姐，他倒是沒有忽視安然身上那種不同於尋常小姑娘的氣質。

夥計一邊引領著二人上樓，一邊繼續解釋著。「我們這分店不是新開的嗎？因此正在求徵一副好對聯，掛在酒樓大門口，被徵用的可以獲得獎金二百兩呢，這不，一個個躍躍欲試，可惜這都最後一天了，還沒有被我們大少爺看中的。」

「呵呵，酒樓對聯啊。」安然腦中突然浮現出前世經常去的一家酒樓「江南美」門前的對聯，腦裡想著，嘴裡卻不由自主地唸了出來。「有名廚，廚有名，名揚四海；迎客松，松迎客，客滿一堂。」

不料，此刻正下樓，恰巧與他們擦肩而過的兩人腳下一頓，停了下來。其中那位年輕的公子欣喜地看向安然。「好句子，好對子！有名廚，廚有名，名揚四海；迎客松，松迎客，客滿一堂。我們大堂牆上那一幅畫不就是迎客松嗎？好，太好了，姑娘真是好才華！」

呃，我這可是抄襲來的耶，臉紅ing，誰知道你們牆上剛好有一幅迎客松圖，我也沒打算唸出來給你們聽的呀！安然面上一怔，心裡囧然。

只見那位夥計恭敬地向那兩人招呼道：「大少爺、馬掌櫃。」

反應過來的安然淺淺一笑。「小女子聽到這位小哥說到對聯，就隨口說著玩的，讓二位見笑了。」

「欸，哪裡見笑？姑娘這副對聯不僅順口、貼切，而且大氣，讓人印象深刻。馬掌櫃，這麼好的對聯你們可要兌現啊！」大少爺最後一句話是轉向那位留著可愛八字鬍的馬掌櫃說的。

「當然當然，姑娘先上樓用餐，二百兩銀子的獎金我們一會兒就送上來。」馬掌櫃趕忙應承，又對那位大少爺說道：「大少爺，我馬上安排人把這副對聯刻了，掛在大門上。」

「趕緊的，對了，多刻一副，掛在那幅迎客松圖的兩邊。」大少爺滿面笑容地回答。「我還準備讓所有的雙福樓分店都用這副對聯。」

他再次轉向安然道：「多謝這位姑娘了！姑娘請上樓，我們就不耽誤姑娘用餐了。阿根，好好為姑娘介紹我們雙福樓的特色菜。」說完與馬掌櫃一起高高興興地邊討論邊下樓去了。

那位叫阿根的夥計此刻心裡也高興啊，慶幸剛才沒有看輕這對主僕而把她們拒之門外。

第四章　佛跳牆

阿根把安然兩人帶上樓，問道：「小姐，這二樓用屏風隔成了兩個區域，屏風後面那個區域是專門接待夫人小姐們的。請問您是在那兒用餐，還是要一個包房？」

「不用包房了，你幫我找一個靠窗的位子即可。」安然回答。

她們在臨街靠窗的一張桌子前坐下後，另有一個小夥計馬上送上茶水和菜單。

安然看了一遍，雞鴨魚肉蛋、各種菌類、蔬菜……品種倒是挺多，但從名字看，做法應該比較單一，剛才一路走過來她悄悄瞄了幾眼別人桌上的菜時就猜想到了，基本上就是蒸、燜、炸、煮，要不就是湯，炒的都很少。

「這樣吧，你看著幫我上四樣菜吧，要你們大廚拿手的，兩葷兩素，再加一個清淡點的湯。」安然對阿根說道。

「好咧。」阿根略想了一下就開始推薦。「那我們給您二位上清蒸鱸魚、八珍燴雞塊、白菜燉豆腐、油燜春筍可好？再加一個五彩肚絲湯？」

「聽起來不錯，就照你說的上吧，謝謝你。」安然欣然點頭，這個夥計真有心，這些應該是他們店裡賣得很好的特色菜，但不是最昂貴的那些菜，比如海參、鮑魚、魚翅之類高級食材做的菜。

「哎喲小姐，您太客氣了。二位稍等，喝點茶潤潤，菜很快就上。」阿根笑著打了招呼就趕忙送菜單下去了。

「然姊兒，這幾樣菜很貴吧？」見旁邊沒有人了，劉嬤嬤小聲問道，但沒有之前那麼心疼了，一會兒不是還有二百兩銀子送上來嗎？她現在怎麼看他們家小姐就像一個會吸銀子的財神娃娃呢，呵呵。

「嗯，我剛剛看過那菜單，應該要三十八兩銀子吧。」安然優雅地喝著手中的茶，愜意地看著窗外。不得不說雙福樓這位置真是好啊，基本上就是這座縣城商業街的中心，此刻外面人來人往，逛街的、沿街叫賣的、擺攤子做生意的，還有南來北往的客人，很是熱鬧。

突然，安然注意到一張臉，好熟悉的感覺，讓她的心猛烈一跳，正想細細再看，那個身影在人群中一晃就找不著了，掩沒在熙熙攘攘的人流中。

還沒等安然回過神來，就聽到那人群中有人大叫一聲。「小偷啊，抓小偷。」然後一晃眼，她又看到了那個給她熟悉感覺的身影，好像是一個瘦小的孩子，衝出人流，一瞬間便不見了。不知為什麼，安然的心裡有一種悶悶的憋得很難受的感覺，她說不清，只是覺得難受，真是一種怪異的感覺。

剛才安然突然眼神一凝像在找什麼，劉嬤嬤就注意到了，看著安然臉色不斷地變化，劉嬤嬤嚇得握住了安然的手。「姊兒，您怎麼了？哪裡不舒服嗎？」

又連續呼喚了兩聲，安然才回過神來。「沒事，嬤嬤別擔心，突然間感覺好難受，很奇怪的感覺，現在沒事了，我喝口茶壓壓就沒事了，妳別慌。」

「啊？是不是又覺得心悸、心悶？」劉嬤嬤趕忙給安然的杯子裡添了茶，看著她喝了一大口，才繼續問道：「好些了不？這兩、三年妳都沒有這樣了，今天怎麼又……」

看見安然懵懵地盯著自己，滿眼的疑問，劉嬤嬤笑了。「您忘了，以前啊，一年裡總有那麼一、兩次，您會嚷著心裡難受，問您怎麼難受您又說不出，不過一會兒就好了，請大夫看了也說沒事。最嚴重的一次是在您四歲的時候，有一次您正睡午覺呢，突然大哭起來，說火燒，痛痛，問您是不是作惡夢了，又搖頭。夫人還特意帶您去泉靈庵住了幾日給您壓驚呢。」

啊，這麼怪異？安然正想張嘴問什麼，阿根帶著小夥計上菜來了，想想估計也問不出什麼來，她就準備開始使用這嘴巴的另一項功能了，吃。

首先，那裝菜的碗盤都是描繪著花紋的細瓷器，特別漂亮，安然心裡盤算著這些盤啊碗啊什麼的估計都不便宜。加上菜式本身的好賣相，還有那精心擺置、用來裝點菜餚的嫩綠菜葉、蘿蔔雕花等，更是讓人看了就好心情、有食慾。

還別說，這幾道菜無論色、香、味都是上佳，真不愧是全國連鎖的大酒樓。當然，安然自動忽略了她已經吃了半個月霉米就鹹菜這個重要因素。

安然特別偏愛那道白菜燉豆腐，雖是最普通廉價的食材，但一吃就知道那白菜是專門挑整棵菜中間的嫩菜心，豆腐尤其細膩嫩滑，還有，這道菜應該是用特製的高湯細火燉出來的。

劉嬤嬤看見安然吃得香，也很開心，拿著筷子不停為她挾菜。

「嬤嬤，」安然嚥下嘴裡的一口魚，勸道：「妳自己吃吧，別忙著給我挾菜，這麼多我哪吃得完呀，妳趕緊自己多吃點，可別浪費了。」說完還調皮地向劉嬤嬤眨了下眼睛。

劉嬤嬤瞋了她一眼，兩人相視一笑，靜靜地吃了起來。

這是她們五年來吃得最好的一餐飯了，劉嬤嬤心裡想著。

安然吃到八分飽時就放下了筷子，前世養成的習慣，再餓都只吃到八分飽。

從很小的時候起，安然總聽到她那老中醫外公念叨著「要得身體好，吃飯八成飽」，久而久之，這種觀念深深刻入她的腦海中，加上女人都怕胖，執行起來就更有動力了。

來到這個時空以來第一次吃飽了的安然，很滿足地開始感慨——好吃啊，連這白米飯都好吃，現代的那些泰國香米啊什麼的都比不上。當然了，前提是米沒發霉。

劉嬤嬤前面吃得少，這會兒見安然不吃了，她可不想浪費這麼貴的東西，繼續戰鬥著。

安然正專心研究著手中的細瓷茶杯，馬掌櫃就帶著阿根過來了。馬掌櫃笑得一派和藹，如春風拂面。「小姐，您吃得可好？有沒有什麼不合心意的地方？」

「很不錯，好吃，阿根推薦得也好。」安然笑著回答。

「小姐喜歡就好，這是您那副對聯贏得的彩頭二百兩銀子。」馬掌櫃雙手遞過一張銀票。「另外，可否占用小姐一點時間？我們大少爺覺得小姐才思靈敏，想請小姐再幫一個忙。」

啊，不會讓我寫詩作對聯吧？我只是碰了一次巧而已！可不敢玩火。

安然連忙答道：「你們大少爺謬讚了，小女子不才，只是碰巧作了一副能入你們耳的對聯，實在不敢再獻醜。」

「小姐太過自謙，是這樣的，這也是我們雙福樓這次推出的第二項活動，就是為我們新推出的一道大菜起個響亮好聽又貼切的名字。」馬掌櫃解釋道。

起菜名啊，這還有點好玩。前世安然享受美食的同時可喜歡研究那些富麗堂皇、充滿喜氣的菜名了，而那些高檔酒樓的服務生們解釋起菜名的來由和故事也是頭頭是道，讓人聽了就吃興盎然。

「聽起來滿有趣的，要不我試試，不過起得不好你們不要介意哦。對了，是不是要讓我先嚐嚐？」安然玩心大起，品嚐美食可是她非常感興趣的事呢，雖然此時才剛吃飽。

此刻安然兩眼亮亮的，如同黑夜裡最閃耀的星星，微微翹起的嘴角還帶著一絲俏皮，馬掌櫃不知怎的就想起了家裡那五歲大的小孫女，每天回家的時候，小孫女猜他帶了什麼好吃的東西時就是這副表情。

「呵呵，這是自然。」馬掌櫃笑得兩撇鬍子都翹起來了。

此時阿根從一個小夥計手裡接過托盤放在安然面前，輕輕打開托盤上細瓷罐的蓋子，頓時香飄四座，旁邊幾張桌子都有人抬眼望過來，還有人馬上招手找夥計過去詢問。

安然用勺子舀了一口湯，輕輕吹了吹，無比優雅地送進嘴裡。「嗯，湯濃色褐，厚而不膩，真是好湯。」

在一旁坐了下來的馬掌櫃瞇了瞇眼，沒有接話，心裡卻在震撼，這個小姑娘看上去應該只有十二、三歲吧？

安然又舀了湯裡的食材揀看，果然看見雞、鴨、豬肚、蹄尖、魚翅、海參、鮑魚、鴿蛋、香菇、冬筍等東西，嚐了一口，爛而不腐，唇齒留香。

暈，這不是佛跳牆嗎？雖然比安然前世吃的佛跳牆少了幾樣東西，味道差了一點點，但這就是佛跳牆啊！

「咳咳！」馬掌櫃見安然不可置信又像有點疑惑的表情，開始介紹道：「這是我們一個老廚師經過多次試驗新推出來的大菜，用料精細，做工繁雜。吃起來軟嫩柔潤、濃郁葷香，又葷而不膩。您面前這一小罐，我們要賣六十兩銀子呢。」

安然莞爾一笑。「罈啟葷香飄四鄰，佛聞棄禪跳牆來。馬掌櫃，這湯就叫佛跳牆如何？」

「佛跳牆，佛跳牆……小姐，您稍坐，我這就去告訴我們大少爺。」興奮的馬掌櫃幾乎是跳起來奔下樓去的。

安然忍不住噗哧一聲笑出來，這可愛的小老頭，要不要這麼激動啊。

阿根笑著向安然解釋。「我們大少爺和馬掌櫃已經為門口的對聯和這道菜名發愁了很長時間。小姐您再品品這湯，我過去那邊看看。」他說完向屏風另一邊走去。

安然將那瓷罐挪向劉嬤嬤，笑道：「嬤嬤也嚐嚐，六十兩銀子呢。」

劉嬤嬤吃了兩口也是驚嘆不已。「真是美味啊，不過也貴得嚇人！」

話音剛落，馬掌櫃卻是又奔回來了。「小姐，能否過去那邊的包房坐坐，我們大少爺想同您談談。」

安然看看劉嬤嬤，見她點了點頭，便應了起身，嬤嬤也不喝湯了，跟著站了起來。

馬掌櫃領著安然二人進入最靠近樓梯的包房，那位大少爺已經坐著了。

見到安然她們進來，大少爺連忙站起來招呼道：「姑娘快請坐，馬掌櫃說姑娘不僅才思敏捷，對美食似乎還很有研究呢。」

「什麼研究啊，我貪吃罷了。」安然笑道。

呃，這小姑娘還真是……爽直，就這麼毫無顧忌地說自己貪吃，還說得那麼「理直氣壯」。

「民以食為天，會吃，是一種福氣，更是一種能力。像姑娘這般會品味美食，又能抓住美食的內涵，給美食賦予一個好名字，這能力可不多見。不瞞姑娘說，在下也貪吃呢。」他不知道，自己說這話時，大部分是真心誇讚安然，還有一部分卻是自己都沒發現的遷就和寵溺。「對了，還沒介紹自己呢，我叫薛天磊。」薛大少爺笑得一臉陽光。

剛才在樓梯上安然沒仔細看，這會兒才發現這位薛家大少爺還真是一位陽光美男子，稜角分明的標準國字臉，星眸劍眉，鼻子高挺，這樣一張臉本是略嫌剛毅，可是配上那陽光般的笑容和白得晃眼的牙齒，就莫名地讓人感覺親切，像一個鄰家大哥哥。

呵呵，這麼一位連鎖集團的少總裁，怎麼可能會是鄰家大哥呢？多半時候眼睛看到的不是真相。安然心裡鄙視著自己剛才的形容，面上卻還是一成不變的淺淺的笑。「您好，我是冷安然。」

「冷姑娘好，妳剛剛作的那句詩，呃，就是關於這道湯的詩句，可以唸一遍讓我聽聽嗎？」薛天磊指著桌子上的一罐佛跳牆說道。

「好啊，罈啟葷香飄四鄰，佛聞棄禪跳牆來。不過這詩句可不是我作的，是很久以前從一本書上看到的，至於是誰寫的就不記得了。剛剛品嚐這道湯，我一下子想起這句詩來，就覺得即使不能吃葷的和尚聞到這湯的美味都一定會被吸引，所以就想把它叫做佛跳牆了。您不喜歡嗎？」安然歪了歪小腦袋，看著薛天磊，調皮地問道。

看著安然這樣，薛天磊突然很想伸出手揉揉她的頭髮，不過他知道這麼做不好，生生忍了下來，把心思放到了那兩句詩上。「罈啟葷香飄四鄰，佛聞棄禪跳牆來。」反覆將這詩句咀嚼了兩遍，薛天磊一拍桌子，朗聲說道：「決定了，這道菜以後就叫佛跳牆。」

薛天磊讓馬掌櫃又遞上一張銀票給安然。「冷姑娘，今天妳可幫我們解決了兩大難題，這是徵集菜名活動的彩頭，也是二百兩銀子。」

「另外，」他接著說道：「今天冷小姐這餐由我們請客了。除了這餐外，妳還可以在我們這家店免費用餐兩次，告訴夥計妳是冷姑娘，並展示這張名帖讓夥計做個紀錄就可以了。嗯，妳還可以帶三位朋友一起來。」說著他親自遞過一張名片似的小紙片，紙片很厚，比一般名片要大一些，做工精良，上面還有特別的暗紋。

名帖上用楷書寫了店鋪名和地址，最下面一行小字是「貴客免費品鑑，兩次」，還蓋了一個印章。

這還真是古代版VIP卡，優惠券呀！有獎徵集對聯、菜名，還有這優惠券，這可都是現代常用的公關手段！安然開始懷疑這位薛大少爺是不是「穿越老鄉」了。

「薛公子，您這一系列推廣酒樓的公關手法可真是高明啊！」安然突然來了一句，眼睛一眨不眨地注意著薛天磊的表情。

「啊？什麼？」薛天磊一愣，一臉的疑惑不像作假。「攻關手法？是什麼？冷小姐是指攻克難關的方法嗎？」

「對呀。」安然在心裡吐吐舌，趕忙偷換詞語自圓其說。「攻關，可不就是攻克難關嗎？你們酒樓做這兩個活動徵集對聯和菜名，既攻克了難題，又讓更多人知道雙福樓，談論這道菜，所以我說您這方法高明呀！」

「哦，明白了，不過冷姑娘才是真聰敏，小小年紀，竟然一下就想到這一層。而且今天要沒有冷小姐，我們還不能這樣完美地攻關呢，所以妳一定要收下這名帖。」薛天磊哈哈笑道。

「那小女子就恭敬不如從命，收下名帖了，多謝薛公子！」安然站起身，準備告辭。

「好，那我們恭候冷姑娘再次光臨雙福樓。馬掌櫃，你替我送送冷姑娘。」薛天磊也站起，微笑地做了個送客的手勢。

出了雙福樓，安然就開始嘟囔著叫熱。

「現在這月分，正是最熱的時候，其實今天算很好啦，沒什麼太陽。這街上的人都比往常多了些。」劉嬤嬤從包袱裡抽出一條粉紅色的帕子給安然。「因為雙福樓裡放置了不少冰盆，剛從裡面出來就會覺得特別熱。」

「冰盆？我怎麼沒看到？」安然進酒樓時被對聯的事吸引，後來又一直關注食物去了，還真沒注意到。

「那些冰盆都用竹編的空花罩子罩著，我也是有一次聽到鄭娘子跟客人談論時提到過，才特別留意了一下。」劉嬤嬤笑著解釋。「聽說自從薛大少爺接手掌家後，各地的雙福樓都有很多變化，生意比以前更好了，也越開越多。」

哇，古代空調欸，這薛天磊如果不是穿越同仁，那就真是商業天才了。不過這夏天去哪裡找那麼多冰塊？安然對此表示了疑問和驚嘆。

「富貴人家府裡都有地窖，冬天備下大量冰塊儲存到夏天用。夫人最怕熱，在大將軍王府的時候，每到夏天最喜歡吃冰鎮的西瓜了，屋裡的冰塊也沒停過。」劉嬤嬤提到過世多年的夫人就很難過。「只是到了冷府以後老夫人訓斥浪費，就沒用了。」

其實安然已經想到地窖藏冰了，前世電視劇裡經常看到，這麼問的目的只是想探探現在這個時空有沒有硝石製冰。她也是很怕熱的，所以一下子就想到前世在學校裡做過的製冰實驗了。

劉嬤嬤可不知道安然此刻心裡正在醞釀著製冰大計，她關心的是要給安然多做幾件夏衣，領著安然徑直到了縣裡最大的面料鋪子浣花衣鋪。平時她是不會到這種店裡來的，貴啊！不過今天安然一口氣掙了好幾百兩銀子，劉嬤嬤覺得一定要先買幾身時興的好面料。剛才在雙福樓，相鄰那幾桌夫人小姐中總是有人用鄙視的眼光看著她家小姐，安然沒在意，可劉嬤嬤是氣憤又心疼。

進了鋪子，安然先去看了那些成衣，劉嬤嬤則很不贊成。「姊兒，我們買面料，嬤嬤給您做，嬤嬤做的不比這些差。」

安然笑道：「我只是看看現在的時興花樣和款式，我知道嬤嬤的手藝好，做的衣服又好看又舒適，我最喜歡穿嬤嬤做的衣服了。」

這話說得讓劉嬤嬤的心裡又暖又酸，她的然姊兒長大了，懂事了，更可人疼了。劉嬤嬤那因為操勞操心而過早憔悴衰老的面容，此刻綻放著幸福的光澤。

冷安然注意到這個時空的衣服設計單調，款式都相當簡單，而且很少。主要靠面料、顏色和繡花的變化。不過平縣還只是個小地方，不知道大城市裡會不會好很多。

安然一邊看著一件件成衣的款式，一邊在心裡琢磨著，想到剛從福城回來的陳之柔母女的著裝，好像也差不多。

安然隨口問站在一旁不怎麼招呼她的夥計。「你們店裡有現在福城最時興的款式嗎？」夥計很不耐煩地睨了她一眼。「我們浣花衣鋪在福城也有店，別說福城了，就是京城裡最時興的款式我們都不缺。」說完就走開了。他看到門口又有客人進來，趕忙招呼去了，似乎很肯定安然買不起這些衣服。

安然也沒在意，走到面料區跟劉嬤嬤一起挑選。一個看起來像學徒的小夥計正在略顯生澀地給劉嬤嬤介紹新到的一種叫「冰綾」的面料，說是從西南邊境一個叫阿依族的少數民族區域引進的，一疋三百兩銀子，很昂貴，扯一身衣裙要五十兩。

安然伸手摸了一下，很是柔軟，而且觸手極涼，她頓時就喜歡上了。前世在「穿」上她是相當捨得花錢的，尤其講究面料的舒適，最喜歡的就是真絲和全棉。

「這冰綾還有其他的顏色嗎？」安然問道，她手上這疋是大紅色，不喜歡，尤其在這炎熱的夏天。

「有的，不過只有綠、藍、紅三種。」小學徒指著另外兩種顏色的冰綾給安然看。「冰綾價格太高，量也不多，我們福城店拿到一些，就勻了三疋給我們店，一種顏色一疋。」

安然看那藍色太深，綠色倒是淺淺的綠，挺好。劉嬤嬤卻捨不得大紅色那塊。「小姑娘穿紅色多喜氣。」

安然笑著問了一句。「嬤嬤，這麼熱的天，妳看到那火紅火紅的，不嫌熱得慌嗎？」

劉嬤嬤一愣，再想想，對啊，可不是熱得慌？

於是她們意見一致，選擇了淺綠色。

接著安然又選了一身鵝黃色的名為「菊花縐」的雙縐料、一身米白色的軟綢，和一塊用來配色的紫色輕紗。

這浣花衣鋪裡有一種非常柔軟的高檔細棉布安然很是喜歡，要了白色、天青色、淺紫色各一疋，說是她和秋思都能用，多出來的她們三人做睡衣和內衣，還要為劉嬤嬤扯一身藏青色的、一身深紫色的。

只是好說歹說劉嬤嬤卻堅決不同意，說那三種高檔細棉布都各買半疋做安然的衣服，她自己和秋思各選一身普通細棉布的。最後，在安然的堅持下，還是為劉嬤嬤和秋思各選了三身普通細棉布的面料。

這些加起來總共花了六十五兩銀子，安然依舊讓夥計包好了送到麗繡坊。

那個小學徒今天是第一次做了一筆大生意，高興得滿臉通紅，跑到內堂去徵求掌櫃同意後，送了兩條絲帕、兩條棉帕給她們。之前棄安然而去的那個夥計卻是紅著眼遠遠地站在一旁，恨得牙酸，悔得腸青。

浣花衣鋪對面就是一家飾品鋪，劉嬤嬤幫安然選了一對鑲著一溜米粒大小珍珠的粉色髮帶、一根鏤空銀簪子、一支纏絲玉蘭花釵、一對粉紫色珠花，和一朵鵝黃色的絹花。

安然不懂這古代髮型，又見劉嬤嬤選的東西都挺雅致，與剛才買的衣服面料似乎還很搭配，也就由著她了。自己又選了一對絞絲銀鐲子、一副茉莉花形狀的銀耳釘，還給劉嬤嬤和秋思各買了一根銀簪。一只銀手鐲。

這些東西不重，劉嬤嬤就打包了放在自己的包袱裡。

看看時間差不多快要到申時，兩人趕緊先往早上過來時牛車停的地方走去，得去跟大石頭說一下她們不跟車回去了。

好在距離不遠，她們走到的時候只有大石頭一家和一個女人先到了，還有其他兩位沒到。

安然還是面無表情的樣子等在一邊，劉嬤嬤過去跟孫大媳婦和大石頭說鄭娘子還有繡活要給她，正等著客人的圖樣，拿到圖樣後麗繡坊的馬車會送她們回去，並請小丫幫忙去跟秋思說一聲。孫大媳婦應了，回答說等其他幾人回來他們就先回莊子。

旁邊那個女人陰陽怪氣地說了一句。「還是手藝好吃香啊，劉嬤嬤妳又可以掙不少吧？」

劉嬤嬤笑了笑沒理會，跟孫大媳婦母子打了招呼就帶著安然離開了。

第五章　好日子就要開始了

安然和劉嬤嬤回到麗繡坊，鄭娘子已經回來，正在吃西瓜，笑著問安然逛得累不累，又讓她們坐下來一起嚐嚐，她滿面笑容地說道：「這是朋友送的，很甜，我讓綠綢拿了兩個跟妳們買的東西放在一起了，等下妳們回去的時候帶回去。」

「那就多謝鄭娘子了。」安然欣然接受。這大熱天的，還真抵擋不了西瓜的誘惑，雖然還沒能製冰塊，不過拿井水浸一下應該也不差。

「鄭娘子您看起來心情很好，今天出門辦事很順利吧？」劉嬤嬤見鄭娘子眉眼之間都是抑制不住的笑意，忍不住開口打趣。

「是啊。」鄭娘子好像正等著她們問似地立刻回答道。「今早我不是跟妳們說準備在福城開分店嗎？現在基本確定了鋪面，位置很好，也是一家繡坊。聽說是家傳的繡藝，可是到了這一代，技不如前，又不善經營，生意越來越清淡，這不，做不下去了。」

鄭娘子接過紅錦遞來的帕子擦了嘴角的西瓜汁，繼續說道：「之前我去福城跟他們談了幾次，條件沒談攏，一直拖著。昨天他們當家人親自過來了，約我今天洽談。我花了點錢讓人打聽了一下，原來他們家的少爺不知什麼時候迷上了賭，現在欠了賭坊一大筆錢被人迫到府上了。今天他們主動壓低了價錢，只是要求五天內成交並付足銀子。」

「噢？這樣的話，福城的麗繡坊很快就會開張了，真是恭喜鄭娘子了。」安然笑道。

「同喜同喜，安然啊，也要煩勞妳多費心了，這福城店以後的需求肯定要比平縣這家鋪子多，要求也會更高。妳有沒有可能在七天內完成十張繡圖？一定要新穎別致、與眾不同的，我讓最好的幾個繡娘在福城店開業前趕製出來。新店開業，一定要有幾幅能鎮得住的作品啊。福城有好幾家大繡莊，競爭還是很激烈的。」鄭娘子看著安然，眼眸亮亮的。

「沒有問題，您從福城回來後，我給您送過來，您也好當面檢驗一下是否滿意。」安然回答道，淺笑盈盈的小臉上滿是自信。

「好，就這樣說定了，七日後我讓張叔去接妳們過來。現在我們先去吃飯，他們把合作契約都準備好了，我們吃完就可以簽了。」鄭娘子雖然只看到安然畫了一幅牡丹圖，但她還是相信自己的直覺，對安然充滿了信心。

合約基本上是按照早上談好的內容來擬，安然從合約的條款和字眼上也看出鄭娘子的合作誠意，沒想耍什麼詐。兩人在各自的名字下面按了手印，合作關係正式成立。

張叔套了馬車，把安然她們買的東西搬上車，就在鋪子門口候著。

安然看了看天色還早，便問了送她們出來的紅錦。「可以讓張叔先帶我們轉去買一些筆墨紙硯嗎？」

「當然可以。」紅錦轉頭交代張叔。「你帶冷小姐她們去筆墨軒吧，那兒的東西齊全，然後送她們回莊子，路上慢點、穩點。」

筆墨軒也不遠，買齊了筆墨紙硯和彩色顏料，安然又選了兩本字帖。剛才簽合約時她就很擔心要她寫名字，那真的是要露醜了，毛筆字啊，小時候比劃過幾天而已。

不過安然倒是沒去想著弄什麼鵝毛筆之類，她覺得要融入這個時代，還是要努力練好毛筆字的。

在馬車就要出商業街的時候，安然又請張叔停了一下，在一家看起來生意很好的食鋪買了一隻白切雞、一大塊醬豬肉、兩塊綠豆糕，和一籠小籠包子，獨自在家的秋思也不知道是不是連霉米粥都捨不得多喝呢！

馬車確實比牛車舒適又快多了，半個多時辰就到了莊子裡，秋思正敞開著門在院子裡焦急地打轉呢，看到馬車行駛過來停在自家門口，趕忙奔了出來。

張叔幫著把東西搬進院子裡，安然示意劉嬤嬤塞了一小塊碎銀子給張叔。張叔推了一會兒還是收下了，樂呵呵地趕回縣城去。

安然讓秋思趕緊關好院門，她們住的小院離其他人家比較遠，沒有什麼相鄰的房子，現在天又黑了，應該沒有人看到她們的這堆東西。

劉嬤嬤和秋思忙著把放進廚房的東西先歸置好，面料布疋放在空著的那間屋子裡，裡面有一個空箱子。安然把筆墨紙硯等物放在自己房間桌子上，轉頭跟拿著首飾包袱進來的劉嬤嬤商量道：「嬤嬤，我想把那間空屋子改成書房，我也好有個畫圖練字的地方。哪天妳找木匠訂做一套桌椅吧，桌子要大點兒。還有，打三個浴桶吧，我們仨一人一個。」

現在用的那個浴盆實在「慘不忍睹」，而且劉嬤嬤和秋思好像是用一個木桶打水在廚房裡洗的，多不方便呀。在安然看來，洗浴應該是一種享受。

「好，那就打兩個吧，我和秋思用一個就行。七日後我們去縣城時我找福生一趟。看他能不能過來兩天做一套桌椅，浴桶就從他們鋪裡買了。」劉嬤嬤知道安然不想讓莊子裡的人知道些什麼。

「就照嬤嬤妳說的安排吧，走，我們去把給秋思買的東西給她，順便看看她把那隻雞啃完沒，她可經常說要把莊頭娘子家的那幾隻雞給宰了吃的。」

安然和劉嬤嬤走進廚房的時候，秋思正一邊小口小口吃著包子，一邊樂呵呵地看著那些米麵食糧，好像還沒從震驚中回復過來，怕一眨眼那些東西就跑了。

「就那幾個包子，還沒吃完啊？這雞怎麼都沒動？」安然樂呵呵地打趣道：「我們還以為妳已經把這隻雞連骨頭帶皮都吞進去了。」

「這包子味道真好，我要慢慢品嚐。」秋思嚥下一口包子，笑得眉眼彎彎。「這隻雞，還有豬肉放著讓小姐慢慢吃。」

「不用，這大熱天的可不能放，想吃了我們再買。」安然坐下來，撕下一隻雞腿遞給秋思。「我們現在有好多銀子呢，妳別捨不得吃，我們的好日子就要開始了。妳看，這布料和首飾都是妳的。我們秋思也要好好打扮打扮了，呵呵。」

秋思咬了一口雞腿，幸福得眼眶都紅了。「謝謝小姐，妳們快跟我說說，今天鄭娘子給了什麼活兒了？怎麼能有這麼多錢，買了這麼多好東西？」

劉嬤嬤也在安然旁邊坐下，簡單地把今天發生的事說了一遍，說到夫人在夢中教小姐技藝時聲音都哽咽了。秋思也激動得淚水盈眶，原來是夫人在保佑她們，她就知道，夫人放心不下小姐啊。

「好了啦，我娘不就是希望我們的日子過得好嗎？妳們別掉眼淚了。從今以後，我們要每天都吃得飽飽的，穿得美美的，過得舒舒服服的。這樣，我娘在天上也高興啊。」安然趕緊出聲轉換一下此刻有點傷感的氣氛。

「對對對，別難過了，我們把小姐照顧好才是最重要的。小姐現在這麼能幹，我們的日子會越來越好的。」劉嬤嬤抹了抹眼角，又笑起來。

「還有，關於我娘在夢裡教我東西的事不能讓別人知道，也不要讓莊子上的人知道我們日子過好了，要有人探聽，就說我們接了大的繡活做得讓客人滿意了，鄭娘子送了幾身衣服作為獎勵。」安然想了想，慎重地交代兩人。

兩人都明白其中的道理，很認真地點頭應了。

接下來的日子安然過得是愜意又自在，劉嬤嬤按她的說明給她做了一套練功服，每天早晨她在院子裡慢跑幾圈，做套健身操，就開始練功，她前世可是跆拳道黑帶二段。

然後洗個澡，吃秋思剛熬好的紅棗糯米粥或花生紅豆粥。接著開始練字、畫圖，午飯過後睡上小半個時辰，醒來喝一杯蜂蜜水或吃一碗綠豆湯消暑，邊跟劉嬤嬤、秋思聊天邊忙著手裡的刺繡。鄭娘子不是希望新店開業有震撼性的繡品嗎？她肯定可以幫這個忙。

劉嬤嬤忙著趕製安然的衣服，是安然自己設計的。秋思則負責做劉嬤嬤和她自己的衣服。一天傍晚，主僕三人坐在院子裡，一邊吃用井水冰鎮過的西瓜，一邊聽秋思氣憤地講述今天去佃戶家買青菜時碰上莊頭娘子，被她陰陽怪氣地說了一頓的事。

安然看著院子裡的空地，問道：「嬤嬤，我們可以自己種些青菜，再養兩、三隻雞吧，也可以天天有雞蛋吃。」

劉嬤嬤猶豫了一下。「我和秋思都沒種過菜啊，以前倒是看夏府裡的王嫂種過花。」

安然前世倒是玩過陽臺種菜，在淘寶網站上買了陽臺種菜套餐，但那是在盆裡種，跟地裡種應該有區別，但不會差太多吧？

「也許差不多呢，買菜種子的時候可以跟他們請教一下。而且我們也不種多，這一塊地方就可以了，看這塊地的樣子，之前應該是個小花圃吧。我們仨也吃不多，天冷的時候我們每次去縣裡還可以帶些易存放的蔬菜回來。」安然賣力勸說著看起來有點意動的劉嬤嬤。「至於雞，更是兩、三隻就可以，想吃就殺一隻來吃，吃掉一隻補一隻。反正我們是養來吃的，不是為了換錢。福生哥哥過來的時候，讓他幫我們在那個小棚子裡弄個雞舍，白天裡不下雨就把雞趕到那竹柵欄裡。」

「是啊、是啊，養雞很容易的，只要有剩飯剩菜，再買點穀子就可以了。」最喜歡吃雞肉的秋思趕緊附和。

「好吧，那我們下次去縣裡就買些菜種和小母雞回來試試。」劉嬤嬤想了想，覺得也挺好。

跟鄭娘子約定的這天早上，安然三人剛拾掇好，張叔就來了。今天三人都穿了新衣，一臉的喜氣。

一到麗繡坊，正在低聲跟紅錦交代什麼的鄭娘子就看見她們了，滿眼驚豔地迎了上來，連聲讚嘆。「安然，妳今天真是太漂亮了。還有這身衣服，真別致，在哪裡買的？」

安然今天梳了個雙螺髻，兩邊各插了一朵淺紫色珠花。

她穿著一件米白色軟綢交領上衣，衣身繡了朵朵金黃色桂花，領口和袖口都用鵝黃色雙緄滾了邊，下著鵝黃色雙緄裙，腰間用淺紫輕紗繫成兩條長長的飄帶，與裙同長。大昱女子服裝慣常的設計是下裙和腰帶繫在上衣外面，而安然這件上衣是略微收腰，衣襬蓋住下裙的腰頭，腰間寬寬的淺紫輕紗若隱若現。

「呵呵，不是買的，是劉嬤嬤做的。」安然笑著給鄭娘子福了福身。

「是我們小姐設計得好看，我還從來沒做過這麼漂亮的衣裳呢！」劉嬤嬤見鄭娘子看向她，連忙解釋道，聲音裡透著無限的驕傲。

「安然，妳可真是大才，我看福城最高級的成衣坊都設計不出這樣漂亮的衣裙。」鄭娘子真心讚嘆道。

「您太誇獎了，我只是喜歡畫好看的東西而已。」安然淺淺笑著，沒有一絲得意之色。

「鄭娘子您還是先看看我完成的繡圖，有不喜歡的我再畫過。」安然一邊說著一邊看向秋思，示意她將一疊繡圖拿出來遞給鄭娘子。

紅錦和紫緞連忙撤去桌上的茶具，幫著將圖紙展開鋪在桌上。

鄭娘子邊看，安然邊解釋。「這張是竹報平安，這是金玉滿堂，這是松鶴延年，這是寒梅傲雪……這裡面有兩張大套圖，可用於多扇曲屏；三張大圖，可用於獨扇大屏；三張中圖，可用於壁掛或屏風；兩張小圖，可用於台屏或炕屏。」

鄭娘子滿臉驚喜地看了一遍，又倒回來再看了一遍。她是對安然有信心，可這些繡圖比她預想的，或者說比她期待的還要強很多啊。

安然的繡圖不但新穎獨特，更重要的是適合刺繡，連繡圖的名字都寓意極好。很多繡莊包括麗繡坊都曾高價請畫師作畫，但那樣的畫好是好，卻不見得適合刺繡。

鄭娘子兩眼亮亮地看著安然，感覺自己真是撿到寶了，真是慶幸自己那天當機立斷地與安然簽下合作契約。

按照合約上定的價錢，鄭娘子又加了點，湊了個整數九百兩，按安然的要求給了她一張五百兩、四張一百兩的銀票。

安然讓劉嬤嬤收好銀子後，對鄭娘子說：「有件事還請鄭娘子您幫忙，請不要讓外人知道這些圖是我畫的，包括以後每個月畫的繡圖，我們來麗繡坊只是接繡活。」

鄭娘子知道安然不想張揚，但她對此也是求之不得，馬上點頭應下，並當即交代了紅錦要注意，接著才對安然說：「以後每次約妳們過來，我都會讓張叔接送妳們，這樣妳們買東西也方便。」

安然和劉嬤嬤連忙稱謝。

鄭娘子最近非常忙，而安然她們今天也有很多安排，就告辭出去了，跟紅錦約定酉時初回到這裡讓張叔送她們回去。

她們計劃先去找福生，劉嬤嬤已經近兩個月沒見過福生了，打算跟福生談完她們再去採買。

可是當三人走到福生做學徒的木匠鋪時，卻見店鋪已關張，門上貼著「轉賣」兩個字。正想敲門，眼尖的秋思已經看到不遠處正是福生走過來。福生開了門讓她們進去，鋪子裡已經大致清空了。

很快，福生從後面找了一條長凳出來讓三人坐下，自己則順手拿了一塊木墩坐著。劉嬤嬤一坐下就著急地問道：「你師傅不是年初剛整修擴大了院子，要給他兒子回來娶親用嗎？怎麼這就要賣了？還是只賣前面店鋪，後面的院子不賣？」

「不是的，都要一起賣的。」福生解釋道：「我剛剛就是去了一趟牙行，師傅、師娘都在後院整理行李，他們急著盡快脫手離開。」

原來福生的師傅張木匠老兩口只有一個兒子，早年去京城學做生意，後來輾轉去了東北的一個城市。本來計劃今年回來接手木匠鋪子的，張木匠夫婦還特意用兒子託人帶回來的錢重新修整並往後擴大了院子，準備等兒子回來張羅著他結婚生子。不承想，他兒子做工的東家生了一場重病，擔心自己死後留下孤女寡母受人欺負，又看重張木匠兒子的忠厚能幹，就決定在他嚥氣前把唯一的女兒嫁給他，把自家的五個旺鋪都作為嫁妝，只要求善待他的女兒和妻子。

張木匠的兒子託人捎信回來，讓父母把這裡的房產賣了，去東北跟他一起生活，還希望他們能趕上他成親的日子，所以張木匠夫婦就趕緊關張，遣了一眾夥計學徒，張羅著賣鋪賣房子。只是著急脫手就容易被人壓價，老夫婦又捨不得，畢竟不久前剛剛花錢修整的，還帶了套全新的家具。

福生厚道憨實，感念張木匠夫婦多年來待他不錯，就主動留下來幫忙整理行李、處理剩餘木製貨品等雜事和聯繫賣房的事。

安然想了想，問道：「福生哥哥，你師傅想賣多少錢呢？你能不能帶我們參觀一下這宅院？」

「四百五十兩銀子。」福生雖然有些疑惑，還是很快回答。「包括這間鋪子和後面一個兩進的院子。其實這個價錢很公道了，正常的話肯定不止這個價，只是人家一知道師傅著急脫手就拚命想壓價。」

福生雖然不知道安然為什麼想看這個院子，但還是順從地帶著三人往後院走去，邊走邊為她們介紹。

鋪子後面是一個小院子，兩邊各有三間廂房，左邊的三間，一間是個小廚房，兩間是給夥計和學徒住的；右邊的三間，一間做了倉庫，另外兩間打通了作為木工房。

走過這個小院子，就是那座兩進宅院的大門。第一進外院有四間正房、一間廳房和左右共八間廂房，院子裡左右各有一棵茂密的榆樹，左邊的榆樹下有一套可坐四人的石桌椅，右邊的榆樹下有個小花圃，不過現在還是空著的。走過連廊，從那個漂亮的圓洞門進去，就到了第二進內院，內院有一個大花園，連廊邊上竟然還種了整排桃樹，福生說這些樹明年就能結桃子了。不過安然首先想到的是這滿樹桃花盛開的美景。

內院共有六間正房、一間廳房、十間廂房。後面還有一個小門，可以直接走出這座宅院到大街上。

這樣一個大宅院加鋪子才賣四百五十兩銀子，確實很便宜了，安然心裡盤算著。

這時，最右邊一間的正房裡走出一對四十多歲的夫妻，安然聽見福生叫了聲師傅、師娘，應該就是張木匠夫婦了。兩口子問道：「三位是想買這宅子和鋪子的嗎？」

福生正想開口說些什麼，安然搶先應道：「是的，老伯，我們正有此意，只是我們還想看一下這屋裡的家具可以嗎？」剛才在第一進外院的幾間屋子，家具都是六成新的，可是福生說他們新打了一整套家具，應該就在這內院的屋裡了。

「當然可以，請隨意看，因為這內院原是準備給兒子成親住的，所以一應家具都是新打的。」張木匠說道。

安然幾人到幾間屋子都看了一下，廳房和幾間正屋裡的家具還都是楠木的呢。安然心裡驚嘆，已經決定要買下這宅院了。

「老伯，這宅院和鋪子什麼時候能交割，這屋裡的家具物什也都含在一起賣的是吧？」安然看向張木匠問道。

「是的，我們要帶走的行李都打包好了，妳們看到的所有家具物件都是留下的。只要妳們滿意，就可以馬上去縣衙辦交割。」張木匠爽快地回答道，可他心裡還真沒抱多大希望，這麼一個小姑娘可以作主買宅院和鋪子嗎？他想想又補充道：「如果妳們現在就決定下來的話，縣衙的契約費和稅費我願意承擔一半。辦完交割，一手交錢一手交地契、房契後，我們就立即搬出去，剛好今晚有船可以搭乘，我們急著去兒子那裡的。」

劉嬤嬤在安然耳邊輕聲解釋。「通常都是由買家承擔稅費和相關手續費，大概是交易價格的一成。」

「好吧。」安然轉向張木匠，很乾脆地說道：「就按你說的，我們現在就去辦交割，辦完我就給你們銀子。」

張木匠夫婦欣喜地連連點頭稱好，張木匠讓妻子去聯繫船家，他自己則跟安然等人一起去縣衙。

第六章 互利（上）

整個交割手續辦得很順利，拿著過戶文書和房契、地契，安然有一種很踏實的感覺，她在這裡有了自己的第一份產業。

待幾人回到鋪子門口，看著這個雖然不是在中心區，但還算是在商業街上的鋪子，安然心裡十分愉悅。想想她前世辛辛苦苦摸爬滾打了十幾年，還貸了五年貸款才買了兩房一廳的公寓。來到這大昱朝才一個多月，就擁有了一間鋪子和一座不小的宅院，雖然是在小縣城，她還是很滿足的，這才剛開始嘛。

安然細細打量了鋪子，這是一個長方形的鋪面，門面寬約有八米，面積估計四十平方米。

「福生哥哥，這鋪子可以增蓋個二樓嗎？」安然發現這相鄰的店鋪很多都有兩層。

「可以的。」福生很快回答。「因為之前是木匠鋪，東西都沈，搬上搬下的不方便，而且也不需要那麼大地方，所以一直沒加蓋。小姐想自己開鋪子嗎？還是想租出去？」

「嗯，先加蓋起來吧，我再斟酌斟酌。還有啊，」安然笑著說道：「福生哥哥，嬤嬤和你都早已經不是冷家的奴僕了，嬤嬤是我的奶娘，你便是我的奶兄，以後不要稱呼我小姐，叫我安然或妹妹都行，沒得這麼生分。」

「嗯……嗯……安……嗯……妹妹……」福生看了看劉嬤嬤，憨憨地撓著頭，好不容易擠出「妹妹」兩個字，惹得安然三人都忍不住笑出聲來。

此時張木匠僱的馬車來了，福生幫著張木匠夫婦把行李搬上車，接了所有的鑰匙。

送走張木匠夫婦，安然幾人進了鋪子後面的小院。

福生說：「妹妹，倉庫裡還有一些沒處理完的小件家具物什，還有些木料，都不大塊就是了。」

安然跟著進去看了一下，做好的成品有五、六張凳子，一張長桌子、一張小圓桌，還有一個浴桶。安然立刻就笑了，剛好拿回莊子用。

再看角落裡那一堆大大小小的木料，都是挺好的木材，其中竟然還有不少紫檀、紅木、黃花梨等名貴木材，這些東西前世的安然都只在博物館和高級展覽裡看過。

這些木料都不是整塊的，太小，對做家具來說就只是廢料了，可能因為是高檔木材他們還沒捨得扔吧？不過要是做些坑屏、台屏或一些框架什麼的，應該還是可以。

「福生哥哥，你這之後做何打算呢，有沒有什麼想法？」走出倉庫時，安然問道：「想自己開一間木匠鋪子不？」

「還沒具體的想法。」不知為什麼，在這個小他四歲的安然妹妹面前，福生很有壓力，不由自主地就會恭敬起來，他老老實實地回答道：「我不大想繼續做木匠，我好像沒有做木匠的天分，這麼多年了，後面來的師弟們做得都比我好。我不喜歡做那些大家具，我喜歡用木頭刻小東西，大家都笑我，師傅也總訓斥我不務正業。」

「噢？福生哥哥會雕刻？」安然很感興趣地問道：「有沒有刻好的東西給我瞧瞧啊？」

見安然真的很感興趣的樣子，福生到他住的廂房裡拿出一個小筐子，裡面還真有不少用木料雕刻的東西，小公雞、小馬、小猴子、小娃娃……還有一只檀香木圓珠手串，每粒珠子上都刻著一朵蓮花。

安然拿著那手串愛不釋手。「福生哥哥，這個我好喜歡，送給我行不？」

「妹妹喜歡，當然可以。這些東西，只要妹妹喜歡的，儘管拿走。」福生又撓了撓腦袋，憨憨地說道。那個手串他原來是給劉嬤嬤刻的，不過看安然那麼喜歡他也高興。他可以再刻一個別的給劉嬤嬤，他很清楚他娘有多疼愛安然妹妹。

安然高興地把手串戴在左手腕上，繼續說道：「我是有開店鋪的想法，不知道福生哥哥有沒有興趣學著打理店鋪？」

「我行嗎？」福生眼裡的興奮和躍躍欲試明顯地表達了他很感興趣，可是轉眼間他的眼神又黯淡下來。「我太笨，認的字不多，又不會算術、不懂帳本。」

劉嬤嬤也不大贊成。「姊兒，這開鋪子可不是那麼容易的，人家那些打理鋪子的人都是要從小學徒做起學十幾年的，而且福生這麼老實，還不三下兩就給人騙了去。」她雖然知道這對福生來說是個難得的好機會，可是她不能壞了小姐的事啊。

「嬤嬤，妳也認為福生哥哥笨？」她從那小筐子裡拿起一個連頭髮絲兒都刻得清晰可見的小娃娃給劉嬤嬤看。「從來沒有學過畫畫或雕刻的人，能做出這麼維妙維肖的小物件兒，怎麼可能是笨人呢？我倒是覺得福生哥哥聰明而且細心，只要他感興趣的事，他就一定能做好。重要的是，」她又轉向福生。「福生哥哥，你有沒有興趣做？願不願意學？」

「願意願意，我小時候看我爹做過，那時我就很想學。」福生興奮地猛點頭，忘記了拘束。

「那就好，我會教你算術和看帳。我們現在先去雙福樓吃中飯，吃完以後去買東西，回來再商量。」一上午走來走去，安然感覺肚子餓了，她一向奉行準點吃飯的規矩。

「雙、雙福樓？」那是他們能去的地方嗎？福生很震撼，可是今天看安然那麼大手筆，隨身就拿出近五百兩銀子買了這鋪子和宅院，還要自己開店鋪，他也不好說什麼了。

「對啊，我們有兩次免費的機會，不用白不用，那裡的菜味道確實不錯，環境也舒服。」安然調皮地吐了吐小舌頭。突然想到什麼，心裡有點囧，她這老姑娘的靈魂跟這具十三歲的身體倒是磨合得很好，小小少女的動作做起來那麼自然，真是倒著活了。

福生和秋思聽劉嬤嬤簡單說了名帖的事，也不糾結了。免費用餐啊？那再貴又有什麼要緊？呵呵，他長這麼大還沒進過那麼高級的地方呢。

四人來到雙福樓，門口迎客的夥計滿臉笑著迎了他們進去，今天幾人的衣裝打扮以及安然身上不容忽視的貴氣，倒是讓人一看就猜想是有錢人家的小姐帶著丫鬟、小廝。

剛一進門，正站在櫃檯邊跟兩個小夥計說話的阿根就看見安然，迎了過來，跟安然打了招呼後對小夥計說：「是熟客，我來接待冷小姐吧，你先去迎客。」

安然趁阿根同小夥計說話的時候，迅速看了一下那傳說中的迎客松圖，好大一張，兩旁是她「作」的那副對聯。

看見阿根說完話轉向她，安然笑著說道：「你好，阿根，今天幫我找一個包間可以嗎？我們四位。」

「好咧，冷小姐請跟我來。」阿根趕忙應了，並提高聲音叫了一句「二號包間咧」，那是給其他夥計聽的，很快就會有人送上茶水。

上了樓，阿根領他們進了靠走廊右邊的第二間包間。

「阿根，還是你幫我們點吧，今天四個人，多一道菜，你就點五菜一湯，上次那道清蒸鱸魚還要，然後要一道雞肉做的菜，其他你看著點吧。跟上次那樣的家常菜就行，重要是味道好。」安然坐下後跟阿根交代著。

「好咧，我看看，那就給你們上清蒸鱸魚、油燜大蝦、冬菇燉雞、上湯菠菜、豬肉燉茄子，再加一個清爽的冬瓜花甲湯。冷小姐您看這樣可好？」阿根很快就報出了菜名。

不得不說，阿根真是一個很不錯的夥計，安然瞇起眼看著阿根。「阿根，如果我有一家酒樓的話，我一定挖你過來。這菜點得，比我自己點還要合意。」

挖？阿根沒聽懂什麼是「挖」他，但他知道安然是在誇獎他，笑道：「冷小姐喜歡就好，那我這就去安排，您先喝點茶潤潤。」

阿根出去後，安然對福生說：「福生哥哥，你看這個叫阿根的夥計如何？無論做什麼生意，進店鋪的客人都是上帝……嗯……都是財神爺，只要他不是來鬧事的。對待客人要誠心、細心、耐心，對待來過的熟客要記住他的喜好，觀察他的習慣，站在他的角度上考慮他的需要。也就是說，你既然想讓財神爺從口袋……嗯……從荷包裡掏銀子出來讓你掙，你就要讓他從心裡看到你的好，包括你的服務好，你的態度好，你賣的東西好。」

福生很認真地說道：「我明白妹妹的意思，要先讓財神爺喜歡你，他才會照應你；對客人也一樣，要先跟客人做朋友，他才會照顧你的生意。」

呵，這哪裡笨嘛？根本就是做銷售的人才，安然覺得自己的眼光真是太好了。

安然幾人在裡面談得高興，誰都沒有注意到虛掩的門口站著一個人正在為她的「財神爺」理論驚嘆。

「財神爺？有意思。」薛天磊嘴角向上彎起，兩眼微眯，飯局中途從包間出來一下，竟然這麼巧又遇見驚喜。

看到阿根帶著小夥計端菜上來了，他才向阿根擺擺手做了個噤聲的動作，下樓找馬掌櫃去了。

福生第一次跟安然同桌吃飯，還是在這麼高級的酒樓，一開始有些拘束，後來看著安然三人吃得開心，也漸漸放開了，專心品嚐這些他以前想都不敢想的大廚美食。

安然暗暗點了點頭，不會小家子氣，不貪婪，吃相一點都不粗魯，見微知著，這是一個可以培養的人。更重要的是，他是劉嬤嬤唯一的血親，自身又憨實本分，是安然目前可以信任的人之一。

吃得差不多的時候，阿根帶了小夥計進來撤下菜盤，上了一盤水果，還帶進來一個人，馬掌櫃。

「馬掌櫃好！」安然起身福了福身，她還滿喜歡這個可愛的小老頭。

馬掌櫃連忙回了禮道：「冷小姐好，這是我們大少爺特意給重要客人安排的餐後水果盤，給您解解膩。」

真是會做生意，商業天才啊！安然心裡感嘆著，嘴裡忙謝道：「那謝謝薛公子，謝謝馬掌櫃了。」

「冷小姐客氣了，怎麼樣，今天的菜味道如何？小老兒我可真想聽聽您的意見呢，也是幫我們不是？」馬掌櫃笑得和藹又燦爛，兩撇八字鬍又開始一翹一翹。

安然看著這個笑得賊兮兮，卻又不令人反感的小老頭，突然有了一個大膽的想法。

腦袋裡稍微醞釀了一下，安然笑著開口。「雙福樓的菜味道是真的好，做工精緻，色、香、味俱全，但是……」安然停頓了一下，看著馬掌櫃瞪得圓溜溜的小眼睛，一臉期待下文的表情，接著說道：「菜式還是不夠，應該說烹調方法不夠多。你看，基本上就是燉、煮、燜、蒸。好在你們的廚師技巧好，選料好，又善於用高湯提味，師傅們熬高湯的手藝也好。」

「可是冷小姐，做菜的方式不都是這幾種嗎？我們雙福樓的菜式已經是最多的了。」站在一旁的阿根忍不住插嘴。

馬掌櫃瞪了阿根一眼，很不滿意他打斷了安然的話，他正聽得起勁呢。而包間外正準備抬腿進來的薛天磊也恨不得將阿根提溜出去，他也正等著聽下文呢。

安然接著開口了，而這第一句話就止住了薛天磊的腳步。

「馬掌櫃，我跟你做個交易如何，是我跟你，不是我跟雙福樓。但雙福樓會得益，你是雙福樓的掌櫃，雙福樓得益，你也好對吧？」

「怎麼說？」馬掌櫃賊眼溜溜。

「這位是我的奶兄福生。」安然指著福生說：「福生哥哥對學習打理店鋪很有興趣，但沒有任何經驗。他識字，但不多，也不會算術，不懂帳。我想麻煩馬掌櫃帶著他三個月，讓他長點見識，在算術、管帳、生意洽談技巧上指導他一些。當然，任何關係你們雙福樓機密的事，或者你認為可能會影響雙福樓利益的事，你都儘管讓他迴避。

「你也只需要在你得空的時候教他些東西，其他時間就讓他跟著看，或讓他跟著阿根，我很欣賞阿根的服務態度以及他跟客人交流的能力，想讓我福生哥哥也能受點指導。我能承諾的是，福生哥哥以後不會進入飲食業，我們以後也不會經營與雙福樓同類型的酒樓，而且福生哥哥絕不會靠近廚房一步。以上都可以用契約形式定下。」

馬掌櫃沒有出聲，依然賊眼溜溜，安然知道他在等待什麼。

「而我可以為你們做的事——一，我為你們提供五道菜譜，一定是你們沒有見過的，而且用的是一種新的烹調方法；二，我可以給你們一個讓佛跳牆味道更進一步的方法；三，三個月後，福生哥哥學習完，我會給你們提兩個建議，讓你們雙福樓更加受客人歡迎，對業績增加會有明顯幫助。」

安然喝了一小口茶，繼續說道：「當然，信不信我的建議會有效果，那就看馬掌櫃你的直覺了，我現在說什麼保證也都是空的，都像是在吹牛。」

馬掌櫃還沒來得及開口，門口方向先飄進來一道聲音。「我替馬掌櫃應了！」薛天磊大步走了進來。「不過馬掌櫃只帶兩個月，之後我要去各地巡查店鋪，大概去兩個多月時間，到時候妳福生哥哥跟著我去，跟在我身邊。」

說完，他又轉向馬掌櫃，指著阿根說：「下個月起給這傢伙加月錢，多加三成。難得冷姑娘如此抬舉他，下次有管事空缺的時候先考慮一下他。」

阿根高興得差點沒跳起來。「謝謝大少爺，謝謝馬掌櫃，謝謝冷姑娘。」

這邊冷安然也很興奮，超過預期的收穫欸！她趕緊示意整個人都愣住了的福生。「福生哥哥，還不趕緊謝謝薛公子和馬掌櫃的提攜。」

還沒徹底回過神來的福生趕緊暈乎乎地鞠躬致謝，激動得眼淚都快出來了，薛天磊和馬掌櫃都笑著受了。

等大家再次坐下來，安然先開口道：「謝謝薛公子的信任，我先給你們一道菜譜，我說，你們記，然後讓一個廚師馬上做出來，你們滿意了我就再給下一道。這樣如何？」

薛天磊看著冷安然。「冷姑娘就不怕我們騙了妳，明明沒見過卻說早見過，明明滿意卻說不滿意。還有，妳就這樣把菜譜給我們了，明天我們不指導福生，或者隨意敷衍，妳又能怎麼辦呢？妳知道一道好菜譜有多值錢嗎？」

「呵呵，薛公子會這樣問，我就更放心了不是？」安然俏皮地揚揚眉。

薛天磊在桌子下悄悄地用左手抓緊了右手，該死的，他差點又有伸手揉安然頭髮的衝動。

「我相信自己的直覺，相信二位是可以信任的。」安然笑了笑繼續說道：「人和人之間，短期內的信任靠的是直覺，長期的信任靠的是雙方的品德和誠意。再說了，我知道很多的菜譜，若實在是被你們騙了幾個也只好認了，就當作自己為了很多人的口福犧牲一點利益唄。你們有錢有勢，我總不能為了幾道菜譜跟你們拚命吧？也拚不過呀。」

馬掌櫃一時沒忍住，噗哧一聲笑了出來。「妳這小丫頭，說話也沒個忌諱。這麼聰明的姑娘，我們哪捨得讓妳拚命，還等著妳的菜譜呢。」

馬掌櫃讓阿根拿來了筆墨紙硯，阿根把東西送進來後很自覺地退了出去，關好門。

於是，由安然口述，馬掌櫃執筆，完成了第一道菜譜「鴻運當頭」——主料鰱魚頭、豆腐；調味料有薑、青蒜……

馬掌櫃落下最後一筆，抬起頭來，亮晶晶的雙眼對上薛天磊同樣亮晶晶的眸子，都從對方眼裡看到了欣喜。雖然裡面一些字眼他們不大明白意思，但卻是從沒見過的做法，想著就覺得好吃。

因為這道菜中間需要小火入味的時間，安然想了想又直接給了第二道菜譜——海蠣煎。

安然待馬掌櫃寫完，笑著問道：「二位可見過這兩道菜？」兩人雙雙搖頭。

安然便建議道：「那麼，請薛公子找廚師來，我跟他解釋一下『煎』這種烹調方法，還有做這兩道菜的要點。另外，請帶一勺麵粉和一碗水上來。」

薛天磊跟馬掌櫃說了一個名字，馬掌櫃便起身去安排了。

第七章　互利（下）

「冷姑娘。」薛天磊提出了一個問題。「我相信妳自己應該能夠教福生算術和看帳，包括怎麼做生意我相信妳也有很好的想法，否則妳也不會說要給我們兩個好建議了。那麼，姑娘為什麼想讓馬掌櫃教呢？」他沒好意思提剛才在門口旁聽到的「財神爺」理論。

安然微微一笑。「一是因為福生哥哥雖然是我奶兄，但終歸男女有別，多有不便。二來呢，學做生意需要環境，眼看耳聽、腦動手動相結合，根據事情變化學會如何應變對待，如果只是坐在屋子裡學，就會變成紙上談兵了。」

「那麼，三個月怎麼就夠呢？時間太短了吧？」薛天磊再問道。

「因為我們將來要做的店鋪與酒樓不同行業，我只是希望福生哥哥能跟著你們學學做生意的基本技能，感受一下你們處理事情的變通技巧，多看一些商人與商人之間、東家與管事之間，以及管事與夥計之間溝通的方法，其他的就需要福生哥哥自己以後邊做邊琢磨。很多東西是靠自己感受出來，不是別人可以教會的。所以，他日福生哥哥跟在您身邊時，您盡可讓他自己多看多想，他若沒有問，您也不用惦記著他。我不希望他給您帶來太多麻煩。」安然回答得坦率而真摯。

坐在一邊靜靜聽著的福生認真說道：「妹妹放心，我一定會自己多看多聽多想，不會令薛少爺和馬掌櫃太為難的。」

安然對著福生笑得眉眼彎彎。「嗯，福生哥哥我相信你，慢慢學著，別心急，也別有壓力，心急吃不了熱豆腐。」

薛天磊突然覺得他很羨慕福生，甚至有點妒忌了。

馬掌櫃很快就帶著一個廚師和安然要的東西走了進來，安然讓這位馮師傅先看了一遍菜譜，然後跟他解釋什麼是「煎」，「煎」和「炸」有什麼區別？煎東西的時候又要注意什麼？

接著安然操作了一遍「勾芡」給他看，因為大昱還沒有澱粉、玉米粉或者藕粉，安然只好用麵粉代替，但用麵粉勾芡要薄薄的才行，一定不能多了。

唉，很多東西這裡好像還沒有啊，比如番薯、土豆、番茄、玉米，或是醬油這些調味料。

交代完後，馮師傅又問了兩個問題，就迫不及待地跑去動手操作了，他真的很激動啊！

這邊廂，安然和馬掌櫃開始記錄另外三道菜譜——蘿蔔絲煎煮鯽魚、香煎雞扒、焦香排骨。

「馮師傅對這種新的烹調方法需要多操作一段時間，找到煎煮不同食材的竅門才行，所以我給的這五道菜譜都是用同一種方法。」安然解釋。

「冷姑娘的意思是妳還知道其他烹調方法，對吧？」薛天磊反應快得像隻狐狸。

「呵呵。」安然笑而不答，很快轉移到另一個話題。「關於你們的佛跳牆，其實我的建議很簡單，其他都照舊，只是把大瓷缸換成酒缸，越是陳年酒的酒缸越好，另外在蓋上蓋子之前先用張荷葉把缸口封好再蓋上蓋。你們讓廚師這麼做一回，就可以嚐出味道和之前的不同了。」

「不需要等，我現在就能想像會如何美味，這裡面的因由我想明白了。馬掌櫃，你去告訴陸師傅，我相信他也會很激動的。」薛天磊雖然不會做菜，但他是三十多家酒樓的老闆，吃多了、品多了、關注多了，自然很容易理解其中的奧妙。

「冷姑娘，恕我好奇心太重，妳小小年紀怎麼對烹調如此有研究呢？我想我雙福樓的師傅都要輸給妳。」薛天磊忍不住問了出來。

「呵呵，薛公子太高看我了，我只是喜歡美食，看了很多相關的書而已，而且機緣巧合，曾經救了一位外地來的老婆婆，她為了感謝我，讓我看了一遍她家傳的食譜，我記性好，所以記下了大部分。不過我只會說，你要是讓我親自做我就要丟大醜了。」安然面不紅耳不赤地編了一個故事。

除了劉嬤嬤和秋思，在座的其他三位還真都相信了。

秋思真是對她們家小姐「講戲文」的能力萬分佩服啊，不過她不敢露出一點異色，夫人入夢教女的事可不好讓人知道的。

說話間馮師傅和阿根端著「鴻運當頭」和「海蠣煎」進來了。

「海蠣煎」金黃的色澤，「鴻運當頭」四溢的清香，都讓人食指大動。

薛天磊微瞇著眼細細品嚐，無限享受。馬掌櫃則是小眼睛睜得更圓了，彷彿看見這兩道菜變成銀子隨著那熱氣不斷冒出來。

安然心裡在驚嘆啊，這名廚就是名廚，還真不是蓋的，要不是因為欠缺一些配料，這一定要比她前世在六星級飯店吃的都更美味啊。幸好她有自知之明，只給菜譜讓大廚去做，而不是自己下廚操作……

她心裡嘆著，嘴裡也不吝誇讚。「馮師傅，你真不愧是雙福樓的大廚，第一次做就如此成功，這海蠣煎真是外酥內軟，鮮香可口。」

「還有這鴻運當頭，油潤滑嫩，滋味鮮美，湯純味濃，真是太美味了。」薛天磊也接著說道。

馮師傅也很自豪，不過還記得謙遜。「是小姐的菜譜好，這種做法我以前沒聽說過，這第一次做火候還不是掌握得很好，多做幾次一定會更好的。」

「馮師傅太謙虛了，不過謙虛使人進步。呵呵，這海蠣煎還可以加入時令蔬菜，還可以用不同的醬料，怎麼配味道更好你自然比我更清楚，可以多試試。」

馮師傅凝神一想，眼睛瞬間更亮了。「多謝小姐指教，等我試驗出最好的效果時，一定還請小姐品嚐指導。」

「呵呵，指導不敢當，品嚐我喜歡。」說著扭頭轉向薛天磊。「薛公子，以後我想吃這幾道菜，您可得給我折扣哦。」

「姑娘客氣了，以後姑娘在大昱任何一家雙福樓用餐，都是免費的，用完之後如果能給一些意見，他們會更加感激的。」說著遞給安然一張金色的名帖，和之前的那張不同，這是用薄薄的金片製成，同樣印有暗紋，除了有雙福樓印章外，還有一個特殊的印記。「這張名帖只有姑娘本人使用才有效，當然，妳可以帶朋友。為了防止名帖丟失，有時店掌櫃會問妳一個問題，問題的答案一會兒馬掌櫃會給姑娘，還請姑娘妥善保管。」

暗號啊？安然想起了「天龍蓋地虎，寶塔鎮河妖」，呵呵。

「薛公子真是太客氣了，也不怕我胡吃海喝？不過我好吃，還真是不捨得拒絕這麼一份大禮。您要是後悔了，現在收回還來得及哦！」安然俏皮地歪著小腦袋，那個「哦」拖了好長的尾音。

薛天磊再次抓住了自己的右手，寵溺地笑著。「妳儘管吃，只要記得吃完了提點意見就好，特別是幫我們試吃一些新菜式。」

安然小心收好名帖，開始跟馮師傅講解另外三道菜的做法以及該注意的地方。

等馮師傅和阿根退出去，馬掌櫃問安然。「冷小姐，是否讓福生明日起過來雙福樓？」

「馬掌櫃，您年長，稱呼我安然吧，親切些，安然可是很喜歡您這個長輩的。」安然笑著回答道：「我想讓福生哥哥七日後開始跟您學習，這幾日我還有些事要他幫忙，而且我也可以先教他一些基礎的算術，讓馬掌櫃您省點心。」

「好的，安然，那就說好七日之後，妳放心，我會好好教福生的。」

「我也比安然年長，也可以叫妳安然吧？」薛天磊眼紅地插嘴。「妳以後稱呼我薛大哥好嗎？」

「當然好了，薛大哥。」安然大方地應了。開玩笑，人家都給了一張終身免費餐券，叫聲大哥怎麼了。而且薛家財大勢大，劉嬤嬤可說過他們家背景雄厚來著，關係網啊關係網，多結交一個「大腿級別」人物，不虧的。

安然軟軟的一聲「薛大哥」叫得薛天磊心都柔軟了，他家裡有四個妹妹，卻從來都沒有這種感覺。

「安然是計劃開鋪子嗎？有什麼需要薛大哥幫忙的儘管說，如果我不在，妳就跟馬掌櫃說，他會轉告我的。」薛天磊問道。「對了，安然是要開成衣鋪子嗎？」

安然愣住了。「薛大哥，你怎麼知道的？」

「真的是啊？」薛天磊笑得有點得意。「我猜的，我看安然今天這身衣服很漂亮、很別致，我家裡有很多姊妹、表姊妹，穿的都是最時興的衣裳，印象中沒有看過這樣的款式，看來妳這身衣服應該不是外面能買得到的。」

安然不得不佩服薛天磊這個商業天才，敏銳、細心，觀察力和聯想力都不是一般的好。

「薛大哥的敏銳當真讓安然佩服，我正計劃開一家成衣鋪子，不過還只是個初步想法，還要好好規劃一下。薛大哥既然知道了，到時候能請您幫忙介紹一家好的布料商嗎？」

「哈哈，安然真是找對人了。」馬掌櫃哈哈笑道：「大昱朝最大的七彩綢緞莊就是薛家的，薛家有自己的紡織基地和染布作坊。」

「呵呵，七彩綢緞莊主要是在京城和幾個富裕的大城市，在其他地方多是大批量賣給當地的布商，並不會直接賣給顧客。」薛天磊解釋道。「安然若是開成衣鋪，直接找馬掌櫃下訂單就可以了，我們會給妳最好的價格。」

「那就太感謝薛大哥了。」安然心裡狂喜，這薛天磊可真是她的貴人！投桃報李，安然眼珠一轉，問道：「薛大哥，你們有跟番商做生意嗎？有沒有認識的番人？」

「倒是有幾個番邦客人，買我們的絲綢和瓷器，不過他們來一次不容易，得在海上漂泊好幾個月，基本上都要一、兩年才來一次。」薛天磊答道，臉上滿是問號。

「嗯，我下次畫幾種食材的形狀出來，並做些說明，薛大哥可以試著問那番商找些來，如果可以買到，可以做成很多美味的食品和調料，你們找來以後還可以自己大量種植。給我食譜的那位老婆婆跟我說了，這些東西現在只有番邦才有。」

「太好了，謝謝安然，妳方便的時候弄好給我，或者我不在就給馬掌櫃，我讓人聯繫那些番商。」薛天磊兩眼熠熠發光，這個小姑娘真是不斷地給他驚喜啊。

馮師傅很快呈上另外三道菜，眾人又是一番讚不絕口，安然提了一些意見和建議，就算完成了她「五道菜譜」的承諾了。

送安然出門的時候，薛天磊告訴她明日他就要去福城了，如果安然有什麼事要找他，讓馬掌櫃帶話就可。

安然乖巧地應了，收好馬掌櫃悄悄遞過來的「暗號」，就離開了雙福樓。

看著安然幾人漸漸走遠，薛天磊對馬掌櫃道：「讓人瞭解一下安然的家世和其他情況，另外，如果她有什麼事，多關照一下，福生那邊也用點心。」

馬掌櫃連忙應了。

安然幾人回到了新買的宅院。她看時間不早了，決定放棄去逛街採買的原計劃，有些事要先跟福生交代。

安然和劉嬤嬤、福生坐在外院榆樹下的石桌旁談事，秋思跑去廚房燒水，廚房裡還有不少現成的器具。

「福生哥哥，我之前沒有跟你商量就替你做了安排，你不會介意吧？實在是事出突然，機會難得，我想到就做了。」安然說：「當然，如果你以後不願意幫我打理店鋪，我也不會勉強的，只是你要遵守我們對薛公子和馬掌櫃的承諾，不要去別的酒樓食鋪，不要做損害雙福樓的事就可以了。」

「妹妹說哪裡話，我再笨也知道妹妹這是在幫助我、提攜我，妹妹的事本來就是我的事，何況妹妹給我的機會別人求都求不來。我只是擔心自己做不好，拖累了妹妹。」福生忙不迭地站起來，汗都急出來了。

安然嫣然一笑。「人只要有心，沒有什麼做不好的，福生哥哥本來也只有十六、七歲，有什麼是學不好的呢？別人做生意也是從不會到會。福生哥哥，你跟著薛公子和馬掌櫃時要好好看他們如何處理各種關係，然後自己琢磨。」

「是，妹妹，我都記住了。妳放心，我不會心急，不會眼高手低的。」福生認真說道。

「嗯，我相信你。」安然示意福生坐下，繼續說道：「現在有幾件事你先去做。一，這店鋪要加蓋個二樓，你先瞭解一下一般的價格和做法，有誰做的比較好，人比較誠實可靠的，我們確定以後再找人來做。二，這麼大的宅院要有人日常打理，廚房也要有人做飯。而且店鋪的第一批人我們都不能用僱工的，還是買些人來才好，你打聽一下做得比較久、信譽比較好的牙婆，找一些人來讓我們選選，做過管事的、女紅好的、做粗活的、口齒伶俐的，都找些來看看，重要的是來歷清白、人本分。嗯……你就說我們家本在外地做生意，我這個小姐先回來了，所以需要先買十幾個丫鬟、下人，如果用得合意，以後還會找她介紹。」

安然讓端著水壺過來的秋思把水壺放籃子裡吊井中冰一下，接著又對福生交代道：「對了，對外說我們家姓夏。還有，在東側開個大門，正門改到那邊去，這可以等人買來、店鋪開業之前弄好就行，你先記著。」

這座宅院在商業街的最邊上，但也有個好處，在兩條主街的交會口。東邊開個大門，以後馬車進出也方便。

想到這裡，安然問道：「福生哥哥，我記得你駕過牛車，會駕馬車不？」聽到福生說會，又接著說：「那你明天去買一套馬車，簡單結實不要太張揚的就行。以後出門辦事、去莊子上找我們，或接我們過來都方便。」

「姊兒，您不是說不想讓莊子上的人猜到什麼嗎？」劉嬤嬤疑惑地問道。

「嬤嬤，福生哥哥又不是冷家的下人，他碰到好的際遇，遇到貴人掙了點錢，買了馬車、送些吃的用的孝敬妳這個娘親，讓那莊頭娘子知道又怎樣？我在她們眼裡還是和以前一樣就可以了。」

剛把水壺吊進井裡的秋思拍了拍手，氣憤地說道：「哼，那莊頭娘子就是林姨娘的眼線，一家子都不是好東西。」

安然笑了笑，她暫時不想理會冷府的人和事，她要在與他們面對面前先增強自己的力量。

「福生哥哥，」她轉向福生繼續說道：「你明天就先買馬車、找牙婆、問問蓋樓的事情，有消息了就來莊子上接我們。」福生應了，安然又讓劉嬤嬤先拿了五十兩銀子給福生。

福生忙說：「妹妹，買輛一般的馬車加起來十兩銀子就夠了。」

安然笑道：「出門辦事都需要用錢，你要打探消息，總要備點茶水費不是？你去了雙福樓，也要三、五天地買點點心什麼的孝敬一下馬掌櫃，畢竟人家是長輩，又教你技能。還有阿根和其他夥計也要處好關係，雖然只待兩個月就要跟薛大少爺出門去，但多交個朋友總比有人給你使絆子好。這銀子呢，你自己收好，花費記個帳自己心裡有底就行，也是學帳目的一個開始。」

第八章　死馬當活馬醫

張叔送她們到莊子上的時候，天還沒全黑。因為買的東西不多，就沒讓張叔送進去了，好讓他早點趕回縣城。

劉嬤嬤和秋思一人拎著一個雞筐子，安然提著其他東西。

開門進了院子後，安然正要讓她們把雞筐先弄到那裝雜物的小棚子裡去，就聽到秋思「啊」的一聲，手指著院牆下雞柵欄後面的那團黑影。

三人放下手上的東西，劉嬤嬤順手扯過門邊的一把竹掃帚，把安然護在身後。秋思也很快從不遠處的石堆裡抓起一塊不小的石頭，那堆石頭是前幾天她從小河邊撿來準備壘雞窩用的。

好一會兒，那團黑影一動不動。三人大著膽子慢慢靠近，才看清那竟然是一個人，似乎還昏迷著，旁邊的地上有一大灘血。

這麼高的院牆都能翻進來，應該是會武功的人，至少會個什麼輕功。該不會是掉下來摔死了，才有這麼一大灘血吧？安然腦袋裡開始天馬行空、浮想聯翩。

劉嬤嬤用竹掃帚捅了那人一下，沒有反應。又大膽走近了一點，彎下身用手指探了探那人的鼻子下面。「還有氣呢！」劉嬤嬤的聲音顫抖著。

安然也蹲下，看清那人的臉。天，好帥的一張臉，完美的臉型有稜有角，雖然此刻蒼白得像一張白紙，仍是俊美異常。劍眉下那雙眼睛現在雖然閉著，但從那長長鬈翹的睫毛卻能推斷出這一定是很漂亮的一雙眼睛。高挺的鼻子，雙唇厚薄適中，可惜這時卻死白死白的。這麼帥，而且臉上沒有邪氣，應該不像是壞人吧？一向是「外貌協會」忠實成員的安然，很容易就被這張臉「色誘」了。

視線往下移，這黑色錦袍的面料和上面刺繡的雲紋看起來應該不是普通人穿得起的，左胸前一大片被血浸濕了，細看一下，好像被割破了一長條，應該是那裡的傷流出來的血。

「小姐，這人的腳好像被什麼咬了。」

秋思的話讓安然的視線轉向帥哥腳上，只見他的右腳上褲子胡亂向上捲起，腫起一塊，但看不大清楚。

「嬤嬤，我們把他抬進去吧，看看傷重不重。」安然指向那間空置的屋子。

「姊兒，這……也不知道他是什麼人，為什麼會翻牆進來，還受傷流了這麼多血，這……」

「那怎麼辦？把他扔出去？」安然問。

「這……要是沒有人看到，一直這麼流血，那他一定會死掉的。」劉嬤嬤又覺得不大忍心。

「那就是嘍，我們還是先把他弄進去看看再說吧。」

於是秋思趕緊先把那間屋的門打開，點上油燈。三人半抬半拖地把那人弄了進去，沒力氣了，只好先放地上。

安然先仔細看了那腳，說道：「是被毒蛇咬了。」

秋思驚訝道：「小姐怎麼知道？」

「喏，這傷口周圍已經開始發黑，上面的牙痕呈針尖狀，還在滲黑血。這兒有兩個毒牙咬的齒印，書上就這麼說的。」安然回答。

實際上是安然前世喜歡野外旅遊，特意學了些野外急救知識，蛇毒急救就是其中重要的一項。

蛇毒？安然猛然想起自家院牆上長著很多垂盆草，她趕忙開口安排。「嬤嬤，妳拿一些白色的棉布來，還有剪刀、火柴、蠟燭。秋思，妳去把廚房裡早上涼著的那壺涼開水提來，再拿一個水杯。」說完自己也很快跑去院子裡扯了一把垂盆草進來。

三人的動作都不是一般的速度。

安然接過劉嬤嬤裁下的一條寬布條，纏在那人的膝關節上方，一邊處理著一邊吩咐。「嬤嬤，拿一個大枕頭來把他上身墊高一些。」

秋思遞過水壺，安然用涼開水反覆沖洗傷口，然後把剪刀尖在燭火上烤了一下，在傷口上劃了個十字，用手指從四周向傷口處擠捏毒液。同時讓秋思剪了一小塊布點燃，在杯口燃燒，再迅速取走燃燒物，安然將杯口扣在傷口上，使杯口四周緊貼皮膚，進行負壓吸毒。如此反覆幾次，直至傷口滲出鮮紅血液。

安然接過讓秋思洗淨搗爛的垂盆草，敷在傷口周圍腫脹的地方。

蛇毒算處理好了，胸口的傷不知道怎樣，她懂蛇毒急救但不會醫術啊，心裡哀嚎的安然將那人左胸的錦袍剪開一大塊，只見一條好深的傷口，兩邊的皮都外翻了，加上那濃濃的血腥味，當下三人都心下一陣作嘔。

安然閉上眼睛，順了順自己的胸口，勉強壓下那股噁心。

睜開眼再「勇敢」地看向那傷口，血是紅色的，周圍的皮膚顏色也算正常，沒有變黑，應該是沒中毒吧，前世武俠片裡那些刀啊劍啊經常是淬了毒的。還好還好，沒毒應該沒那麼快死吧？

「姊兒，您看，這是什麼？」劉嬤嬤拿起從那人身上滾下來的一個小瓷瓶子給安然。

安然拔開那瓶子的塞子把瓶子拿遠一些聞了聞，一股中藥味。電視裡那些武林高手不是都隨身帶著傷藥嗎？這應該就是吧？總不會把毒藥這樣貼身放著吧？安然想了想，讓劉嬤嬤再檢查看看他身上還有沒有其他瓷瓶。

「沒有了，只有這一個。」劉嬤嬤回答道。

那應該是傷藥了。

算了，反正他這樣流血也會死掉，傷口那麼深不處理還會發炎感染，一定也會死翹翹。試試吧，就是瞎貓碰到死耗子，死馬當活馬醫了。

前世讀中學的時候，安然和幾個同學好奇心強的同學，跑到一個家住郊區的同學家裡，把他家養的一隻兔子用刀劃傷了，再灌了麻藥縫合起來抹了藥養著，結果那兔子竟然沒死。縫人，應該只比縫兔子難一點點吧？救人一命勝造七級浮屠，姊豁出去了！

「嬤嬤，妳把我們上次買的酒拿來，再拿個乾淨的碗……再把那白色細棉布剪一塊來，兩條手帕那麼大就行。秋思，妳去燒點開水，拿幾塊棉巾用開水煮兩滾拿過來……等一下、等一下。」安然剛吩咐完又叫住了正要跑出去的劉嬤嬤和秋思。

「還是先把他挪床上去吧！」安然說完，三個人又合力把那人半抬半拖地挪到床上去了。這屋子之前一直備著，還鋪有草蓆，萬一冷府有人來可以住，可惜五年來從沒人來過。

安然狠狠喘了幾口氣，跑到自己房間拿了一根縫衣針和白色的絲線，想了想將針在燭火上方烤了一下。

等劉嬤嬤拿了東西回來，安然倒了一碗酒，將針穿了絲線，一起浸泡在酒碗裡。也不知這酒濃度夠不夠消毒？安然心想，不過沒辦法了，有總比沒有好吧。

秋思端了盤開水煮過的棉巾進來，安然拿起棉巾，倒了酒在上面，小心擦洗那人的傷處，接著用酒也洗了下手，拿起針線，就開始準備第一次在人身上繡花了。

劉嬤嬤和秋思都白著一張臉盯著安然，秋思的聲音都顫抖了。「小姐……您……您要……您……」

「好了好了，妳不要在那兒您您您了，妳沒看到我的手都在發抖嗎？針都要掉了。」安然沒發現的是，此刻自己的聲音也在顫抖。「這個人的傷口這麼深、這麼大，不縫起來會死掉的。」

安然閉了下眼，狠狠吸了口氣，努力讓自己的手不要抖得那麼厲害，一咬牙就縫了下去，手下的身體微微動了一下，不過安然沒覺察到，因為此刻連她自己都在抖。

穿過第一針後，安然的勇氣上來了一些，再次狠吸了一口氣，繼續穿針引線，心裡只有一個念頭——長痛不如短痛，快快縫完拉倒。

直到最後一針收起，用剪子剪斷了線，安然才長長呼出一口氣，要是傷口再長些，那個人救不救得活不知道，她估計先被憋死了。

安然拿棉巾浸了酒再次擦了一遍傷口，然後把那小瓷瓶裡的藥粉敷在傷口上，拿那塊白色的細棉布蓋著，最後用棉布條纏起來。

做完這一切，安然坐在床邊，看著自己雙手上的血跡，突然哇地一聲哭了出來。

劉嬤嬤和秋思嚇了一跳。「姊兒，您怎麼了，這人不行了嗎？」

安然哽咽著聲音。「嚇……嚇的。這個人……只要不發燒……應……應該……沒那麼快死，只……只要那個藥……真的是……傷藥……不……不是毒藥。」

劉嬤嬤和秋思默默地相視一眼，一臉囧然，心裡都在吶喊——嚇的？嚇的妳還那麼利索地把那人的皮肉當繡花布？嚇的妳不知道是不是毒藥都敢往人身上倒？

等三人回過神來才發覺肚子好餓，這會兒早已經過了亥時，不餓才怪，還緊張忙乎了半天。

「秋思，妳去弄點粥，再炒個青菜，其他那些東西都先吊井裡。再燒鍋水，我要先洗洗換掉衣服。」安然心疼死了，新做的衣服啊，上好的面料啊，現在沾了那麼多血，全廢了。

秋思應聲出去後，劉嬤嬤開始整理地上、床頭那一堆亂七八糟的東西。

安然則先到井邊去打水仔細洗了手。

洗完吃完，安然三人又去看了一下那帥哥，睡得挺好，呼吸平穩，沒有發燒的跡象。

「呵呵，看來我的水準還挺高的嘛，不去學醫太可惜了。」安然拍了拍手，得意起來。「他呼吸平穩，應該不會那麼快死的，妳們今晚如果有起床，就過來看看他有沒有發燒。」

至於安然自己，她的睡眠一向很好，基本上一夜睡到天亮。

安然這一覺睡得可香甜了，高度緊張的神經放鬆下來，加上這一天也確實累了，那可不睡得唏哩嘩啦的？

她還在夢中高興地數著銀子的時候，卻有人非常不識時務地擾了她的美夢，秋思輕輕卻急切地搖著她。「小姐，那人醒了，那人醒了！」

「誰醒了？醒了就醒了唄，小姐我還沒醒呢。」安然咕噥了一聲，轉了個身又要睡去。突然猛地一個翻身。「妳說誰醒了？那個帥哥？他真的沒死？」

帥哥是什麼秋思不知道，但從昨晚到現在她聽她家小姐說了好多次了，知道是指那個受傷的人。

「是的，醒過來就要水，卻又不讓我們靠近。」秋思抱怨道：「也不知有沒有傷到腦子？」

「什麼，救了他還這麼跩，不知道感激啊？我去看看。」安然徹底清醒了，秋思服侍她穿了那身淡藍色繡大蝴蝶的襦裙，綰了兩個包包頭，簡單洗漱了一下就衝到了那間屋子。

劉嬤嬤正站在門邊往這兒看，一見安然過來趕忙道：「姊兒，那人醒了，但不讓人靠近，沒法餵水。」

安然進了屋往床上看，那人也正睜著眼睛看向她，烏黑深邃的眼眸，泛著迷人的色澤，讓人一不小心就會淪陷進去。

安然好像忘記了自己要做什麼，就這麼愣神了。薛大哥已經很帥了，這個男人簡直就是帥哥中的極品，大昱朝盛產美男嗎？

旁邊的秋思輕輕碰了她一下，心道：這小姐，發什麼呆呀？

回過神來的安然卻被那男人的一句「花癡」給惹惱了。「花癡怎麼啦？告訴你，要不是看你長得還算是個帥哥，姊姊我一時心軟，費盡九牛二虎之力救你，你早就跟閻王爺下棋去了。不知感恩的臭傢伙，你還要感謝我的花癡呢！哼！」

氣呼呼的安然轉頭對秋思說：「餵他喝水，再餵他喝點粥，有力氣了就讓他滾蛋。記住，把他身上值錢的東西都留下來作為謝禮，實在沒有，就寫個欠條。劉嬤嬤，妳去煮些粥來。」說完抬腳就準備出去。

「不要，除非妳來餵我。」那男人在安然爆發前加了一句。「我渴死、餓死了，或者傷好不了，妳就拿不到謝禮了。」

「你……你……」安然兩眼瞪得圓溜溜，一手叉著腰，一手指著那位就這麼看著她、臉上沒有絲毫表情的男人，氣得都不知道要說什麼了。

「沒辦法，我不習慣女人靠近我。」那男人像是在向安然解釋，聲音裡帶了一絲委屈，沒想到卻再次激怒了安然。

「你什麼意思，我不是女人嗎？」

有妳這麼凶悍的女人嗎？鍾離浩心裡想著，嘴上卻不敢說出來，否則他毫不懷疑這個女孩會氣得殺了他，謝禮都不要了。

「妳還是個小女孩嘛。」他識相地囁嚅了一句，心裡卻是接上另一句——「還敢自稱姊姊的小丫頭。」

「這還像句人話。」安然的火氣稍稍按下了一些，心裡卻跳躍性思維，直奔另一個主題——不習慣女人靠近？他不是個正常男人吧？難道是玻璃？兔子？哈哈，可惜了這麼一個大帥哥，哈哈。

安然心裡胡想著，臉上也不自覺地泛起賊賊的笑容，鍾離浩突然感覺有點冷。「妳偷笑什麼？女孩子家家的，笑得這麼難看！」

「你管不著。」安然說著拿過秋思手上的水杯，走過去坐在床頭，小心地把鍾離浩的腦袋扶高一些。「不是要喝水嗎？趕緊喝。」很快又叫道：「小口點……小心點……萬一嗆到了咳嗽會扯裂傷口的，姊姊我可沒勇氣縫第二回了。」

鍾離浩聽著耳邊小喜鵲似的唧唧喳喳，聞著安然身上淡淡的茉莉花香，心裡卻是十八年來從未感受過的安寧和柔軟。就是這味道，昨天晚上一直環繞著他的味道。昨天他雖然昏昏沈沈，卻是這淡淡的茉莉花香讓他平靜和心安。

鍾離浩就著安然的手喝了一杯的水。

「帥哥，你身上那瓶藥是傷藥吧？」安然站起來，把杯子遞給秋思，突然想到這個重要問題就趕緊問了。

「是的，上好的傷藥。」鍾離浩回答完馬上反問：「什麼是帥哥？」

「帥哥啊，帥哥就是衰哥嘍，你看你，又是被刀傷又是被毒蛇咬，還不就是很衰的公子哥兒？你知不知道你那傷口離心臟有多近？你知不知道那蛇有多毒，當時那血都是黑的。」安然言辭鑿鑿，笑得像隻小狐狸。

鍾離浩心裡抽了抽，他知道這丫頭是在騙他的，這「帥哥」應該不是什麼壞字眼。不過他真是有點感慨，可不是很衰嘛？本來可以順利地解決那些黑衣人，冷不防草叢裡突然竄出一條毒蛇咬了他一口，雖然他還是忍著劇痛劈倒了最後一個黑衣人，自己卻也不慎被砍了一刀。

因為擔心那群黑衣人還有同夥，鍾離浩在吞下身上僅有的一顆萬花丹後往自己原來行程的相反方向跑了幾步，用盡最後一點力氣飛身翻進了這座離後山最近的小院子，就暈死過去了。

想到這裡，鍾離浩突然問道：「小丫頭，剛才那位嬤嬤說妳幫我解了蛇毒？」

「應該是解了吧，我應該已經幫你把毒都吸出來了，那血都變回鮮紅色了我才停的，你放心，垂盆草治蛇毒還是很有效的。你看，你到現在都沒發高熱，說明蛇毒沒有了，也說明你左胸上的傷口沒有被感染。」安然說著說著就有點得意，她有學醫的天分啊！

「吸毒？妳沒事吧？有沒有哪裡不舒服？」他驚愕地盯著安然那粉嘟嘟的嘴唇，眼裡是滿滿的緊張和擔憂。鍾離浩很清楚那蛇有多毒，雖然他當時服下了萬花丹，卻也只求保住性命，萬花丹是毒公子黎軒特製的解毒丹，一般的毒都能暫時抑制，護住心脈。但黎軒不在身邊，得不到及時救治，那條腿基本上不抱什麼希望的。

安然看見鍾離浩的表情，知道他誤會了，忙道：「你放心啦，我不是用嘴吸的，是用特別器具吸的，我沒事。」笑話，她冷安然很珍惜上天賜予自己的這第二次生命好不？才不會拿自己的命換一個陌生人的命，即使是個極品帥哥。

看到鍾離浩明顯鬆了口氣，安然心想，應該還是個有良心的人，不會是壞人，但為什麼會受了那麼嚴重的傷呢？仇殺？追殺？不過安然前世今生都不是愛管閒事的人，也不會去問什麼不該問的。

「帥哥，你是本地人，還是路過這裡的？有親人朋友在這兒嗎？要不要我們幫你通知他們來接你，你現在這樣自己不方便動的。」安然想著還是快點把這人送走最好，自己這兒只有仨女人，雖然在大昱沒有特別嚴格的男女大防，自己這具身體年齡也還算小，但畢竟男女有別，諸多不便。

鍾離浩想了想，看著安然回答道：「嗯，妳們知道平縣縣城新開不久的雙福樓嗎？可以幫我通知他們的東家就多謝了。」

「薛大哥嗎？你是薛大哥的親友啊？」安然突然覺得這世界好小。「可是，薛大哥今天去福城了，要不，我們通知馬掌櫃來接你可好？馬掌櫃能找到薛大哥的。」

薛大哥？叫得這麼親熱？還清楚知道他去了哪裡，這麼熟嗎？鍾離浩在心裡撇了撇嘴，還是回答道：「馬掌櫃？也可以，妳們要避開人跟他單獨說，說偉祺在這裡就可以了，偉祺是我的字。」

「好好好。」安然連聲應了就趕緊吩咐秋思。「妳吃點東西就出發，請大石頭送妳去縣城，就說有個關於繡品的問題急著跟鄭娘子確定，要不然趕不及客人要求的時間。妳給大石頭五十文錢一定要他收下，說是來回包下他那牛車的車資。到了街口牛車就不能進了，妳讓大石頭先回來，就說妳突然想起還要去找福生一趟，到時候福生會送妳回來。然後妳就去雙福樓找馬掌櫃，避開人私下跟馬掌櫃說偉祺公子受傷了，讓他過來接人。」

秋思應下，就趕緊出去了，剛好劉嬤嬤端著一碗紅棗雞絲粥進來。

「紅棗雞絲粥補血，這位公子昨天流了那麼多血要好好補補，我拿井水冰鎮了一下，沒那麼燙了。」劉嬤嬤說道。

「嬤嬤，妳還真疼他。」安然說著轉向鍾離浩。「喂，你可真好命，我們昨天可是第一次買雞回來呢，今天就殺了一隻貢獻給你了。我跟你說啊，這謝禮一定不能少了。」

鍾離浩的那張臉，一成不變地沒有表情，但聲音明顯柔和了很多。「ㄚ頭，妳不知道有句話叫『施恩不望報』嗎？」

「切，你不知道還有句話叫『滴水之恩，湧泉相報』嗎？我現在不需要你湧泉相報，只是要謝禮厚些不過分吧？昨晚為了你折騰半天，我們損失不少呢。」安然回答得理直氣壯。

安然讓劉嬤嬤抱了兩床棉被過來，小心地將鍾離浩上身扶起，用棉被墊在身後讓他靠著坐好，再坐在床前的椅子上給他餵粥。

鍾離浩吞下一口美味噴香的粥，問道：「那麼ㄚ頭認為多少才算厚禮呢？」

安然伸出一根手指頭。這人看著言談氣度應該是富貴人家，至少同薛天磊差不多，會被人追殺應該有很多麻煩事，找人來接還要神神秘秘的，這種人還是離遠點好。前世電視劇中經常看到那些權貴人士被人救了卻因為擔心洩漏秘密、損害形象等莫名其妙的原因而殺了恩人一家。她冷安然可不想惹上這些是非，敲他一筆既可以弄點創業基金，又可以讓這個人覺得放心。

「一萬兩？是不多，但我身上帶的不夠，回頭我讓薛天磊給妳。」鍾離浩的聲音沒有一絲波瀾，眼睛看看雞絲粥又亮亮地看著安然，意思是還要吃。

安然趕緊先餵了他一口，才說道：「暈死，我才沒那麼貪心呢，一千兩，不二價，出了這個門後我們就不認識了，我們三人根本沒見過你。」

安然看鍾離浩很快吞了下去，又餵了一口，一口一口接得緊，這廝看樣子真餓了。

鍾離浩面上不顯，應了一聲「好」，心裡卻是在想，這丫頭很聰明，但也太敏感、太小心了，他看上去很像惡人嗎？不認識？他就這麼讓她避如蛇蠍？

吃完了粥，安然幫助鍾離浩躺下，他刀傷嚴重、失血太多，又被毒蛇咬了一口，是需要多休息。待他合上眼後，安然幫他蓋好了被單，跟劉嬤嬤一起放下窗簾，帶上門出去了。

安然自己也吃了一碗紅棗雞絲粥，然後回屋寫了五張小楷，就接著忙她的那幅刺繡，希望能趕在福城麗繡坊開業前完成，既能幫麗繡坊製造話題，在福城打開局面，又能為自己再掙一筆，這後面開鋪啊什麼的還要投入不少資金，而她們手裡只有九百兩銀子並一些碎銀銅錢了。

第九章　離開

午時初刻，安然正在給鍾離浩餵燉得爛爛的雞腿肉，秋思帶著馬掌櫃進來了，後面還跟著兩個男人，一位小廝打扮，另一位則又讓安然呆住了——

這大昱真是盛產美男啊！站在三步之外的這位男子一身雪白錦袍飄飄如仙，烏黑的頭髮用一根碧玉簪子束著，白皙的肌膚透著瑩瑩光澤，一雙細長的桃花眼眼角微微上揚，純淨的瞳孔和嫵媚的眼形妖異地融合成一種極度的魅惑，薄薄的唇，如最水潤的玫瑰花瓣。

天，這個男人還要讓女人活不？比他更美的女人應該找不到吧？真是讓人自卑啊！

「咳咳！」鍾離浩咳了兩聲，心裡很是不高興，小丫頭又犯花癡了，這勺子都伸他鼻子上了，要他用鼻子吃嗎？

安然尷尬地回過神來，看見鍾離浩鼻尖上的雞汁和眼睛裡的委屈，不好意思地吐了吐小粉舌，拿起腰間繫著的棉帕子抹掉那雞汁，然後看似專心地繼續餵著，心裡卻在為剛才的「花癡」行為辯解吶喊——我才十三歲，我還是小朋友！

鍾離浩也不說話，好像沒看見進來的這幾個人，也感受不到他們見鬼似的驚疑目光，只是很認真地享受著他的雞腿，他還真是從來沒有吃過這麼好吃的雞腿。

站在旁邊的那幾人也不敢吭聲，鍾離浩根本是在無聲地說——天大地大，吃雞腿最大。

鍾離浩的貼身小廝南征，本是一進來就想衝去接過安然手上的碗，卻被他家世子如劍的目光瞪退了三步，愣在那兒半天沒反應回來。除了太后和皇后，世子爺可是從來不讓其他女人靠近的，這是怎麼回事？

而安然因為還沈浸在剛才的尷尬和自我辯解中，沒有注意到周圍詭異的氣氛。

兩隻雞腿都餵完了，安然收了勺子站起來，手上剛才用的帕子卻被抽走了，只見鍾離浩垂著眼眸，很專心地用那條帕子擦拭著嘴角，看都沒看她。

安然愣了一下倒也沒覺得有什麼不對，她們是應該為他準備一條帕子擦嘴的，算了，反正這條帕子剛才也用來擦他鼻子上的雞汁了，就給他用好了。

想明白了的安然轉身對馬掌櫃等人說道：「馬掌櫃好，你們聊吧，我們這就出去。」說完就和秋思帶上門出去了。

低著頭的鍾離浩嘴角微微勾起，閃過一抹得逞的笑意，很自然地把帕子摺好收進懷裡。

安然沒走出幾步，就聽到門吱呀一聲，馬掌櫃也出來了。安然停下腳步，待他跟上後問道：「馬掌櫃用午餐了嗎？不嫌棄的話跟我們一起吃吧，有雞湯，還有我做的拍黃瓜，你一定會喜歡的。」

「好啊，能嚐嚐安然的手藝，我這趟來得真是太值了。」馬掌櫃欣然應下。

一道簡單的涼拌菜拍黃瓜讓馬掌櫃驚豔了，大昱還沒有涼拌這種做法，盤子裡碧綠的黃瓜配著紅紅的炸花生米，煞是好看，嚐了一口，十分清脆，爽口開胃，實在很適合在這炎熱的夏季食用。

那飯也是馬掌櫃沒見過的紅豆飯，又好看又美味。

馬掌櫃張了張嘴想說什麼，想想又壓了下去，這事還是讓大少爺跟安然談比較好。

安然笑著說：「你今天也是來得巧，因為偉祺公子傷勢比較重，紅豆補血養血，我就想起了紅豆飯，這才讓劉嬤嬤做了，而且紅豆清熱排毒，尤其適合夏季多食。」

安然不動聲色、似在閒聊一般地把拍黃瓜和紅豆飯的做法詳細地說了一遍。

屋子裡，黎軒查看了鍾離浩左胸的傷口和腳上毒蛇咬的傷口後，拿出一顆藥丸給他服下，然後在那兒驚嘆不已。「你現在除了流血過多、身體虛弱一點外，沒有什麼問題。一來你及時服下萬花丹控制了蛇毒蔓延的速度，二來是那位小姑娘把你腳上的蛇毒處理得很乾淨，那草藥也很對症，否則你這次至少也要捨去這條腿了。」

黎軒仔細地看著那絲線縫合的地方，還從沒見過這種處理傷口的方法，不過想想又是很有道理的。

「偉祺，這真的都是那小姑娘處理的嗎？你確定她不會醫術？」黎軒又想到一個問題。「據你的描述，那蛇奇毒，她是怎麼幫你吸出蛇毒自己又沒事的？我剛才看她的樣子不像有沾到蛇毒。」

「嗯，我昨晚迷迷糊糊聽到她跟婢女說是書上看到的方法，今天早上我也問她了，說不是用嘴吸的蛇毒，是用特別的方式。至於這用絲線縫傷口，她說以前就用這方法救活一隻小兔子。」鍾離浩回答道。不過有句話他沒說，今天那丫頭還說了一句「死馬當活馬醫」，鬱悶啊，他鍾離浩就這樣悲催地被那丫頭看作了一回死馬。

安然再次看到鍾離浩的時候，他已經被換上一身衣服，依然是一件黑色錦袍，跟此刻半攙半抱著他的黎軒站在一起，簡直是一對「璧人」。安然忽略掉同時站在鍾離浩另一邊的南征，又開始暗自暢想了——怪不得他不喜歡女人近身，嘿嘿，這一黑一白，一剛一柔，又都是絕色，還真是相配又養眼啊。

鍾離浩見安然的眼睛又發直了，心裡罵了一句花癡，嘴上又咳了兩聲。老天啊，他現在咳嗽傷口很疼的，就不能讓這臭丫頭少發點花癡？

黎軒見到安然卻很興奮。「小姑娘，妳能不能把那吸蛇毒的方法告訴我，我不會白聽的，也會拿很多好東西跟妳交換，妳肯定不吃虧。」

安然聽到「很多好東西」有點動心，那負壓吸毒的方法對她來說又不是什麼寶貝。可她聽到鍾離浩在咳嗽，又見他黑著一張本來就面癱的臉，以為他傷口很疼，就顧不上回應黎軒了，衝著黎軒就瞪起一雙大眼睛。「喂，你不會先把他扶上馬車躺好再說其他的嗎？你知不知道這樣他會很疼的，他左右都有很嚴重的傷你沒看到啊？」

一番話罵得黎軒愣住了，還很委屈，他剛剛才給鍾離浩服下了一顆大補藥，身子沒有那麼虛弱好不好？這麼一個俏生生的小姑娘怎麼這麼凶？

而「罪魁禍首」鍾離浩卻是心情舒暢，哪兒哪兒都不疼，哪兒哪兒都舒服，他微微垂下眼瞼，讓人看不清他的情緒。此刻，他的心裡真是又暖又軟啊，丫頭在心疼他呢！

黎軒和南征把鍾離浩扶上馬車躺好，安然遞過來一個包裹。「這是垂盆草，大部分的蛇毒都能治，洗淨搗爛就可以，公子腳上敷的就是這個，你們帶些回去吧，能用就用，不能用扔了就是。還有公子傷口上縫的絲線，十天左右一定要拆了，別忘記。」

南征接過包裹，連連稱是並道謝。

黎軒剛想張口，安然已經轉向他說道：「你要的吸蛇毒的方法，我有空寫了託馬掌櫃帶給你，現在你們先走吧，這麼一輛豪華大馬車在這兒太惹眼了。」

黎軒高興得連聲道謝，當下也不堅持，幾人上了馬車就離開了。

不遠處，幾個婦人站在那兒交頭接耳的，眼睛不時瞟向這邊。

安然等人也沒理會，走進院子關上了門。

回到自己房間，安然正準備上床小睡一會兒，秋思急急走了進來。

「小姐您看——」秋思遞過手裡的一塊玉珮和幾張銀票。「就放在那屋的床上呢。放在床正中很顯眼，是怕我們沒看到吧？」

安然接過一看，乖乖，一共五張銀票，都是一千兩面額的，那塊玉瑩碧潤澤、入手冰涼，一看就是難得的上好東西，玉的正面雕刻著一樹梅花，反面是四個字——歲月靜好。

「呵，是謝禮吧，這也太多了，呵呵。下次找機會讓薛大哥幫忙把這塊玉珮還給他，銀票咱們就收了。」安然數著銀票樂呵呵的，兩眼閃閃發光，這一夜可沒白忙活，五千兩欸，發財了！

秋思在一旁囧然——小姐這樣子真像一個小財迷。

第二日早上，安然正在刺繡，福生來了。

福生把帶來的桌椅、浴桶搬進那間空屋，四人坐在大榆樹下談事。

福生告訴安然，已經約了李牙婆，明天巳時帶二十幾個人來給安然挑選。「李牙婆做這行十幾年了，和福城的一些人牙子有互通，所以僕婢的來源比其他牙婆多，而且她經手的都是自願賣身、手續清楚的窮苦人家，或官府發賣的官奴，沒有來路不明的人，發賣前也都經過培訓。我已經跟她說了，我們家小姐不要那些妖媚的，要手腳利索的。」

福生喝了一口水，繼續說：「增蓋二樓的事也打聽了，找的是一直在縣城裡做散工的王虎、王豹兩兄弟，他們是平縣西角甌鎮夏坑村的人，帶著村裡的幾個小夥子一起在平縣縣城裡接活，我們那條街上不少人家蓋樓都是找他們。王虎看了我們鋪子的大小、格局，報價需要六天時間總共三兩銀子，五個人，每日包兩頓飯。我說了三天之內給他們回覆。材料我們需要自己準備，我也詢問了一些人，估算了一下，各種材料加起來大概要五兩銀子。」

這福生辦事還挺利索，思慮也周到，不是那種說一步動一步的。

安然笑道：「福生哥哥你的動作可真快，我們明天先挑些人，然後你就去通知那王虎兄弟，三日後開始動工蓋二樓。你告訴他們，如果他們的活計讓我們滿意，以後建東側大門的事也交給他們了。」

福生應下。

安然想了一下，接著道：「福生哥哥，你搬到宅子外院住吧，自己找一間喜歡的正房。」福生正要推辭，安然繼續說道：「然後再找一間廂房，把那些木料都移進去，以後你有空的時候可以雕刻些小東西和擺設，我會告訴你刻些什麼，或是給你圖紙，明天選的小廝中如有合適的，你就帶著他學雕刻，以後我們鋪子裡用得著。鋪子後面的小院格局不需要大改，倉庫以後還是用作倉庫，廚房還是廚房，原來的木工房從中間隔開分成兩間，這樣就有四間住屋了，以後的小廝、夥計都住在那個小院。」

福生聽完只好應了，安然見他還是有些拘束，笑著說道：「福生哥哥，明天買了合適的人來，你要記住你也是我們那府裡的主子。你是我的奶兒，像親哥哥一樣，所以你不能覺得彆扭或拘束，要是自己沒了氣度、沒了威望，人家就更不會把你放在眼裡，到時候府裡、鋪子裡你都管不住，就什麼也做不好了。一個人要想做成事，就不能拘於小節，只要對得起自己的良心就可以了，這話對你在外面做生意也一樣有效。」

福生被安然這一番話給震住了，好好消化了一下，下了決心似的，狠狠地點頭道：「妹妹，我記住了。」

一旁的劉嬤嬤則激動地抓住安然的手，眼淚不停地流，嘴裡喃喃著。「姊兒……姊兒……」

安然輕輕拍著她的手背表示安慰，又對也是眼眶紅紅的秋思說：「妳也一樣，秋思，我也沒有把妳當奴婢看，哪天妳要是有什麼想法，或者找到妳的哥哥，或者找到一個妳想嫁的好男人，妳就告訴我，我會幫妳解了奴籍，還會幫妳準備一份好嫁妝。」

秋思眼淚嗒嗒地說：「小姐，我哪兒都不要去，我做您的丫鬟就很開心了，您可不要趕我走。」

安然噗哧一笑。「秋思真沒志向！好，現在不說這個了，以後妳想做什麼再告訴我。」

談好一些主要的安排，劉嬤嬤和秋思去做飯，安然則開始教福生基本的算術和做帳的原理，算盤她是不會的，只能等馬掌櫃教了。

阿拉伯數字她暫時沒有教給福生，想等以後再說，福生老實不善掩飾，她不想引來什麼麻煩，畢竟現在也不知道這大昱的商人是怎麼做帳本的，先看看再說吧。

用完中飯，安然在屋裡練字，福生和秋思在鋤地，準備用那個小花圃來種菜，劉嬤嬤就坐在那大樹下縫製安然的衣服。

院門「叩叩叩」地響了，安然收起筆墨，拿了一本書坐在床邊。

劉嬤嬤走過去開門，進來的是莊頭娘子和她的女兒美娟。

莊頭娘子一進門就咋咋呼呼的。「哎喲，竟然買了三隻雞啊，還是母雞呢！劉嬤嬤，妳發財啦？哎喲，這是福生吧，你在幹麼呢，鋤地呀？要種花呀？」

劉嬤嬤拉過一張椅子給莊頭娘子坐下，淡淡說道：「福生運氣好，原來的木匠師傅走了，現在跟了一個好東家，多掙了幾個錢，這不，又是買雞又是買菜種子的說是孝敬我，現在在鋤地種菜呢。」

「哎喲，原來是福生發財了，真能幹，這都用起馬車來了。聽說昨天妳們家還來了一輛華貴的大馬車呢。」這莊頭娘子一邊哎喲來哎喲去，一邊眼睛骨碌碌地到處看，剛好安然抬起頭對上，只見安然「啪」地一聲摔出一個粗瓷杯，關上了窗子。

美娟被摔在面前的杯子嚇了一跳，尖利的聲音立時響徹小院。「這個冷木頭、瘋子木頭，難怪齊家要退……啊……」美娟話沒說完就被她娘踩了一腳，尖叫起來。

「二小姐一貫如此的，不說話也不搭理人，脾氣又暴躁，妳跟她計較個什麼勁兒。」莊頭娘子瞪了一眼自己的女兒，差點洩漏了夫人的事。

劉嬤嬤疑惑地看了美娟一眼，又低下頭繼續自己的活計。「這馬車是東家的，東家對福生好，隨便他用而已。昨天那輛馬車是縣裡一位客人府上的，那家夫人很喜歡我前陣子繡的屏風，又聽說二小姐撞了頭後經常頭暈，就請他們家專用的大夫過來幫著看看。」

「原來是這樣啊，劉嬤嬤，妳的手藝還真是不錯喲，我們家大閨女美林就要出嫁了，妳可要幫忙多繡一些東西啊！」

「可以啊，跟麗繡坊一個價格就行，我們也不多要。」埋頭挖土的秋思抬起身來，大聲說道：「還要現錢，收到錢才做。」

「是啊，我們三人就靠我這點刺繡生活，要是我去幫忙妳家了，我們三人吃什麼呢？」劉嬤嬤也慢慢說道。

「妳！」莊頭娘子氣得滿臉橫肉都紅了。「妳兒子不是發財了嗎？繡幾個東西怎麼了，讓妳幫忙是看得起妳的手藝，一點人情世故都不懂！難怪連剩米都要吃不上了。」

「給臉不要臉！」美娟也跟著她娘橫起來，頭上那朵綠色的大絹花幾乎要從那因為頭髮太少撐不起來的髮髻上掉下來。「告訴妳，妳要是不繡幾樣上好的東西來做賀禮，我爹娘就不幫妳們求夫人把下半年的米給妳們。

「欸，妳手上那麼好的布料是不是也是鄭娘子獎勵的啊？」美娟突然盯著劉嬤嬤手上。「要不，這件衣服做好給我也行。」

劉嬤嬤抬起頭淡淡一笑搖搖頭，埋首繼續幹活沒理她。

秋思指著美娟水桶般的粗腰大笑起來。「這衣服多加兩倍妳也穿不下啊，哈哈哈。」

美娟正要撲向劉嬤嬤搶那衣服，只聽「啪」一聲又一只杯子摔在她腳下，安然握著一根粗木頭站在門邊，冷冷地說道：「滾出去，馬上。」

那冰冷的眼神讓莊頭娘子母女兩個不寒而慄，她們以前可都有被安然打過的經歷，這小姐再不受寵她們也不敢打不是？

此時福生也橫著鋤頭擋在他娘的前面。

那對同樣肥碩的母女倆只好氣憤地往院外走，美娟臨出門還回頭「呸」了一聲，狠狠地盯著安然。「看妳能得意多久，很快妳就要哭死了。」

第十章 買僕

福生看著那兩人的背影，很是擔憂。「妹妹，我師傅的朋友徐伯，家裡有一對他兒子從西北邊境帶回來的大狼狗，月前聽說生了一窩小狗，我今晚回去買一隻吧，明日妳們帶回來？就是聽說很貴，要五兩銀子一隻呢。」

安然聽了非常贊成。「好啊，你去看看，如果有多的話就買三隻，那宅院裡也養兩隻好了。」福生點頭應了。

次日一早，福生就趕過來把安然三人接到縣城宅院。在外院的大榆樹下，安然看到了那三隻小狗，讓她驚喜的是，竟然有一隻純白色的。

福生笑著解釋道：「徐伯說這一窩七隻小狗就數這隻最好看，本來他孫子不捨得賣這隻的，但我想妹妹一定會很喜歡牠，就再三求了徐伯，說可以再多給一兩銀子。徐伯見我很喜歡，又一下買了三隻，還是按五兩銀子給我了。」

「是啊是啊，我好喜歡的，以後就叫牠小雪了。」安然輕柔地揉著小雪的脖子。「小雪，妳以後就叫小雪了，喜不喜歡？」小雪一雙水濛濛的大眼睛看了看安然，身體朝她的手靠了靠，似乎很享受這種按摩。另兩隻不高興了，委屈地朝安然嗚咽了一聲，也要靠過來。安然摸摸這隻，又逗逗那隻，開心極了。

三隻小狗剛好一隻一種顏色，黑的那隻是公犬，安然叫牠大猛，棕褐色的那隻和小雪一樣是母犬，取名嬌嬌。三隻小傢伙剛剛斷奶不久，懵懵的樣子可愛死了。

巳時剛到，福生就過來說李牙婆帶人來了，在前院——鋪子後的那個小院等著。

「還真是準時！」安然看著沙漏讚了一聲，抱著小雪過去了。

福生一早就搬了兩張太師椅、一張茶几放在前院。

安然抱著小雪剛坐下，一個穿著紫色百花裙的婦人就上前打招呼道：「啊呀，您就是夏府的小姐吧，這一看啊，就是通身的氣派。老婆子我今天帶來的都是勤快本分的，您看看，如果不夠的話再跟老婆子我說說還有什麼條件，我再給您找些來，總之一定讓您滿意為止。」

安然看著面前這位古代販賣人口專業戶，並沒有她想像中那樣滿臉橫肉或一副瘦削刻薄樣，倒是五官端正，和藹中透著精明。

安然淺淺一笑，伸手示意。「李牙婆，妳也坐下吃杯茶，今天辛苦妳走一趟了。」

「小姐忒客氣了，這還不是我應該的嘛。」李牙婆笑著坐下，但沒坐滿，斜斜地坐了三分之一。雖然面前的姑娘形容尚小，李牙婆卻不敢輕視，直覺那雙亮亮的帶著清澈笑意的眼睛，有著讓人看不出的內涵。

剛才安然一出宅院大門翩翩走來，李牙婆就開始暗暗地打量她了。

安然今天穿了那淺綠色冰綾做的交領襦裙，上衣比較長、收腰，領口、袖口、衣襬、裙襬都用白色軟綢滾了寬寬的邊，上面繡著墨綠色的葉片。雖然佩帶的飾品不多，只有頭上一支纏絲玉蘭花釵、一對茉莉耳釘，並一對絞絲銀鐲子、一串檀香木手串，卻更襯得整個人鮮嫩窈窕、亭亭玉立，那份由內而外的獨特氣質讓人過目難忘。

李牙婆可是成日裡出入富貴宅院的，見過的大家小姐也不少，但這樣年齡尚小卻優雅沈穩、透著貴氣的小姐可不多見。不知這姑娘到底出自什麼樣的世家大族？

安然看著前面分三排站著的待選人，問道：「李牙婆，這些都是賣死契的嗎？」

「是的，都是死契。有家裡過不下去自己來找我賣身為奴的，有新近拍賣的官奴，也有因為各種原因被轉賣的。」

安然看了劉嬤嬤一眼，劉嬤嬤向前走了一步，對那三排人說道：「大家聽著，女的先退到右邊那棵樹下去，等一會兒。男的站成一排，間隔一個人的距離。」

一排人剛站好，就被安然剔去三個，懶懶散散、東張西望，要不就是傻愣愣地站在那兒半天反應不過來。

剩下的七人中還有一個看上去只有七、八歲的小男孩，安然指著他疑惑地轉頭問道：「李牙婆，這孩子也太小了吧？是被他父母賣的嗎？」

李牙婆嘆了一口氣，對著那七人中的一個說道：「何林你站出來先讓夏小姐看看吧。」

那個站出來的何林倒是讓安然挺滿意，長相端正精神，衣服打了很多補丁但乾淨整潔，氣質周正，倒不像奴僕。據安然的觀察他還挺有領導資質，剛才分散重新排隊時安然注意到他在小聲提醒周邊的人，暗暗整隊，那些人好像挺聽他的話。

李牙婆介紹道：「何林原來是一個三品官家的二管事，識字、會管帳，聽說還幫主家打理過店鋪。他是新近被拍賣的官奴，倒是有不少人家看上他，可是他一定要全家賣在一起，苦苦哀求我，我也著實不忍心，再試試，不行也由不得他了，要不只好把他一家送回福城讓別人去賣。」

「他一家？那不是挺好的，為什麼人家不要？」安然問道，劉嬤嬤說過一般人都喜歡買整家的。

李婆子還沒回答，安然突然轉向那何林。「何林，你自己說吧！還有，抬起頭來。」

何林抬起頭，眼裡有著壓抑的悲傷，沈聲說道：「奴才的妻子身體弱，久病未癒，無法做事，還需要藥材治病。」說到這裡撲通跪下。「求小姐發發慈悲，買下我們全家，奴才什麼事都願意做，不怕苦且不怕累，小端和小午也能做事了，他們很乖、很勤快的。奴才一家不要月錢，只求能給奴才的妻子看病。」

那群女人中跑過來一個小女孩，拉著剛才那小男孩一起在何林身邊跪下，應該是一對姊弟。「小姐發發慈悲，買下我們全家，我們倆不小了，已經會做很多事，我們吃得很少的，求小姐救救我娘。」

「你的妻子什麼病，很嚴重嗎？會傳染嗎？」安然問。

「不會，不會傳染的，奴才的妻子生產時虧了身子，主家被抄時為了救小少爺，被公報私仇的仇家刺了一刀，後來被拍賣，在路上又為了救奴才掉進冰窟中，她只是身體虛弱、需要調養，不會傳染人的，求小姐發發慈悲。」安然注意到何林說話時流著淚看向樹那邊，這才注意到一個蒼白的婦人靠在樹下，瘦骨嶙峋，滿臉是淚。

安然對何林說：「你們三人先站到一邊吧！」何林滿心絕望，悲痛地扶著兒女站起來，就聽到安然的下一句話。「劉嬤嬤，妳拿張椅子給那婦人坐吧，福生哥哥，你去請一個好一點的大夫來給那婦人看看，看大夫怎麼說。」福生應下轉身走了出去。

何林欣喜地又跪下，邊磕頭邊連聲說道：「謝謝小姐，謝謝小姐。」

安然實在不能忍受這在她面前又下跪又磕頭的。「你先站一邊吧，我也沒說會買下你們，先等大夫給你妻子看看再說。」

何林站起，恭敬而真誠地謝道：「不管如何，都感謝小姐請大夫來給奴才的妻子看診。」說完拉著一雙兒女先退到一邊。

剩下的五人，安然讓他們每人說幾項自己的能力和長處，剔掉一個，讓劉嬤嬤說了四句順口溜讓他們每人唸了一遍，又剔掉一個，最後留下三人，都是十六、七歲。

劉嬤嬤對著那群女人說道：「被轉賣的先過來。」

很快走過來四個。

安然看到其中一個女孩左臉上有一條至少兩寸長的疤痕，李牙婆見安然盯著那女孩臉上的疤痕，尷尬地解釋道：「那個人老婆子本來不想帶她來的，怕嚇著小姐，可是她一聽到小姐這邊要擅長女紅的，就一直磕頭求我帶來，要是再賣不出去，她就會被賣到最低賤的下等窯子裡去了。」

「哦？」安然倒沒覺得有多嚇人，其實那張臉本來應該很漂亮，她看向那個女孩問道：「妳叫什麼名字？妳臉上的疤痕是被人害的嗎？」

「不是的，是奴婢自己用剪刀劃的。奴婢之前叫春梅，主家的老夫人要把我給老爺做姨娘，奴婢不願意又躲不過就把自己的臉劃了。」春梅平靜地回答道。「老夫人一生氣就把我打了十板子發賣了。」

「哦？妳原本應該很漂亮吧？現在變成這樣，後悔嗎？」安然盯著春梅臉上的表情。

「像奴婢這樣卑微下等的身分，漂亮只是禍害。奴婢不後悔，重新來過奴婢還是會這樣做的，奴婢不想做姨娘，奴婢只想本本分分地靠雙手吃飯。」春梅一字一字堅定地回答。

「妳的女紅很好嗎？」安然接著問。

「是，奴婢在原來的主家，無論裁衣、縫製、刺繡，都是府裡最好的，所以才得老夫人看中提拔為一等丫鬟，老夫人的衣服都是我做的。」說著雙手遞來一個荷包。「這是昨天晚上，奴婢向李牙婆求來針線，剪了自己一件中衣上的布料做的。」

劉嬤嬤接過荷包給安然，安然看那荷包無論做工、刺繡都不輸劉嬤嬤，針腳極細，藏得很巧妙，荷包正面繡著一朵蓮花，反面繡著一枝梅花。

「妳為什麼繡這兩種花在這個荷包上呢？」安然不解。

「一是因為繡蓮花可以看到顏色深淺變化的技巧，繡梅花可以看到線頭的處理技巧；二是因為奴婢最喜歡這兩種花。」春梅的聲音裡透著自信，眼下濃重的黑影應該是整夜做這個荷包換來的……

「好了，妳站到劉嬤嬤身後去吧，留下妳了。」安然笑道。

「小……小姐？」春梅似乎不大敢相信這麼順利，見安然又笑著衝她點了一下頭，立刻欣喜地哭了出來。「謝謝小姐，謝謝小姐。」然後很快跑到劉嬤嬤身後站好，好像怕誰把她拉回去似的。

安然接著問另外三人被轉賣的原因，一個說主家凶惡，一個說被其他丫鬟陷害，一個說自己被未來姑爺親自點為陪嫁丫鬟，小姐生氣就把她發賣了。

安然把這三人都剔了。

還有十一個女人是一起叫過來的，劉嬤嬤讓她們排成一排，伸出雙手，一個個地看了一遍，有的還用手摸了一下，挑出六個站到一邊對安然點點頭。

安然讓那另外五人每人說三句話評價一下她今天穿的這身衣服，然後剔掉三個，留下兩個站到劉嬤嬤身後去。

安然對劉嬤嬤挑出來的那六人說：「如果妳們留下，主要的工作就是女紅刺繡。劉嬤嬤會對妳們進行考核，如果不能達到要求，三天內會把妳們退回給李牙婆。如果妳們沒信心，或者沒有興趣每天都埋頭做女紅的，就自己後退一步，免得以後又被轉賣。」

有兩個人想了想往後退了一步，其他四人很堅定地站在那兒。

後退的兩人中有一人急切地開口說道：「奴婢怕達不到劉嬷嬷的要求被退回去，但奴婢的女紅在村裡是最好的，而且只要奴婢看過的花樣，奴婢都能用木炭畫出來。」

「哦？妳叫什麼名字？多大了？妳會畫花樣，誰教妳的？」安然顯然很感興趣。

「奴婢叫招弟，十三了，沒人教奴婢，奴婢自己學的。奴婢為了讓荷包和帕子能賣個好價錢，就在街上看那些夫人小姐衣裙上的繡花，然後自己畫下來照著繡。」招弟的臉上泛著紅暈，覺得不好意思。

安然讓劉嬷嬷拿來一張紙和一塊炭，讓招弟畫李牙婆裙子上的芙蓉花。招弟應聲就趴在地上畫了起來，速度挺快，畫法雖然稚嫩，但確實很不錯。

招弟也被留下來了，這樣安然目前已經確定下了三男八女，李牙婆樂得笑呵呵的，這一趟的成績還真不錯。

那邊福生請來的大夫也給那婦人診斷好了，跟著福生走過來。

安然問：「大夫，她的病情如何？」

大夫回道：「這婦人身體寒涼虛弱，氣血不足，所以頭暈目眩，極易暈倒，不能久站。需要好好調養個一年半載，主要是補氣血，多休息，儘量不要碰冷水。」

「好的，謝謝大夫，福生哥哥你送大夫出去吧。」安然轉頭看見何林臉上的絕望，很奇怪。「怎麼了，大夫說你妻子沒事你還不高興嗎？」

「我們這樣的人要調養一年半載，還要補氣血，怎麼是沒事呢？」何林似在自言自語，垂著腦袋看著一雙兒女，也顧不得周圍那麼多人，眼淚滴了下來。

「行了，你妻子的身體我來想辦法，不是什麼大病就沒有問題，你們一家我留下來了。」安然笑道。

小端反應最快，扯著還在愣神落淚的何林。「爹，小姐留下我們了，小姐留下娘了，爹。」何林被喚過神來，拉著兒女就跪下。「快，快給小姐磕頭，謝謝小姐，謝謝小姐。」何林的妻子也在劉嬤嬤的攙扶下過來跪下要磕頭。

安然趕緊讓劉嬤嬤把他們拉起來。

跟李牙婆核算了一下，今天共選了十五個人，二百六十兩銀子。安然跟李牙婆說還需要三個做飯、打雜的婆子和三個粗使丫鬟，讓她選合適的送來，有女紅好的也再找些送來看看。李牙婆連聲應是，說明日就送幾個婆子和粗使丫鬟過來。

安然付了銀票，讓福生帶著十五份賣身契，跟李婆子一起去縣衙登記備案。

劉嬤嬤提醒安然要給這十五個人起名，安然心裡感慨呀，這古代的奴才何其悲哀，連自己爹娘給的名字都不能用。不過她也知道這是在昭顯主家的所有權，自己還是要入鄉隨俗比較好。

安然覺得何林一家還是不改了，就叫何林、何林娘子挺好，小端、小午也很好聽。

那三個小廝起名平安、平福、平祿。

春梅改名麗梅，招弟改名麗蘭，另外四位女紅好的女孩分別叫麗竹、麗菊、麗荷、麗蓮。因為評價安然著裝說得好而留下來的兩個女孩叫麗桃、麗櫻。

劉嬤嬤有點擔心。「這梅蘭竹菊荷的，跟冷府裡幾位少爺、小姐重名了。」

安然不以為然地笑笑。「她們跟冷府又沒有關係，重了就重了唄，我這鋪子要起名『美麗花園』，她們可不就是百花？多好聽。」

十五人再次跪下，謝過安然賜名。

安然讓他們起身，笑道：「記住了，以後在我們這府裡，不要動不動就跪，我不興這一套，好好做事就成。小端、小午，把你們娘先扶到那間屋子裡躺一會兒。平安、平福、平祿，你們隨劉嬤嬤去食鋪買些現成的飯菜回來，女孩子們聽秋思安排，把這前院和宅子裡的外院各屋先打掃一下。等福生少爺回來，大家用了中飯，我們再說規矩、做安排。何林，你先留下，我跟你談些事。」

眾人齊聲應下。

跟何林談了半個多時辰，安然很是慶幸自己決定留下他們一家。

人才啊，思路清晰、條理分明、反應敏捷、識文斷字、精通帳目，還幫主家打理過三年店鋪。後來因為當家夫人設計把各店鋪的管事、掌櫃全部換成她自己的人，何林才回府當了二管家。最讓安然欣賞的是，何林眼神裡沒有卑微的奴性，他恭恭敬敬但不是沒有底線的諂媚。嗯，就是那種所謂「即使跪著，背也是挺直的」。

「何林，我準備開一間成衣鋪子，七天之後，你交給我一份建議書，包括這個鋪子的運作、人員的管理。府裡的管家也先由你來擔任，三天之內擬一份府中規矩、辦事規程給我，我按照我的規矩修改後執行。無論店鋪或府裡的任何事情，你都可以給出建議，不管我接不接受，都希望你多用心、多思考，不要怕我拒絕。接不接受是我的事，做沒做到是你的事。」安然坦言道。

「是，小姐，奴才一定盡心盡力。」何林恭敬地回答道，眼裡是滿滿的驚喜和感激。

安然笑著點了一下頭。「另外，我現在不住在府裡，而是住在莊子裡，離這裡乘馬車要半個多時辰。你娘子最近先跟我住在莊子裡，小端可以跟著去照顧。你娘子身體虛弱，然而是藥三分毒，用藥膳透過食補調理會比較好，所以先讓她在莊子裡跟我們住一段時間，等有起色了，府裡廚房也完善了，再送回來。你如果不放心可以自己送她過去，以後也可以經常過去看她。」

何林急忙跪下，說道：「小姐言重，您如此關照奴才一家，恩重如山，奴才如果還敢說什麼不放心就不是人了。一切都由小姐安排，奴才只能盡心做好小姐吩咐的事，以報答小姐。」

「不是跟你們說了不要動不動就跪嗎？你這個大管家可不要自己就帶頭犯忌了。」安然打趣道。

「是，奴才記住了。」何林又恭恭敬敬磕了一個頭後才站起來。

福生從縣衙回來，把蓋了官府印章的賣身契交給了安然。

大家吃過午飯，全都集中到了外院的廳房，安然開始「訓話」。

安然坐在大廳正中的太師椅上，劉嬤嬤和秋思站在她身後，福生則站在一旁。

新買的十五人在前面站成兩排。

先掃視了一遍眾人，安然說道：「從今日起，你們就是這夏府的一分子了。只要你們本本分分，好好做事，盡可以直直地挺起你們的腰背，也不比別人低賤。你們最好從今天這第一日起就牢牢記住，我的眼裡容不得半粒沙子，做了壞事再來道歉、再來磕頭，我不會理會。偷奸耍猾、出賣主家利益的，我會用最嚴重的懲罰絕不手軟，一定打得半死，再發賣到最可怕、最低賤的地方去，可記住了？」

安然涼涼的目光又掃了一遍眾人，聲音中透著一種堅硬的清冷，讓剛才還因為安然收下何林媳婦和麗梅而覺得主家「軟善」的一些人有種不寒而慄的感覺。

「是，記住了。」眾人齊齊高聲回答道。

「這位是福生少爺，我不在的時候，府裡和店鋪都由福生少爺主事。」安然介紹道。

「是，見過福生少爺。」眾人齊聲回應。

福生差一點又要做出招牌動作——抓腦袋，就看到安然歪起頭看著他，立即想起昨天安然說的話，連忙站直身體，笑著對大家微微點了一下頭，也掃視了一遍眾人。

嗯，挺有氣勢！安然心道。

安然接著讓何林站出來，面向那兩排人。「何林你們都認識了，以後何林就是這夏府的大管家和店鋪的大管事，會協助福生少爺處理府內外各種事務。

「好了——」安然輕拍了一下手，笑著說道：「醜話說在前，現在醜話說完了，大家記在心裡時時提醒自己就成。只要你們守好本心，做好本分的事，我不會虧待你們。現在，何管家和麗梅留下，其他人先出去，劉嬤嬤和秋思會告訴你們做什麼。店鋪開業之前，何管家除了安排你們該做的事之外，還會安排你們學習。具體的安排明天何管家會跟你們說。」安然說完，劉嬤嬤和秋思就帶著眾人出去了。

安然想讓麗梅擔任製衣坊管事，負責管理、培訓繡娘，問她有沒有問題，麗梅很激動地應了，她自己擅長女紅、製衣，又曾經做了多年一等大丫鬟，有管事能力，現在小姐肯給她機會，她當然要抓住了。

安然、福生、何管家還有麗梅四人，一起針對增蓋二樓、店鋪格局、開業準備、人員培訓、第一批成衣製作、開業禮品，以及宅院大門、外院隔出一個製衣坊等一干事項討論了整整兩個時辰。

最後，安然交代若李牙婆再送人來，就由福生和何管家負責選人，繡娘則交給麗梅選。

安然深知授權的重要性，她可不想才十幾歲就把自己累成黃臉婆，培養一個強大的團隊，比修練一個超人一樣的自己更有意義。

而且她還有兩項重要任務——設計衣服和採購面料。

在回莊子之前，安然去了一趟雙福樓，跟馬掌櫃說了她開始準備成衣鋪和需要採購面料的事，還請馬掌櫃將一封信轉交給薛天磊，信裡說明了她對面料的要求和數量，這只是第一批，量比較少，請薛天磊多擔待。

另外，還有一個信封是給黎軒的，依照承諾將負壓吸蛇毒的方法詳細寫給了他。

第十一章　弟弟

忙碌的日子總是過得特別快，一晃眼又是十五天過去了。

這半個月裡，因為增加了設計衣服、畫圖樣的工作，安然每日裡過得真叫充實啊。

說起來真是要感謝前世古裝電視劇中各式各樣的美麗服飾，加上十幾年女裝從業經歷給了她獨特品味和豐富的靈感，安然畫起衣裙來創意泉湧、興致勃勃，好像回到前世小時候畫古代仕女圖。

麗梅帶著繡娘們，加上劉嬤嬤和秋思鼎力支援，已經趕製出了二十多套精美新穎的裙衫，單款單色單碼。她們「美麗花園」這一套獨有的「碼」，將是大昱服裝界的首創，是安然參照前世「XL」、「L」、「M」、「S」、「XS」碼的規格，結合劉嬤嬤和麗梅的意見，制定出來的古代女裝碼數，分別是「福」、「韻」、「秀」、「纖」、「瓏」。

平縣是南方小縣城，女子多纖細嬌小，所以在她們「製衣計劃表」和已經製好的成衣中，雖然各碼至少都有兩件，但還是以「秀」、「纖」、「瓏」碼居多，而且「福」碼、「韻」碼的款式和顏色大都比較遷就中年夫人的喜好。

繡娘們每完成一套衣裙，自己就看得發呆，似乎不相信這麼漂亮獨特的衣服出自自己的手中。府裡現在已經有十三位繡娘了，還不包括麗蘭、麗桃、麗櫻這三位每日只有一半時間幫忙打下手的「兼職繡娘」。另一半時間，麗蘭要學畫繡圖、畫衣裳，安然很欣賞她這方面的天分，有意給她往「設計師」方向培養。而麗桃、麗櫻要與平安、平福、平祿一起學習銷售，此外還要跟莊嬤嬤學習各種面料的特點以及色彩搭配。

莊嬤嬤是薛天磊給安然找的幫手，跟著安然訂的第一批布料一起到平縣。對各種面料的特點和搭配掌握得爐火純青，讓安然很是「崇拜」，每次設計好一套衣服，選料時都要讓莊嬤嬤把一下關。

福城麗繡坊再過幾天就要開業了，鄭娘子本人幾乎都在福城張羅，這兩天剛回到平縣，就約了安然，想根據福城時興的擺設設計一些合適的繡樣。

一大早，安然就帶著劉嬤嬤進城，秋思和小端留在莊子裡照顧何林娘子。

因為時間還早，安然二人先到了夏府，何管家帶著平安、麗桃幾個正在前院店鋪裡忙著呢，聽說那些訂製的收銀檯、茶几、層架、長椅等昨兒才剛送來。

製衣坊裡，莊嬤嬤和麗梅正配合著在給繡娘們上課，講解不同面料拼接縫製時要注意的問題，有的面料容易抽絲，有的面料容易捲邊……

「她們倆還真是配合默契，相得益彰呢。」安然輕聲對劉嬤嬤說，沒有打擾她們，轉而去內院的花園找小午，她知道小午肯定帶著大猛和嬌嬌在那兒玩。

果然，一到小花園，就看到小午坐在那兒專心地刻著一隻小狗，已經刻了一半，大致看得出形狀了，這才跟著福生學半個月呢。安然真覺得小端小午這雙姊弟忒聰明，小端學刺繡也比一般人快。

大猛和嬌嬌正在撲搶著一顆粗麻布縫製的圓球，玩得不亦樂乎，猛一看見安然就丟下球撲了過來。一人兩犬玩得樂呵呵的，小一會兒這兩隻沒良心的小東西才想起沒有看到另一個小夥伴，四處張望，還看著安然吠了兩聲，似在詢問。安然摸了摸牠們的頭，笑道：「小雪今日沒來，留在莊子裡了，下次帶牠來看你們。」

跟兩個小東西玩了一會兒，安然找了新來的廚娘黃嬸交代了幾句話。黃嬸和黃伯是一同買進府的夫婦倆，黃伯做門房兼花匠，黃嬸掌勺，負責廚房事務，廚房裡還有兩個打雜、打下手的婆子。

正說話間，福生急匆匆地走進來了，一臉怪異的神色。

「福生哥哥，怎麼了，出什麼事了嗎？」安然問，這個時候福生應該在雙福樓才對。

「妹妹。」福生急切地喚了一聲，正想說，轉頭看了看黃嬸。黃嬸會意，趕緊告退，出去前還把門帶上。

「妹妹，我一早幫馬掌櫃去東郊菜園子跑了一趟，回來的路上在一個破棚子裡看到一對可憐的母子，那婦人病得很重，好像快死了。那兒子……那兒子……長得幾乎跟妹妹妳一模一樣。」

「砰」一聲，劉嬤嬤手上的茶杯跌落在桌子上。「那孩子多大？」

「看著也應該跟妹妹差不多，只不過更瘦小些。」福生臉上的震驚和不可思議從進門到現在一直沒有消退過。

「不……不可能的……不可能的呀……如果……但是……這不可能的嘛……是真的真的很像嗎？」劉嬤嬤緊緊抓住福生的手。

「嗯，是的，除了黑點、瘦點，簡直一模一樣。」福生被他娘的反應嚇到了，愣愣地點頭答道。

「嬤嬤，怎麼了？妳想到什麼了？」安然對劉嬤嬤的失態也是一頭霧水，奇怪極了。

「姊兒。」劉嬤嬤略略回過神。「夫人懷著您四個月的時候，有一次在店鋪裡暈倒，掌櫃請來了大夫，那大夫把了脈說是雙胞胎，所以夫人容易營養不夠。可是府裡專用的葉大夫很肯定地說不是雙胞胎，只是胎兒比較大而已。夫人好不容易懷上一胎，倒也沒有太失望，說老天肯賜給她一個孩子已經很開心了，可您生出來的時候並不大，還很小，當時我們也沒想那麼多，可是……可是……」

「我娘生我的時候，嬤嬤妳在旁邊嗎？」安然問。

「沒有，當時福生的弟弟剛沒了，我怕晦氣影響小主子不敢去。是後來姊兒您不肯吃那奶娘的奶，夫人這才讓人來找了我去。」

「噢？那當時誰陪著我娘？」安然繼續問道。

「應該是穩婆花娘子和大丫鬟菊香。」劉嬤嬤蹙著眉頭回憶著。

「菊香現在去哪兒了？那個叫花娘子的穩婆是我娘找的嗎？」安然前世在電視劇中看多

了宮鬥、宅鬥，此刻似乎聞到陰謀的味道，只不過都是一些幻想出來的小情節，拼不到一起。

「菊香在您出生後沒多久就嫁給大管家了。那個花娘子是林姨娘找來的，大小姐和大少爺也都是花娘子接生的。自從夫人懷了您，老夫人就讓林姨娘管家了，要夫人好好養胎；生了您之後，夫人又一直身體虛弱，後來就一直是林姨娘管著。要不是夫人少有的堅持，當時剩下的一小半嫁妝鋪子和莊子都要讓老夫人和老爺交給林姨娘管了。」劉嬤嬤神色淒淒地解釋道，心裡又想起那時夫人的可憐和林姨娘的囂張。

「走，福生哥哥，你帶我們去看看，遠嗎？」

「不是很遠，馬車過去一刻鐘就到了。我看那對母子可憐，那男孩跟妳長得又那麼像，走的時候給了他二兩銀子讓他去請大夫，也不知道他去請了沒有。」福生帶著安然二人出門，一邊走一邊說道。

馬車走了一刻鐘左右，拐進了一條小路，剛拐過路口沒多久，就看到一個人提著一個小木箱走來，一路嘮叨著。「一大早的真是晦氣，這都要斷氣了還看什麼病，早幹麼去了？」

同時，路邊一間破棚子裡傳出斷斷續續的哭泣聲和「娘……娘……」的呼喊聲，不知道為什麼，這哭聲讓安然的心揪得極不舒服，就像那天第一次在雙福樓吃飯，看到窗外那個遠遠的模糊的臉時，心裡那種憋悶和難受。

剛走近那棚子，就聽見那哭聲喊著——「不，您就是我娘，您不要丟下我一個人。」

他們從那破窗子裡看進去，只見一堆稻草上躺著一個瘦兮兮髒兮兮的婦人，正哭著的男孩拉著她的手一直喊著「娘」。安然的心似乎也跟著難受得很，一不小心身子一歪，連忙用手撐在窗子上，把一塊不知道什麼東西拂在地上，發出「啪」的一聲。男孩被這聲音嚇到，猛地抬起頭看過來，安然和劉嬤嬤都呆住了，那張臉真的跟安然幾乎一模一樣……

男孩也呆住了，愣在那裡看著安然，忘記哭了。

福生拉著安然和劉嬤嬤走了進去，劉嬤嬤這才看到那個婦人的臉。「妳……妳是花娘子？」雖然十三年前才見過一面，而且現在的花娘子又老又瘦，但劉嬤嬤還是一眼就認出來了，實在是花娘子上嘴唇那顆大痣太顯眼。

「妳……妳……妳……是……」花娘子疑惑地看著劉嬤嬤，顯然不記得對方是誰，可當她看到劉嬤嬤身旁的安然時，全身都顫抖了起來，緊緊盯著安然，喘著粗氣。「妳……妳姓冷？幾……幾歲了？」

「是的，我姓冷，十三歲，十月初八子時三刻生。」安然一字一句地回答。

花娘子的眼淚瞬間傾瀉而出，用力地抓起那男孩的手。「醜醜，她是你親姊姊，一胞所出的親姊姊，現在我放心了，可以閉眼了。醜醜，記得幫我全家報仇！幫你自己報……」那最後一個仇字還沒來得及說出來，花娘子就閉上了眼睛，抓住男孩的手也垂了下去。

「娘……娘……娘……」那個叫醜醜的男孩又大聲哭起來。

安然走過去蹲下，輕輕摟住醜醜，醜醜趴在她肩頭繼續哭著。「姊……姊姊……」

見醜醜左手緊緊抓著一團布，還隱隱透著金色，安然奇怪地拉起他的手。「這是什麼？」

醜醜張開手掌，是一團白色的棉布和一根上好的鑲玉金釵子。

「林姨娘的釵子！」劉嬤嬤驚呼。

看見安然疑問的眼神，劉嬤嬤拿過那根釵，又細看了一眼，很確定地說：「這就是林姨娘的釵子，她剛進冷府時總喜歡戴這支釵，聽說是她爹特意按照京城流行的款式訂製給她做嫁妝的。有一次她的丫鬟青玉不小心把這釵掉地上摔裂了，跑來求我幫忙拿去補，當時福生的爹在玉器鋪裡做管事。只是這釵補好之後還是有一條不細看不是很明顯的痕跡，被林姨娘發現了，把青玉打得半死。喏，就是這條補痕。」

安然打開那團摺疊著的布，竟然是密密麻麻一份血書。

當年，夏芷雲懷的確實是雙胞胎，林姨娘給了花娘子那根金釵，並用她女兒威脅她，如果夏芷雲生了女兒就留下，如果是兒子就讓花娘子弄死，一個弄死帶出去，一個報為死胎。孩子出生後夏芷雲就暈過去了，花娘子看到是女孩很高興，她實在不敢殺人，可沒想到很快又出來了一個孩子，還是男孩。菊香按照林姨娘吩咐，讓花娘子抱著男孩從小門出去，走遠點扔進河裡溺死，自己則抱著女孩報喜去了。

花娘子到河邊正要把孩子溺進水裡，孩子突然睜開眼睛，烏溜溜地看著她。花娘子愣住了，想起自己那早夭的兒子，再也下不去手，抱著孩子在河邊轉了很久，直到天快亮了，還是狠不下心，就想著先抱回去問問她相公，找個人家送出去算了。她家在郊邊的村尾，獨門獨戶的，應該不容易被人發現，沒想到等她到家一看，家已經幾乎燒光了，她的婆婆、相公和女兒都燒死在裡面了，焦黑焦黑的，分不清誰是誰。在燒焦的廢墟裡，花娘子還發現一個裝油的桶子，她很清楚那不是她家的東西。

花娘子想到一定是林姨娘要滅口，他們家一向與人沒有什麼爭執，更別說是冤仇。她想去報官，但走出十幾步，一陣冷風吹來，她清醒了。官府就是冷家，她沒有證據，而且極可能不等她走到府衙，就會被人害死，那麼她一家人的仇也報不了了。

意識到危險處境的花娘子，帶著孩子躲在一輛裝麥子的馬車裡，等馬車停下的時候，她已經不知道自己在哪裡了。從此，花娘子帶著孩子開始了顛沛流離的生活。

安然摸著醜醜的頭問：「你們來平縣多久了？這花娘子是想帶你去福城報仇的嗎？」

「我們已經去過福城。」醜醜回答道：「半個月前去的，但是娘打聽到我的親娘已經死了很多年了，要我死的那個林姨娘現在已經是知府夫人。娘說要帶我去京城找我親外祖父，所以五天前我們又回到這裡，離這裡不遠的威遠鏢局經常會護送商隊去京城，娘想求他們帶我們一起走，娘可以在路上為他們洗衣做飯，我可以為他們跑腿，我們從昌城一路來到平縣，都是這樣跟著人家的商隊或者鏢局的。」

「那你們一開始為什麼不從昌城直接去福城，而是來平縣呢？花娘子在這裡有熟人？」

安然又問，她還以為醜醜他們已經在這裡住很久了。

「我們是準備直接去福城的，可是到平縣的那天早上，我正在喝粥，突然間後腦勺一陣劇痛，像被棍子狠狠敲了一樣，然後就暈過去了，娘請大夫來看，大夫說沒有問題，可是我一直到晚上才醒過來，商隊已經先走了。」醜醜回答道，很是鬱悶。「我都不明白自己那天為什麼會突然暈過去，我的頭後來也都沒有痛過。要是那天我們直接跟去福城了，我們也許還可以跟著那商隊一起去京城。」他們本來就是要去京城的。

「什麼時候，你什麼時候頭痛暈倒的？你記得是哪一天嗎？」安然很是驚訝，難道是傳說中雙胞胎的心電感應？

「一個多月前吧，娘說那天後來還突然下了好大的雨，娘不忍心把我挪出去淋雨，只好自己掏了錢，多住了一天客棧。」醜醜疑惑地看著安然，不知道她為什麼這麼關心這個問題。

這也太強了吧？都不需要驗DNA了。安然心裡驚嘆。突然想到那天在雙福樓劉嬤嬤說的話，安然一下把醜醜拉了站起來，上下左右打量著。「你以前有沒有被火燒傷過？」

「姊姊怎麼知道？很久以前的事了。」醜醜驚訝地瞪著那雙跟安然一模一樣的大眼睛。「好像是在四歲的時候，娘在幫人幹活，怕我跑沒了，就讓我自己躲在草垛子裡睡覺，後來不知道為什麼草垛子突然燒了起來，幸虧跟娘一起幹活的人發現，把我救了。」

醜醜說著把左邊褲子捲起來，讓安然三人看那一大片紅紅皺皺的疤痕。「這就是那時候燒傷的，背上還有一塊。」

安然一把抱住醜醜，眼淚噼噼啪啪地落在醜醜頸背上。安然雖然頂著跟醜醜一樣的年齡，但她的靈魂三十好幾了呀，看著這自出生之日起就不知道受了多少苦難的孩子，她怎麼能不心疼呢？

醜醜感覺到了安然的眼淚，慌亂地安慰道：「姊姊莫哭，莫哭啊，那些傷早就不疼了，就是看得嚇人，我又不是女娃，沒關係的。」說完還呵呵笑了一聲。「從那以後，因為這些傷疤，娘就叫我醜醜了，之前她都是叫我狗兒的，姊姊說醜醜這名字是不是更好聽啊？」

醜醜本心是想讓安然轉移一下傷感的情緒，卻讓安然更難受了，她理了理醜醜的頭髮，說：「不，我弟弟這麼好看，怎麼會醜呢，咱不叫醜醜，以後你就叫君然，字容若。君子坦然，能容下很多磨難和經歷，越發自強不息，好嗎？君兒，以後有姊姊在你身邊，再也不會讓你受苦了。」

「嗯，我以後就叫君然，字容若，我記住了。」君然流著眼淚，狠狠地點頭道：「之前娘在秀才哥哥家做幫工的時候，秀才哥哥有教我唸書，我知道姊姊說的意思。」

「君哥兒，可憐的君哥兒，夫人要是知道你們姊弟重逢了，不知道該有多高興。」劉嬤嬤伸手摟住君然，又哭又笑。「以後嬤嬤會好好照顧君哥兒的。」

安然看見君然求助地看向她，笑著摸了摸他的頭。「這是劉嬤嬤，是我的奶娘，也是從小服侍娘親的，這幾年，都是嬤嬤辛苦養育我，就像我的養娘一樣。要是沒有嬤嬤，我可能早就被打死在那冷府裡了。」

君然一聽，連忙跪下，給劉嬤嬤磕了一個頭。「謝謝嬤嬤養育我姊姊、照顧我姊姊，否則君兒今天就不能夠和姊姊相認了。讓君兒給妳磕個頭，君兒以後也會孝敬嬤嬤的。」

劉嬤嬤趕忙彎腰將君然抱起來。「君哥兒，您折煞嬤嬤了，趕緊起來，趕緊起來。」

安然又指著福生對君然說：「這是福生哥哥，是嬤嬤唯一的兒子。」

「福生哥哥好！」君然連忙打招呼。「福生哥哥是個好人，剛才還給我銀子，讓我給娘找大夫呢。」

「君然好。」福生憨憨地笑了。

劉嬤嬤也笑道：「虧得福生今日遇見您，您又長得跟您姊姊簡直一模一樣，要不然我們還不知道什麼時候才能相認呢。」

「這樣，我們先回去，福生哥哥你讓何管家找人來，給花娘子找個好點的地方好好葬了，明日我再帶君兒去祭拜她。」安然對福生說道。

福生應了。

君然給花娘子磕了三個頭，才站起來跟安然他們一起走出去。「小時候我很害怕娘，她有時候對我很好，會抱著我哭，有時候又會打我罵我掐我，說是我害死了她的家人。後來慢慢長大了，她就沒有打罵我了，總是跟我說那個林姨娘的事，讓我發誓要報仇。」

安然摟過君然的肩，柔聲說道：「君兒，記住你的名字。仇恨，永遠不能成為一個人生命中最重要的事。」

「是，姊姊，君兒記住了。」君然點頭應道。

四人坐上馬車，很快回到府裡。福生去了前院找何管家，安然讓劉嬤嬤帶著小丫鬟去幫君然先買兩套外衣、裡衣和一些生活必需品，自己則帶著君然到內院。

內院的廳房和六間正房本來都配有嶄新的楠木家具，真正是「提箱即可入住」。

安然指著最靠東兩間對君然說：「這兩間就給你了，有床那間做臥房，沒有床那間做書房，我讓何管家給你訂做一套書架回來，你自己還需要什麼就跟姊姊或者福生哥哥說。最靠西那兩間是我的臥房和書房，等下我們去那書房先挑幾本書給你看，娘親留下的一箱書大多在裡面，筆墨紙硯也分一些過來。」

「姊姊，我可以去讀書嗎？」君然滿懷渴求地看著安然。

「當然可以，君兒，你很喜歡讀書？」安然笑看著這個可憐的孩子，這個與她長得一樣，與她有著神奇的心電感應的孩子。

「是，我以前經常躲在學堂的窗底下偷聽，總是被人發現，然後就趕我走。後來住在秀才哥哥家裡的時候，他對我可好了，有時間就會教我認字，還教我很多道理。可是，」君然說到這裡，沮喪地垂下眼眸。「一年後，秀才哥哥進京趕考去了，就再沒有人教我了，秀才哥哥送我的兩本書也被娘搶走換錢了。」

「沒事，君兒，你才十三歲，只要你肯努力，還來得及的。」安然拍了拍君然的肩膀，君然要比她矮小半個頭呢。「這兩天姊姊就去打聽打聽，給你找個好先生來府裡教你。你呢，就先好好練字，姊那兒有很好的啟蒙字帖呢。」

「嗯，姊姊，我會很用功的，秀才哥哥以前還說我有讀書的天分呢，那兩本被娘賣掉的書，我都背了一本半了。」君然看起來確實很喜歡讀書，說起讀書來眼睛特別明亮，那眼睛跟安然的眼睛一個樣，只是眉毛比較粗一些。

兩姊弟正談得高興，劉嬤嬤買了東西回來。對安然說：「姊兒，我回來的時候剛好在門口遇見張叔來接您了，張叔說那位陳小姐也在麗繡坊呢，知道您在縣裡，就想等您過去一敘。」

「噢？之柔姊姊啊？那我過去玩玩。君兒現在處處都不熟悉，嬤嬤妳留下照料君兒，舒心跟著我去。」安然還是挺喜歡陳之柔的，自那次畫牡丹圖之後，陳之柔還約了她在麗繡坊見過一次，相談甚歡，除了談論牡丹圖的刺繡要點外，還說了很多大家小姐們聚會時的趣談，讓安然對這個時代閨秀們的生活、興趣等又多了一些瞭解。

而安然嘴裡的舒心，此刻正瞪著一雙杏仁眼，在安然和君然之間看過來看過去，這第一次見到的少爺，跟小姐長得也太像了吧？

「發啥愣呢？」安然看著好笑。「這是我弟弟，今日才從外地回來。」

這個宅院裡現在有三個服侍的丫鬟，舒心、舒意、舒晴。舒心也是因主家犯事被拍賣的官奴，聰敏、靈活，做事井井有條，目前是二等丫鬟，算是三個丫鬟中的小頭頭。

「見過少爺。」舒心連忙見禮，醒悟到自己的唐突，滿臉通紅。

第十二章 雙面繡

安然到麗繡坊的時候，一臉疲憊的鄭娘子已經在小會客廳等待。

談完了繡圖，說起福城各繡莊之間的競爭，鄭娘子感嘆道：「除了田家繡莊，福城這幾年新開的繡坊中，還有兩家實力真的很不錯，有一家的首席繡娘聽說是剛從宮裡出來的，之前是宮裡針線坊的教習，那花繡得就跟真的一樣。相比之下，我這次選出來『鎮店』的那幅金玉滿堂，就指望能靠著新穎的圖樣來吸引人了。」

安然笑著讓舒心拿出一塊淡藍色的雲錦遞給鄭娘子。「這是我用了近一個月時間繡成的，您看看怎樣？」

鄭娘子接過一看，眼睛就直了。「這是安然妳繡的？真是太漂亮了，妳看，這貓毛跟真的似的，看起來毛茸茸的。哎喲，這蝴蝶的翅膀好像在發光！安然妳怎麼做到的？這種繡法我從來沒見過呢！」

安然笑了。「這幅繡品叫『雙貓戲蝶』，您再翻到反面來看看。」

鄭娘子疑惑地把繡布翻了個面。天啊，反面竟然也是一幅雙貓戲蝶，輪廓跟正面一樣，圖案同樣精美，不同的是正面是兩隻白貓，反面的兩隻貓是黃棕色的。鄭娘子徹底呆住了，站在鄭娘子身後輕輕搧著風的紅錦一個愣神，沒握住手中的扇子，掉在了地上，「啪」的一聲驚醒了鄭娘子和自己。

鄭娘子反覆翻看著繡布的兩面，單面的繡品只要求正面的工緻，反面的針腳線路如何可以不管，手上這幅繡品則是正反兩面一樣整齊匀密，分不出哪個是正面哪個是反面。更不可思議的是，那貓和蝴蝶的顏色竟然還兩面不同。

「鄭娘子您看，這幅雙面繡做成台屏鎮店如何？」安然看著一臉不敢相信的鄭娘子，淺淺笑道。

「當然……當然……這別說在福城，就是在京城也鎮得住啊。」鄭娘子喃喃道。

「安然……我知道這幅雙貓戲蝶放出去一定價值不菲，可是……妳也知道我們繡坊的……這福城店又是新開，前期投入不少，現在我還真拿不出太多……如果我支付三千兩銀子，妳能不能接受？」鄭娘子說完，自己似乎覺得很不好意思，微紅著臉。

「好啊。」安然依然淺淺笑道：「我做這幅繡品的初衷也是希望能夠幫助麗繡坊在福城盡快創下聲勢。」

「謝謝妳，安然，謝謝。」鄭娘子拉著安然的手，她閱人無數，看得出安然的真誠。

鄭娘子拿著那幅雙貓戲蝶又反覆看了一會兒，似乎在沈思著什麼，突然抬起頭，看著安然。「然姊兒，我們合作得更多一點如何？」

「怎麼說？」安然笑問。

「嗯，繡圖妳還是每月提供五張，每年完成六至十幅這樣雙面繡的繡品，依繡品的規格大小而定，比如大的繡品多些，就六幅，少些，就十幅。」

看見安然眼裡明顯的興趣，鄭娘子繼續說道：「另外，我選出三位繡娘，妳把繡這貓毛和蝴蝶翅膀的繡法教給她們。每年，妳將獲得麗繡坊利潤的三……不……四成。」

四成？大手筆啊！意味著她也是麗繡坊的東家了，反正她本來就沒打算開繡坊跟鄭娘子競爭，這還真是一個好主意。

「好，不過，除了這兩種，我還會一些其他繡法。以後，每半年我會教她們一種新的繡法。當然，不包括雙面繡。」安然爽快地說道。

「好，好，太好了！」鄭娘子欣喜不已，這次從福城帶回的憂思這會兒早已一掃而空，心情大好。「我這就讓他們準備合作契約，聽說陳小姐在一號繡樣間等妳很久了，妳先跟她聊聊，我正好有事出去一會兒，回來後我們再簽約。」

「沒問題，妳儘管忙妳的，我今晚會留在城裡，明日才回莊子上。」安然答道。

「好，萬一我耽擱了，妳就先回夏府，我晚上再過去找妳。呵呵，我在路上還要好好考慮一下讓誰來學習這麼難得的繡法。」鄭娘子接過紅錦回屋拿來的銀票遞給安然，共六張，面值都是五百兩。

安然走進一號繡樣間，陳之柔正在研究那蜜蜂的觸角怎麼繡才好看，爾琴在一旁幫著劈絲。

看見安然進來，陳之柔高興地招呼。「安然快來，妳看看，我已經把這兩朵並蒂牡丹繡好了，妳看看怎樣？」

見安然肯定地點頭稱好，陳之柔略帶得色地笑了。「我自己也覺得好看，這是我長這麼大繡得最好看的花了。」

「呵呵，之柔姊姊如此費心繡這幅牡丹圖，到時候帶去京城，清平侯夫人一定會很喜歡的。」安然促狹地眨了眨眼睛。

「安然，我要提前去京城了，下月十九就出發。」陳之柔剛剛還得意的笑臉一下又直接晴轉陰了。「本來想可以跟妳多說說話，還可以多跟妳學習一些刺繡技巧的，現在……我不管啦，這一個月安然妳要多來陪我幾次。」

「下月十九？嗯，我的店鋪下月初八開業，之柔姊姊妳還來得及給我捧場哦。」安然笑得很可愛。

「店鋪，安然要開店鋪嗎？是繡坊嗎？啊，不要，妳還是開家製衣坊吧？妳上次穿的那身襦裙簡直太好看了，今天這身也好看。妳要開了製衣坊，我以後就從妳這裡訂製衣服，反正我姑父的商船經常會去京城的，到時候我託我姑母來找妳取。安然妳一定要為我特別設計最好看的。」陳之柔也不管安然是不是真的開製衣坊，就噼哩啪啦地嚷開了。

安然「噗哧」一聲笑出來。「之柔姊姊還真說對了，我開的就是成衣鋪子，我會讓人給妳送帖子的，那天妳可要早些過來看看，一定會有妳喜歡的款式。」

「嗯嗯，我要好好選幾件帶去京城。安然放心，我會帶我的姑姑嬸嬸、姊姊妹妹都去的。」陳之柔猛點頭。

是啊，陳家整個家族的根基都在這平縣呢！安然想了想，問道：「之柔姊姊，我想為舍弟請位先生，妳能幫我詢問一下嗎？」

「真是巧了！」陳之柔興奮地抓住安然的手。「我祖母想讓四弟和五弟跟我們上京城進學，他們現在的先生許博可是平縣最好的駐府先生。不過他很嚴厲，而且束脩是一般先生的兩倍，具體多少我不是很清楚，要回去問問。」

「這樣吧，之柔姊姊，妳回去後幫我問問那位許先生的意思，如果可以，妳讓人給我帶個話，我們夏府就在這條廣南街街尾跟東亭街交叉的地方。如果許先生有意，明日我便帶舍弟到妳府上拜會許先生。」安然急切地說道。人跟人之間需要緣分，一個好先生可不是那麼容易碰到的。

「好啊好啊，妳這小忙人，請妳到我府裡一趟可不容易。我這就回去讓我娘去說項，我們明天再聊！」陳之柔一向說風便是雨，說話間收起繡繃，拉著爾琴就要走。

安然笑著搖了搖頭，送陳之柔離開。

鄭娘子的事情辦得很順利，在預定的時間回來了，懷揣一份新合約的安然心情好得不得了。走出麗繡坊，抬頭仰望藍天，安然只覺得她的雙腳又更紮實一點地踩在了這大昱的土地上。

她一直在想著怎麼努力掙錢，怎麼努力積蓄自己的力量，雖然儘量不去想冷家，但她很清楚，總有一天她將不得不面對那所謂的「父親」，和那狠毒的、現在已經貴為「嫡母」的林姨娘。還有，那椿自「醒來後」便盤據在她腦海裡的，莫名其妙的娃娃親。

這裡不是現代，不是律法健全、媒體活躍的那個講人權的社會。那對「父母」完全可以成為壓得她難受，甚至壓死她的大山。

何況，她現在還有一個孿生弟弟，一個還不知道能不能被冷家承認，抑或會不會一進冷府就被人害死的弟弟。

不，為什麼要進冷府那個鬼地方呢？能不讓他們知道不是更好？

可是，君然需要一個光明正大的身分，就像她自己，不是沒有想過帶著劉嬤嬤和秋思悄悄離開，但她接受不了隱姓埋名、不能見光的「黑戶」身分，且一旦暴露，她的各種下場也只會被當作「罪有應得」、「自作自受」。

夏家、外祖父母……安然再一次想到他們，他們姊弟倆需要夏家的支援和外祖父母的庇護，安然也需要可以信賴的長輩來告訴她怎麼做才對君然最好，可是他們會願意嗎？

不管怎樣，那幅剛剛開始繡的觀音圖要抓緊時間了，必須趕在陳之柔動身前完成，希望這份壽禮能夠讓外祖母想起她這個外孫女，希望夏家能夠看在夏芷雲的情分上，在必要時能護著他們姊弟一點。

她也需要找個時間跟君然好好談一談，他有權知道自己的環境、決定自己未來要走的路。這裡的人懂事早，不像現代，十三歲還是才剛開始讀初中的懵懂寶貝。聽說那個什麼慶親王世子，十三歲那年就敢衝進死士之中救出他的太子堂兄——當今皇上。

安然正一路想著自己的心事，冷不防一個豔紅色的身影從左前方突然撲過來，眼看就要撞在安然身上，要不是身後跟著的舒心機警手快地拉住安然，往旁邊快速一閃，安然就成了那團紅影的人肉墊子了。

安然站定了，才看清那摔了個大馬趴的紅影是一個跟她差不多年齡的女孩。這時兩個丫鬟打扮的人匆匆跑上前，扶起那個紅衣女孩。「二小姐……二小姐……您還好吧？」

那個紅衣女孩一站起來就衝向安然罵道：「都是妳，都是妳害我摔倒的。」說著揮手就要打安然耳光，安然正要出手，只見那隻揮過來的手定格了，原來被舒心抓住了。

紅衣女孩怒聲罵道：「狗奴才，放開我。」

安然看著那個女孩，聲音不大，但堅定清冷。「這位姑娘，妳自己不好好走路摔倒了，還差點把我一起撞倒，我沒有怪罪妳，妳卻在這兒撒潑，是何道理？這裡這麼多人看著，妳當大家都眼睛瞎了嗎？」

「就是妳！」紅衣女孩吼完轉向她身邊那兩個丫鬟。「紅翠、碧珠，妳們說，是不是她害我摔倒的？」

一個丫鬟大聲應和。「就是妳害我們二小姐摔倒的。」另一個丫鬟被她家小姐惡狠狠的目光盯著，不得不抬起頭，可是聽到周圍人們三言兩語的議論她又退縮了，囁嚅道：「是妳……妳……不好……妳要是不躲開……我們家小姐……就不會摔在地上了。」

舒心忍不住「哈」地一聲大笑出來。「原來妳們走在路上都是隨時準備給人家做人肉墊子的啊？看到人撞過來，不躲開，反而讓人撞在地上做墊子。」

周圍的人也哄然大笑，紛紛大聲議論。「是啊，誰看到有人朝自己撞來還不躲開的。」「就是就是，自己摔倒差點把人家也撞倒了，不道歉還想誣賴人家，這還是人不是？」

紅衣女孩狠狠甩了那丫鬟一記耳光，怒視安然恨聲道：「福城知府是我親舅舅，惹了我，叫妳吃不了兜著走！」

福城知府的親外甥女？冷幼琴的女兒？她的表姊？表妹？

安然冷冷一笑。「不管知府大人是妳親爹還是妳親舅舅，都不能硬要我給妳當人肉墊子吧？妳不知道當今聖上最恨那些以權謀私、稱霸一方的官員嗎？妳還是小心說話，別害了知府大人！」

「妳，妳……」紅衣女孩指著安然，氣得手指都在發抖，又回不出什麼話來，狠狠地吼道：「妳給我等著，再讓我看見妳，我要妳知道厲害！」吼完猛一轉身，快步走了，那兩個丫鬟也趕緊跟上去。

安然淺笑盈盈，對著周圍眾人福了一禮。「小女子謝過各位主持公道。」然後帶著舒心，轉身也離開了。

到了夏府大門，黃伯給安然開了門，說道：「小姐，剛剛陳府小姐派人來，說讓您明日下午帶少爺過去。來人送來一張名帖，還有一張紙，說是當年先生考核陳府少爺的題目，讓我們家少爺看看，我一起遞給劉嬤嬤了。」

「好的，黃伯，我知道了。」安然笑著點點頭，向內院走去。

內院花園的小亭子裡，君然坐在長椅上，靠著一根柱子正在看書，小午坐在對面繼續忙著雕刻他的小狗，嬌嬌乖乖地窩在君然的腳邊打瞌睡，皮實的大猛則拿長椅當跨欄，跳過來躍過去忙得歡。

安然遠遠看著，還真是個溫馨的場景。

劉嬤嬤走到安然身邊，笑著說道：「這大猛和嬌嬌啊，也不知道是不是看到君哥兒和您長得太像，不一會兒就黏乎了。對了，姊兒，您是想讓君哥兒到陳府學堂讀書嗎？剛剛陳府有人拿了名帖和一張什麼考題過來，說是讓您明日帶君哥兒過府。」

安然正要開口，見到君然帶著嬌嬌和大猛過來了，君然一走近就問道：「姊，我要去那個陳府讀書嗎？」

「不是的。」安然笑著回答。「陳府的四少爺、五少爺要跟他們伯父去京城進學，他們原本的先生據說頗有才學，又善於教導，所以我就想請他來府裡教你。明天我們先過去陳府拜會，他要滿意你才會接受我們的聘請。」

「可是，姊，這張紙上的題目我有一大半都不懂，妳說先生會不會嫌棄我？」君然低下頭，很是沮喪。

安然笑著拍了拍他，說道：「你不懂是因為你沒有學過，也沒有機會學，這沒什麼好沮喪的。正因為你不懂，才要請先生來教。如果給你機會，你沒有好好學，學過了還不懂，那你才應該覺得羞愧。」

君然點了點頭。「姊，我明白了。還有，我會寫很多字，但都是拿木棍或木炭在地上寫的，沒有拿過毛筆，明天要是先生讓我寫字怎麼辦？」

安然看著君然的眼睛，慢慢說道：「你就直接告訴先生，你沒有用過毛筆，但是從現在起，你會很用功地練字，你請先生幫你制定一個時間表，多少日子達到怎樣的水準，如果你沒有努力做到，讓先生失望了，就任憑先生處罰你。」

「嗯。」君然堅定地點頭，眼裡帶著一種決心和信念。

「你不用怕難為情，不可以跟先生撒謊，是什麼樣就是什麼樣。但你可以告訴先生你的決心，你會付出比別人多幾倍的努力，你要用你的誠心和決心來打動先生。」安然一字一句，繼續說道：「任何事情，只要切實努力過了，即使失敗，也算對得起自己了。如果先生不能接受我們的誠心，看不到你的決心，不願意給你機會，那麼，便是他和你沒有做師生的緣分，我們就另尋機會，另外找一位先生。沒有他，你也未必不能學出好成績，一位好先生確實能幫到你很多，但最重要的還是得靠你自己。」

安然在平縣忙得有滋有味、不亦樂乎的時候，在福城，在她一無所知的情況下，卻發生了一件與她密切相關的事。此時，福城薛府的玉竹院裡，鍾離浩正臉黑黑地在為這件事生氣。

「你是說小丫頭的大姊跟齊榮軒衣衫不整地抱在一起被人撞破，現在齊家要跟小丫頭退婚，改娶冷大小姐？他們還散布謠言說小丫頭命薄、剋母、粗鄙、暴躁……」鍾離浩盯著面前的南征，一字一句，咬牙切齒。他手裡一個上好的細瓷嵌金絲杯子碎在五步之外的窗下，窗櫺上停著的一對雀兒嚇得撲楞楞飛起，差點撞上一根斜插過來的粗枝上。

「是，傳消息回來的人是這麼說的。」南征只覺得周身發冷，他不是那個齊榮軒，不是冷大小姐啊！爺幹麼對他施展「散冰」大法，真是「凍」力十足啊！不會再一個杯子碎在他腦袋上吧？

南征求助地看向他家爺身旁的兩人，可惜薛天磊也是一臉鐵青，握著摺扇的右手青筋暴露，平日裡春風般的優雅笑容哪裡還可見絲毫？

最平靜的當數毒公子黎軒，他看著前面牆上那墨色大弓投下的蛇一般的陰影，心裡想著是否該弄點有意思的蛇毒給那冷家人和齊榮軒嚐嚐？這次那凶巴巴的小姑娘一定沒有興趣幫他們吸出毒來。

「傳言說，」南征想著長痛不如短痛，說完拉倒，硬著頭皮繼續報告。「冷二小姐自小孤僻冷漠，八歲那年她親生母親過世後，更加暴躁易怒，還把她庶姊和姨娘砸出血來。冷知府本來要請家法將她痛打二十大板的，虧得冷二小姐的奶娘和貼身丫鬟拚死護住，最後她那奶娘被打了二十板子，然後很快她們主僕就被送到莊子上去了。這幾年，冷府對她們不聞不問，好像是靠那個奶娘做繡活才活……下來的。」

「啪」的一聲，又一個杯子在窗下粉身碎骨，把南征最後的三個字變成了蚊子哼哼。

死寂般的沈默……

「去，安排人進冷府，密切關注跟小丫頭有關的所有事。還有，讓人盯著冷弘文一些。他是小丫頭的父親，有權決定小丫頭的很多事呢……」鍾離浩冷聲吩咐道，嘴角揚起一絲能讓人「速凍」的冷笑。

可憐的南征應聲而去，心裡還在咒罵著——該死的冷弘文，該死的冷大小姐，該死的齊榮軒……

第十三章　許先生

第二日早上，用了早餐，安然和君然先去花娘子的墓前祭拜。無論如何，她畢竟是養大了君然。

「姊，妳說，是不是我害死了花娘子的全家？」君然低聲問道。

安然把杯中的酒灑在墓前，回答道：「即使她當時把你溺死在河裡，她的家人依然會死在那場大火中，而且，應該還包括她自己。」

「君兒，你想回冷府嗎？」安然看著君然問。

「不想。」君然很肯定地回答，臉上沒有表情。

「為什麼？當年想害死你的只是林姨娘，祖母和父親應該不知道，畢竟，你是唯一正宗的嫡子。」安然問。

「這些年，我跟著花娘子四處流浪，有時她會帶著我在一些大戶人家做短工，那些婆子丫鬟經常在一起說些夫人姨娘、嫡子嫡女庶子庶女的事。姊，就算當年只是林姨娘一個人想害死我，那又怎樣？我們的娘親剛走，祖母和父親就把年幼的妳送到這麼遠的莊子上，五年來不聞不問，若不是嬤嬤忠心，若不是姊姊妳能幹，妳現在會是什麼樣子？姊，我不想回冷家，即使不得不回，也要在我有能力護住姊姊，有能力為自己討回公道的時候。」君然臉上，此刻有著一種與年齡不符的堅毅。

「嗯。」安然欣慰地看著君然。「無論回不回，姊姊都會讓你堂堂正正地站在陽光下，只要我們姊弟倆努力，我們會過得比他們誰都好。」

姊弟倆並排站著，遠遠望向前方那綿綿群山。陽光透過大樹的葉子，細碎地灑在這兩張九成相似、一樣堅毅的臉上……

站在一旁的劉嬤嬤抬頭望天，心裡默念。「夫人啊，如今小姐少爺已經相聚，兩人都很懂事，很能幹。夫人您可以安心了。明年清明，我會帶少爺小姐去祭拜您的。」

回去的馬車上，劉嬤嬤看著安然眼下淡淡的烏青。「姊兒，您今晚不要再繡到那麼晚了。」

「之柔姊姊要提前去京城，下月十九就走，那幅觀音圖必須趕在那日之前完成。不過這樣也好，應該可以在十月二十八外祖母壽辰前把禮送到。」安然笑答。

「要不，讓嬤嬤幫您一起繡吧？」劉嬤嬤也知道時間趕，可她還是心疼安然。

「嬤嬤，妳不用擔心我，這幾天事多。今天要是把先生請到，我們便回莊子裡去，那樣我就能有很多時間，不會熬夜了。」安然安撫著劉嬤嬤。「送禮，重在心誠，何況我是第一次給外祖母做壽禮，必須自己親手完成的。」

「姊，這麼多年了，外祖家都沒有理會娘親和妳，妳說他們會願意接受我們嗎？」君然插了一句。他昨天聽劉嬤嬤說了很多關於夏家和冷家的事，心裡對外祖父一家並不抱有多大希望。

安然淺淺笑道：「凡事盡心盡力即可，不宜強求。當年娘親傷了外祖父外祖母的心，父親又那般冷情不知修補關係，外祖一家與我們走淡也在情理之中。但是娘親病重的時候，外祖母還是派人來探望了。君然，就是不為別的，我們也應該替娘親盡些孝道，至於其他，我們能爭取的就要爭取，那些盡力爭取之後還是得不到的，就是不屬於我們的。」安然看著君然，她不希望曾經的苦難生活讓君然的性格偏執。

「是，姊，我明白，最可靠的依靠還是我們自己。」君然對自家姊姊的話還是很信服的。雖然這個雙胞胎姊姊只比他大片刻，但就是能夠讓他全心信賴和敬愛。

「可是，姊兒，您今年已經十三歲，十月裡過了生辰便到十四，要是冷府一直這樣不接我們回去，您的親事怎麼辦？現在冷府沒有人為您主事，萬一有個變數怎麼辦？還是要請您外祖母為您作主才好。」自從那天聽了美娟那幾句莫名其妙的話後，劉嬤嬤總覺得哪裡不對，眼皮子一直亂跳的。

安然撇撇嘴，親事？能黃了最好！

回到夏府，用了中飯，安然讓鋪子裡、府裡所有下人都集中到外院廳房，正式見過君然。「這位是我弟弟君然，之前因為一些原因一直在外地，昨兒才回來。」

「見過少爺。」大家齊齊行禮，君然也笑著跟眾人打了招呼。

「何管家，你幫君然找兩個小廝吧，十二歲到十五歲之間，機靈一點的。舒心，我和劉嬤嬤經常不在這邊，君然的生活、飲食，妳多照料一些。」

「是。」兩人應下。

「另外，」安然轉向黃嬸。「天氣炎熱，大家又都忙碌，從今天起廚房每天下午做些紅豆湯或綠豆湯，給大家消消暑。」

黃嬸愣了一下，被旁邊站著的婆子輕輕推了推才回過神來，趕忙應了。眾人臉上都是感激，他們是運氣多好才遇到這樣體貼下人的主家，紅豆、綠豆那可都是主子們吃的東西啊。

安然揮了揮手讓大家散了，自己帶著君然和劉嬤嬤準備去陳府。

劉嬤嬤按照常規禮儀配了四色禮品，準備給陳家的。為許先生準備的禮物是安然前段時間讓福生按照她的設計做的一套筆墨架組合。

到了陳府，陳之柔親自迎了出來，看著面前的兩姊弟就愣住了。「安然，妳跟妳弟弟是雙生子吧？太像了！」

安然笑著應是，轉頭對君然道：「君然，這位就是陳家姊姊，是她推介許先生給我們的。」

君然上前行禮。「君然謝過陳姊姊。」

陳之柔笑著還了一禮。「不用客氣，我跟安然一見如故，當妹妹一樣，你自然也就是我弟弟了。」

陳之柔讓小廝帶君然去了書房，許先生已經在那裡等候。

安然一行則往後院走去，陳府的後院很大，由好幾個獨立的院子組成。到了「柔月軒」裡，陳之柔讓爾琴招呼劉嬤嬤在外間喝茶，自己則把安然拉進裡屋，拉著安然的手噼哩啪啦問了一堆關於成衣鋪子的問題，一點沒有了剛才婉約優雅的大家閨秀形象。

安然俏皮地把小腦袋一歪，側靠在陳之柔的肩頭。「之柔姊姊，我這要都跟妳說了，不是一點神秘感都沒有了？沒有了神秘，就少了期待，那多無趣呀？還不如留著這些問題，到時候也許會有更多驚喜。」

「妳這小丫頭片子，鬼精鬼精的！」陳之柔拿手指點了一下安然的前額。「也不知道妳的小腦袋怎麼長的，忒多花樣了。好，我就等著看妳的美麗花園到底都長了些什麼花兒？」

「肯定都是美麗、獨特的花就對了。」安然笑道：「之柔姊姊，今日來我還有一件事要跟妳說，妳既然把我當妹妹，我也不該對妳隱瞞什麼。」

看見陳之柔疑惑的眼神，安然簡單地把自己和君然的身世說了一下，話還沒說完，就被陳之柔一把摟住。「安然妹妹，你們姊弟倆真可憐，尤其是君然……老天保佑，幸好你們姊弟倆現在相認了。」大滴大滴的眼淚落在安然的肩上。

「姊姊別為我們傷心呀，我們很好，只是還要請姊姊為我們保密，我們暫時不想讓冷家知道君然的存在，否則我會擔心他的安全。君然現在先跟我娘姓夏，那座宅院和『美麗花園』都是屬於平縣夏府夏君然的，我只是被送到莊子上的冷府二小姐，姊姊可明白我的意思？」安然問道。

「嗯嗯。」陳之柔趕忙點頭應道。「安然放心，我明白的。我娘懷著我的時候，就好幾次差點被害得流產，後來又被我庶兄撞了一下早產了，差點大出血而死。最後雖然是保住了命，卻也虧了身子，再無所出。也正因為我娘只得我和我姊姊兩個女兒，我祖母對她很不滿，這次侍疾就叫我們回來，幾個姨娘和她們的子女卻留在我爹身邊。幸好我娘的娘家強勢，我姊姊也嫁得好，他們也不敢太過分。」

陳之柔拍著安然的肩。「安然妳做得對，現在確實不能讓冷家知道君然的存在，那些人敢害一次，就會害第二次。不過，你們可以求助妳外祖家啊。」

「不瞞姊姊說，這次妳進京，我正想請妳幫我帶一份壽禮給我外祖母。不過妳到那兒同樣什麼也不用多說，他們只要知道我在莊子裡，靠奶娘做刺繡過活就可以了。我與之柔姊姊本來就是在麗繡坊相遇、交好的，不是嗎？」安然對陳之柔眨了眨眼睛，相信她會明白自己的顧慮。陳之柔雖然爽直率真，但這個時代大家小姐中，又有幾個敢天真無邪？何況陳之柔以後還要嫁入侯府。

陳之柔巧笑嫣然。「妹妹放心，我知道什麼該說、什麼不該說。不過，我給妹妹跑腿，有沒有什麼報酬啊？」那樣子像足了討魚吃的貓咪。

「嗯……這個嘛……」安然賊賊地瞇了瞇眼，頓了一頓，才突然湊近陳之柔，綻開如花笑顏。「我給之柔姊姊設計一款獨一無二的嫁衣如何？」

陳之柔聽到前面的「獨一無二」正要歡呼，聽到了「嫁衣」二字，羞得伸手就撓安然癢癢，兩人笑鬧成一團。

鬧了一會兒，安然笑呵呵地小喘著問道：「之柔姊姊……妳跟我說說……那位許先生是個什麼樣的人？」

「嗯，聽我伯母她們談論過，許先生當年是兩榜進士，也曾經封過官，但是人太耿直，不善官場運作。後來唯一的兒子得重病死了，白髮人送黑髮人，更加鬱鬱寡歡，就辭官回鄉，不承想家裡的田產都早已被族裡堂兄弟霸占，兒媳婦生下遺腹子後也死了，他和夫人只能帶著剛出生的小孫子生活。誰知兩年前他的夫人也病死了，現在就剩他們爺孫兩人。唉，都說他那小孫子命不好，剋家人呢。」陳之柔說著嘆了口氣。

「他那小孫子今年多大了？許先生住你們府裡，那他孫子跟著誰呢？」安然問道。

「七、八歲吧，好像說是有一對忠僕夫婦一直跟著許先生，應該是他們在照顧。許先生每七日放假一日，都要回去住一晚的。」陳之柔邊回答邊拿了一粒桔子給安然。

這時，爾琴走了進來。「小姐，許先生讓人傳話，說他已經考核完夏少爺，要見夏少爺的姊姊。」

「好吧，我是該去一趟，我們下次見面再聊了。」安然站起身。

陳之柔讓爾琴送安然過去。

安然進了書房，見君然和一個五十歲左右的男人面對面坐著，應該就是許先生了。經歷的種種風霜讓他早早頭髮花白，但那挺直的脊梁和儒雅的氣質，卻讓人輕易感受到他的不俗。

安然走上前福了一禮。「許先生好，我是君然的姊姊。」

許先生的眼裡閃過一絲驚訝。「夏小姐好，君然說你們府上由妳主事，所以我想和妳商談一下，沒想到妳也還是孩子，你們一樣大吧？」

「是的，許先生，我和君然是雙生姊弟。許先生有什麼顧慮或要求，盡可以跟我說。」安然恭敬地回答道。

「哦，是這樣的。」許先生看著這個少女的一言一行，還真是沈穩得不像一個十三歲的小姑娘。「君然起步晚，底子薄，但我還是很欣賞他的誠實和決心，而且我剛才考核了一下，他的悟性和接受能力都比一般人好，所以我決定接受你們的聘請。」

安然心裡歡喜，正色道：「謝謝先生肯給君然機會，我相信君然一定不會讓先生失望的，還請先生嚴格要求於他。」

「我一定會的。」許先生回答道。「只是我有兩個條件還請夏小姐考慮。一是我要求的束脩，想來陳家已經告訴你們，一個月五兩銀子，確實要比一般的先生高得多。二是我不能像現在在陳府這樣七日回家一日，我有一個八歲的小孫子相依為命，原本照顧他的家僕很快要回鄉養老，所以以後我需要每日回家。不知你們能否接受這兩個要求？」

「先生的第一個要求完全沒有問題。物有所值，先生的才學能力既是高過一般的先生，所收束脩自然也要與能力對等。至於第二個要求，對我們也沒有問題，只是對先生來說，先生不如考慮讓小孫子一起住在夏府，免得先生掛心。畢竟只是一個八歲的孩子，若可以讓他跟君然一起學習，對君然來說，多一個伴；對先生來說，不用掛念孫子，還可以同時教導。」安然誠心提議道。

「這……夏小姐好意，我心領了，只是……」許先生想了想還是坦言道：「我那小孫子可憐，自小失了父母，被傳言是剋父剋母的薄命人。」

「先生相信嗎？我想自然是不信，我可以看出您依然很疼愛您的孫子。我們也不信這些什麼命薄、剋親之類的流言，如果先生只是有此顧慮，大可放下。」

許先生看著安然姊弟一會兒，終於下定決心。「好，我接受夏小姐的好意，七日之後，我處理好其他事，就帶著我的孫子一起進夏府。只是，我的束脩改為四兩銀子，我知道妳也許不在意，但我有我的原則。」

「沒問題，就依先生所言。」安然爽快回答。很多人需要的不是憐憫而是尊重。

許先生遞給君然一本字帖和一本估計三十頁左右的薄薄冊子。「這七日裡，每日練字早晚各十張，要記住我剛剛跟你說的要領。這本資料是我從十幾本書中整理出來的，你要背下它，七日之後我會考你。有不理解的沒有關係，先背下來，我會給你講解。」

「是。」君然雙手接過，恭恭敬敬地應下。

兩人跟許先生告辭之後退出了書房。

在外面候著的劉嬤嬤和爾琴迎了上來，劉嬤嬤輕聲問君然。「君哥兒，可成了？」

見君然笑著點頭，劉嬤嬤立刻笑得兩眼瞇瞇，好像撿到了金子。

爾琴送他們出去，安然交代道：「我今天會回莊子，就不去跟之柔姊姊道別了，有什麼事派人到夏府交代一聲就好，他們會帶話給我的。」

爾琴應下。

回到夏府，安然找來何管家，跟他說了許先生七日後住進來的事。「何管家，外院還有三間正房，你讓人收拾出來，一間給許先生爺孫兩人住，一間作為授課的書房，另一間就作為客房。」安然繼續說道：「還有，讓小午跟著君然一起聽一年的課吧，下了課他就可以繼續練習雕刻。小午還小，多學點東西對他以後有好處。」

何管家自然是高興地應了，他知道小姐是處處為小午考慮。若不是官奴三代之內不能脫奴籍，小姐一定會讓小午跟著少爺讀書的。不過，能夠給小姐這樣的人為奴，也算是大幸了！

第十四章　要退婚了

接下來的日子，安然就埋頭忙著繡觀音圖了。反正鋪子的各項準備工作有福生和何管家操心，製衣坊裡有麗梅和莊嬷嬷，內院裡有舒心……

君然現在簡直就是一個讀書狂人，不過安然能夠理解也很支持。畢竟，論正式啟蒙，君然比別人晚了很多年。

安然只是交代舒心盯著君然的飲食，盯著他每天保證要有四個時辰的睡眠，並監督他每天早晚帶著大猛和嬌嬌繞著花園跑兩刻鐘。

這天早晨，安然練習完跆拳道，帶著小雪溜了一圈回來，正準備吃早餐，福生就來了。安然很是驚訝。「福生哥哥，怎麼是你來了，不用去雙福樓嗎？還是出了什麼事？」

安然正準備用完早點去平縣，今天是許先生帶著小孫子進夏府的日子。不過也應該是平祿或黃伯來接她們啊。

福生把手上的包裹遞給安然。「妹妹，這是昨晚薛少爺讓人送府裡來的，說非常重要，要我盡快親手交給妳。因為已經過了亥時，我只好今天一早送過來了。」

安然疑惑地接過來，打開一看，裡面除了薛天磊的一封信，還有一只盒子和一個紙包。

先看了信，信裡說之前安然給那幾張玉米、紅薯、土豆、辣椒的圖文已經給番商看了，說下次來大昱會帶些過來。

「這沒有那麼重要吧？」安然嘀咕著，打開那個盒子，盒子裡二十個不同顏色、形狀的小瓷瓶，還有一張黎軒寫的使用說明書。安然看得心花怒放，養生丸、美容丸、解毒丹、迷藥、毒藥、癢癢藥……五花八門，還有三顆「萬花丹」說是能解百毒，即使不能解的奇毒也能暫時抑制。

好東西啊，黎軒這份回禮也太重了，安然想著下次再好好回憶一些現代急救技巧送給他，要不還真有點不好意思不是？呵呵……

最後打開的那個紙包竟然是一條絲帕子和一封偉祺公子寫的信，信裡詳細敘述了冷安梅和齊榮軒的勾搭行徑、冷家和齊家的交易、關於冷安然孤僻暴躁的傳言，以及齊家準備退婚，改與冷安梅締結婚約的計劃。而那條繡著一對並蒂蓮和一個「梅」字的絲帕是冷安梅的，帕子薰了一種奇香，這種香味跟桂花香融合，會使人迷情。而那日齊榮軒和冷安梅被「撞破好事」，就是在齊府的桂花園之中。偉祺公子信上寫得很隱晦，但安然也並非真的十三歲，一看就明白了。

偉祺公子在信的最後還讓安然不要太傷心，他很快就會再送上一份大禮，如果安然到時候想改變這個局面，可以用得上。

呵呵，好狗血啊！安然冷笑一聲，看來故事確實源於生活，前世電視劇中狗血的宅門情節有一天竟然就發生在她身邊。

「姊兒，發生什麼事了嗎？」劉嬤嬤在一旁緊張地看著安然臉上的冷笑。

「沒什麼，齊家要退婚，齊榮軒要娶冷安梅。」安然笑著說了一句，就一邊讓秋思把東西收到屋裡去，一邊準備洗手吃早餐。

「怎麼會？怎麼會這樣？不可能的，那親事是齊夫人和我們夫人訂下的。姊兒，讓我看看這封信可以嗎？我要看看。」劉嬤嬤自小就是夏芷雲的貼身丫鬟，也是識字的。

「嬤嬤，妳別這麼緊張，那個什麼齊榮軒長得是圓是扁我都不知道，退婚就退婚唄，不是更好？喏，這信妳要看就看吧。」

劉嬤嬤也顧不上反駁安然，抓過信就急急地看起來，然後「砰」地一下跌坐在椅子上，嘴裡喃喃著。「怎麼辦？然姊兒……怎麼辦？」

「哎呀，嬤嬤，這不是很好嗎？既然齊榮軒跟冷安梅亂七八糟，那個齊家因為我娘親的嫁妝在林姨娘手上就同意改婚約，這樣的男人，這樣的齊家，妳還想要我嫁過去嗎？嬤嬤，我可是妳一手養大的，妳怎麼能讓我去那種人家受苦呢？」安然靠在劉嬤嬤身上，開始了撒嬌大法。

劉嬤嬤緊緊抱著安然。「可是姊兒，您現在傳出了壞名聲，又被退婚，以後怎麼辦呢？要是林姨娘再使壞給您隨便找個男人嫁了，怎麼辦呢？」說著說著就嗚嗚嗚哭起來，連秋思也跟在一旁低頭拭淚。

安然簡直頭大，只好輕輕拍著劉嬤嬤的背。「嬤嬤，妳別緊張，車到山前必有路。真到了山窮水盡的地步，大不了爭個魚死網破。何況還有外祖父家呢？還有，妳沒看到偉祺公子說了會幫我嗎？妳別哭了，嬤嬤，別哭了嘛。」

劉嬤嬤聽到這裡，突然抬起頭。「對啊，姊兒，那薛家好像跟皇家有什麼關係的，聽說權勢很大，還有，看那偉祺公子的樣子一定也是大有背景，他連大小姐那條帕子都能弄到手，還能知道他們的計劃，肯定很厲害。姊兒，您還知道什麼菜譜，我們都給薛大少爺，我們不要錢，只要他們能幫您……」

說著，劉嬤嬤霍地站了起來，卻又不知道要做什麼，打著圈團團轉。「我們要去找大將軍王，要去找您外祖母，我們去京城，對，去京城，現在就去……」說著就走過來拉著安然要去準備行李。

安然把劉嬤嬤按在椅子上。「嬤嬤，妳冷靜點，現在事情還沒到那個地步。妳自亂陣腳只會讓事情更壞。妳現在貿然去找外祖家，說什麼呢？說那些傳言是林姨娘搞的？說退婚是林姨娘害的？證據呢？還是妳要說擔心林姨娘會把我亂嫁？」

見劉嬤嬤的情緒稍微冷靜了一點，安然又放輕聲音說：「嬤嬤，妳看，我娘又是在夢裡教我那麼多東西，又是讓我找到君然，她一定會在天上保佑我們的。」

這一下說到了劉嬤嬤的心裡了。「對，姊兒，我們去祭拜夫人，給夫人上香，我們去跟夫人說這件事，請夫人保佑姊兒。還有啊，也要帶少爺去夫人墓前給夫人看看。」

「好好好，再過幾天美麗花園就開業了，那之後我們便帶著君然去福城一趟，可好？」

安然安撫著劉嬤嬤，讓她漸漸平靜下來。

剛好小端扶著何林娘子散步回來，安然趕緊讓大家都坐下來吃飯。

何林娘子食補加鍛鍊，已經很有起色，至少不會那麼容易暈了，臉上也有了點血色。現在每天早晚都要在院子裡走兩刻鐘，或者讓小端陪著去後山腳下轉上一圈回來。

安然從黎軒給的一個小瓷瓶裡倒出一粒紅色藥丸讓何林娘子服下。

眾人吃完早餐，就一起回平縣了，連小雪都一起帶上。安然想了一下，把黎軒那盒東西也帶著，還是放在那裡比較安全，這個小院畢竟是冷家的地盤。

到了平縣夏府門前，福生直接去雙福樓，黃伯接手安置好馬車，安然幾人則回了內院。

大猛和嬌嬌一看見安然和小雪就猛撲過來，三隻狗兒鬧起了「群狗狂歡」。正在書房寫大字的君然聽說安然到了，趕緊出了書房迎過來，姊弟倆也有七天沒見面了。

大猛和嬌嬌跑過去舔了君然的手，讓君然揉牠們的脖子。小雪則呆在那兒，看看安然，又看看君然，再看看安然……那雙濕漉漉的大眼睛懵懵的，可愛死了。

安然笑著摸摸小雪的腦袋。「那是我們家少爺，是我的親弟弟。去，跟他親熱一下，打個招呼。」

小雪舔了舔安然的手，跑到君然腳邊。君然蹲下摟著小雪的脖子，又摸了摸牠的頭，小雪吠了一聲，在君然臉上舔了一下，歡快地搖著尾巴，那模樣把大家都逗樂了。

大家正熱鬧呢，舒晴過來說先生到了，何管家領著去了外院書房。安然趕忙讓小端、小午帶著三隻狗兒玩，自己和君然去了外院。

只見平祿和另外兩個小廝正在幫忙把幾個箱子抬進許先生爺孫倆的臥房，就在書房的隔壁。何管家和許先生站在臥房門口說話，旁邊站著一個穿墨綠色衣褲的小男孩。

許先生他們的臥房是外院四間正房中最大的一間，用家具和垂簾隔出了三個區域，左右都有床、頂竪櫃和衣架，中間則是一個小會客區，正中間擺著一套四人圓桌椅，靠牆壁是一張長條形櫥櫃。

安然帶著君然一起上前行禮。「許先生好，對這臥房和書房還滿意嗎？有什麼需要的您隨時可以跟何管家說。」

「非常滿意，夏小姐費心了。」許先生拉過身邊的小男孩。「這是我的孫兒許家諾，小諾，見過小姐、少爺。」

安然趕忙上前一步攔著。「小諾是吧？你以後就稱呼我們安然姊姊和君然哥哥好嗎？」又轉向許先生說道：「一日為師，終身為父。您是君然的老師，以後就是我們姊弟倆的長輩，我們也會把小諾當作弟弟一樣看待。你們在夏府就當是在自己家裡，不用客氣才好。」

許先生撫了撫短鬚，爽然應下。「安然小姐的心意，老夫受下了。小諾，給安然姊姊和君然哥哥見禮。」小諾乖巧地行了禮。這孩子長得好，看著也機靈，就是有些怯怯的，不大說話。

也是個可憐的孩子。安然心道。她拉著小諾的手，笑道：「小諾，我們這裡也有一個跟你一般大的小孩，他叫小午。以後下學了就跟小午一起玩好嗎？還有兩隻很可愛的小狼狗呢。」

小諾的眼睛一亮，乖乖地點頭應了，還向安然綻開一個甜甜的笑容。

安然跟許先生又寒暄了幾句。許先生要考核君然，兩人進了書房，小諾則由舒晴帶著去找小午。

安然則與何管家在廳房坐下，談了美麗花園開業準備的情況。兩人正準備去前面鋪子，秋思拿著一個小瓷瓶過來了。「小姐，為了找合用的瓷瓶裝藥丸，耽誤了時間。」

安然接過瓷瓶遞給何管家。「你娘子近日的氣色已經好了很多，今天起就留在府裡了，也免得你們夫妻分住兩地。這瓶子裡有兩顆名醫黎軒配製的『榮血丸』，隔半個月服一顆，今天早上你娘子已經服用一顆了。」

何管家愣住了，不敢相信地看著手中的瓷瓶。「毒公子黎軒？大昱最有名的神醫？我之前的主家說過，不論是毒公子的補藥還是毒藥，都是千金難求。」說著跪下來就磕頭。「奴才知道小姐不喜歡下跪磕頭這一套，可是今天您一定要讓奴才磕了這個頭。小姐的恩德，奴才一家銘記在心。」

安然笑了。「毒公子？神醫？這麼神奇啊？馬掌櫃只跟我說他是名醫，沒想到來頭還挺大的，呵呵，這就好，你娘子服用完三顆榮血丸之後，一定會大有起色的。」

「嗯，定是會的。」何管家高興地直點頭，小心收好瓷瓶，帶著安然往前院走去。宅子原來連接前院的大門已經堵上，只在側邊開了個小門。

安然邊走還邊在心裡得瑟——千金難求啊？她那盒子裡可有二十瓶來著。

她不知道的是，黎軒本來只準備給她三顆「萬花丹」和三瓶養身美顏的藥丸。卻被鍾離浩和薛天磊一硬一軟，一個威逼，一個利誘，不得已之下才如此慷慨地解藥包「大出血」的。

安然三人走進鋪子「美麗花園」，只見麗櫻、麗桃、麗蘭正坐在長椅上縫製白、綠兩色雙拼的紗質窗簾。

鋪子已經都裝修得差不多了，一樓是主賣場，分為展示區、收銀區和休息區。展示區占賣場三分之二的面積，放置著六個四臂落地展示架。正中那一個高些，圍繞著它擺成一圈的五個矮一些。每個衣架的四臂上都掛著一個纏著白色棉布的木製衣撐，到時衣裙就會掛在那些衣撐上。

休息區由一長兩短三張擺成凹形的長靠背椅和一張茶几組成，長的可坐四人，短的可做兩人，都包著厚厚的綠色棉墊子，坐著靠著都軟軟的很舒適。

美麗花園的收銀區由一張長長的半橢圓形帳台隔出來，帳台後面有一個套櫃，下面是儲物櫃子，上面是四層多寶格，放著很多小木盒子，裡面裝著一朵絹花、頭飾或一個穿著可愛衣服的木豬木狗木娃娃之類。這些都是買衣服贈送的禮品，要單買也可以。

絹花、頭飾是用零碎的布料做的，安然按照前世飾品的樣子畫出來，主要由麗櫻、麗桃、麗蘭製作。

二樓是量身訂製區，東面靠牆擺放著一張包著墨綠色墊子的大長檯子，那裡將用來擺放各式布料。北面牆上斜嵌著三面一般大小的銅鏡，前面還擺放著一面落地大銅鏡——安然十分懷念玻璃鏡，可她不懂製玻璃——南面則用木板隔出了三間試衣間。

中間區域則是呈三角形擺置著三套四人圓桌椅，全都包著墨綠色墊子。每張桌面上都放著紙、筆、軟尺，和一個長形花瓶，到時花瓶裡都會放進一枝花。

「不錯。」安然笑著對何管家說道：「我很滿意。」

「都是小姐設計得好，現在就差紗窗簾還沒弄好，到時掛上去整間鋪子一定會更漂亮的。」何管家看著這間店鋪也很開心。

「嗯，帳房先生還沒找到合適的嗎？」安然問道。

「是，上次李牙婆送來幾個，奴才都沒看中，有一個還行，但他只願意簽五年契。李牙婆說後日會再送幾個來看看。小姐，奴才……」何管家說到這裡突然頓了一下，面上有點猶豫。

「怎麼了？有什麼話就說，你什麼時候也學著這麼吞吞吐吐了？」安然笑問。

「是這樣的。」何管家想了想還是說道：「跟奴才一起被拍賣的官奴中有一個人叫王平，在我們之前的主家府裡是做帳房管事的，管帳能力和人品都很好，只是他在抄家時被官兵打斷了左腿。他還帶著一個兒子，今年九歲，人很機靈，而且手非常巧，會用木頭、竹子雕刻各種東西。還會用竹片編筐子、籃子，都漂亮得緊。小午之前就是老跟著他做這些，很有興趣，福生少爺才會說小午學得快。」

「很好啊，你為什麼不早說，現在找得到他們嗎？」安然奇怪地問道。

「奴才很早就想說的，可是一來王平的左腿斷了，大戶人家都不願意買這樣的人，覺得會讓府裡沒面子。二來我和他是舊識，是從小一起長大的，我擔心小姐認為我徇私。」何管家不好意思地解釋道。

「斷了一隻腿而已，拄上枴杖能走路吧？」安然問，只要不影響日常工作生活就OK了不是？

「能的能的，他都是自己拄著一根棍子走，比我們慢些而已。」何管家趕緊回答。

「那不就得了，讓他做帳房，又不做夥計，都是坐著工作又不影響。再說了，只要他是正直、勤快、能幹的人，就不會丟府裡面子，身殘的人可比心殘的人有面子。至於說他是跟你從小一起長大的舊識，那就更好了，知根知底的。用人不疑，疑人不用，你是府裡的大管家，又是鋪子裡的大管事，我自然是信你的。要不我得多累啊，天天記掛著你做了什麼事。告訴你，何大管家，要是有一天你讓我懷疑了，我直接處置了你，才沒閒工夫邊懷疑邊用你地累心呢。」安然笑道。

「是，呵呵，奴才明白了，奴才不會讓小姐為這樣的事累心的。」何管家也笑了起來，總覺得跟著自家小姐做事，再累都是心情舒暢的。

回到府裡，安然又去了製衣坊，跟麗梅、莊嬤嬤一起驗看新製好的成衣，現在已經完成了四十六套衣裙。

麗梅拿出一頁紙遞給安然。「小姐，這是奴婢做的一份訂製規程，便於麗櫻、麗桃接下訂單後跟製衣坊接洽安排，也方便讓她們解釋、回答客人的問題，您看看可行？」

安然快速看了一遍，很是欣喜，她也是準備要做一份的，只是最近趕著繡觀音圖，遲遲未動筆，沒想到麗梅也考慮到了，還做得十分周詳合理，並不比她想的差多少。

「麗梅，做得非常好，只有幾個小地方我會改動一下，改好了再給妳。謝謝妳，麗梅，妳很用心，也很能幹！」安然笑著鼓勵道。

「小姐，您……您過獎了，您給奴婢這麼好的機會，奴婢只怕做不好，不過奴婢會很用心跟何管家和莊嬤嬤學習的。」不知道是興奮還是害羞，麗梅的耳朵都紅了。

「麗梅，萬事不怕難，只怕有心人。只要妳用心，妳就一定能做得比誰都好。」安然鼓勵下屬一向不嘴軟的。

「嗯，奴婢記下了。」麗梅開心地點了好幾下頭。

其實安然很不習慣他們說話「奴才」來「奴婢」去的，提過要讓他們自稱「我」就好，但何管家堅決反對，說不能壞了規矩，無規矩不成方圓。何管家難得死硬堅持，安然也就由他了，她知道何管家是為她好。

安然跟麗梅、莊嬤嬤又談了一些事，做了一些安排，就帶著秋思回內院去。

剛走到半路，就遇見出來找她的舒晴。

「小姐，麗繡坊的鄭娘子來了，劉嬤嬤正與她說話。」舒晴迎了上來。

福城麗繡坊前兩天才正式開業，鄭娘子怎麼有時間回來？沒出什麼事吧？安然加快了腳步。這還是鄭娘子第一次過來夏府，之前都是讓人來接她的。

到了內院廳房，門關著，舒心和紅錦守在門外，見安然來，忙開了門讓她進去。

只見鄭娘子正一臉怒氣地坐在那兒，劉嬤嬤本來在抹眼淚，見安然進來，便走上前拉著她的手，邊說邊哭。「鄭娘子是為了林姨娘她們散布的那些流言趕回來的，現在福城裡把小姐傳得……很不堪，說您八字硬……命薄……嗚嗚……剋親……孤僻暴躁……嗚嗚嗚……說齊家要退婚。」

「別哭了，嬤嬤，我們早上不是說好了嗎？別哭了。妳放心，我不會讓他們欺負的。」安然安撫著劉嬤嬤，她知道在古代遇到這樣的事，一直疼愛呵護她的劉嬤嬤有多麼的悲痛和無助。

鄭娘子也走上前，心疼地看著安然。「然姊兒，妳想怎麼做？要不，我們找齊家談談，澄清這些都是謠言。對了，我們可以找泉靈庵的雲祥師太幫忙，雲祥師太出家前跟妳外祖母十分交好，聽劉嬤嬤說妳母親在世時她也很疼妳母親，妳母親病重那時她還到過冷府為妳母親誦經呢。」

鄭娘子眼裡無法作假的心疼和焦急讓安然很是感動，這位曾經挺過痛苦艱難，堅強而又精明的女人，也是一個至情至性的性情中人呢。

「妳們別太擔心了，其實這親事退了，倒是很合我意。至於謠言，清者自清，時間久了也就淡了。有緣有情之人，自是不會相信那些傳言。至於那個林姨娘，她想擺弄我也不是那麼容易的。」安然說道，淡淡的語氣中卻有著不容置疑的堅定。

鄭娘子看著這個女孩，不知為什麼，她身上那種超乎年齡的從容和淡定，總是能讓自己不由自主地相信，相信她能夠做得很好，相信她能夠笑得更燦爛。

是啊，既然安然不在乎那樁親事，退了就退了吧，至於其他，她相信安然可以處理好的。真有需要的時候，她盡力幫她就是了。

想通了，鄭娘子就不再糾結這件事了，跟安然她們說起開業那天「雙貓戲蝶圖」帶來的震撼效果。「呵呵，妳不知道那天多少人圍著那幅台屏目瞪口呆。當場就有很多要下訂的，不過我們按照妳說的，定下了規則——只有累計購買達到五千兩銀子的顧客，才能成為麗繡坊的貴賓，而只有貴賓才有資格排期訂製雙面繡，雙面繡一年限量十件，排不到的只能排到第二年去。這不，只是開業那第一、二天，我們成交的金額就達到了平縣麗繡坊三個月的收入。

「然姊兒，我還真想知道妳這顆小腦袋怎麼長的，能畫、能繡，能想出這麼好的主意，盡是些新奇東西！」鄭娘子頓了頓。「至於妳的事，相信妳自己能對付，需要我做什麼就吱一聲。我這就回福城去，美麗花園開業那天我會趕回來的。」說著就風風火火地往外走了。

安然和劉嬤嬤連忙一起送了她出去。

「嬤嬤，齊家的那塊『滿月』放在哪兒，安全嗎？」安然突然想到一個重要問題。

「姊兒放心，我裝盒子裡埋在榆樹下了，除了我沒人知道。」劉嬤嬤看了看四周沒人，輕聲回答道。秋思送鄭娘子出府了，小端、小午和小諾帶著三隻狗狗在花園那邊。

「滿月」是齊家送的訂親信物，之前一直貼身掛在原主脖子上，自從她這個安然醒來後，就摘了下來讓劉嬤嬤收好。安然一向不喜歡戴著首飾睡覺，何況一想到那是什麼訂親信物心裡就排斥。

「嗯，收好了就好，不出幾天肯定會有人來要的。既然『滿月』那麼值錢，他們怎麼會捨得不快點拿回去？」安然冷笑一聲。

「『滿月』值錢，我們的『九丹環珮』更值錢呢。」劉嬤嬤撇了撇嘴。「姊兒，他們要是來拿『滿月』，我們一定要收回『九丹環珮』。那可是夫人嫁妝裡最值錢的一件飾物，是老夫人，也就是您的外祖母特意為夫人訂製的。」

「噢？九丹環珮？上面有九個什麼東西嗎？」安然好奇極了。

「是啊，是用特別的工藝將九顆一樣大小的各色極品寶石鑲嵌在兩環清透的綠翡翠上，較大的外環嵌上六顆，較小的內環嵌上三顆。而會這種鑲嵌工藝的，世上只有一人，已經過世了，他的兒子們都達不到他的水準。」劉嬤嬤一臉的驕傲。

「這樣啊，那一定要拿回來才行，否則外祖母那裡問起來都不好說，而且也不能便宜了那些人。」安然蹙緊眉頭，不知道在想什麼。

跟君然一起用過午飯後，安然就回莊子了。今天大石頭說好了會幫忙摘一些蓮蓬、蓮藕、荷葉送來。這大昱的人都只知道荷花是種來欣賞的，卻沒人知道荷花一身都是寶。

小端跟著安然一起回去，何林娘子現在照料自己完全沒有問題。小端喜歡跟著安然，何林夫妻也希望小端跟在安然身邊。

第十五章　送人

大昱至和（「至和」是昱文帝的年號）三年九月初六，一大清早，兩隻喜鵲就在院子裡嘰嘰喳喳地叫，惹得小端一直興致勃勃地猜著今日會有什麼喜事發生。

「今天帶妳去雙福樓吃飯，算不算喜事？」安然等了六天，沒有等到冷府來人，倒是昨天薛天磊傳來了口信，約安然在雙福樓見面，還說偉祺公子和黎軒也會一同來。

秋思打了溫水過來給安然洗臉，高興地說道：「後日美麗花園開業，可不是喜事嗎？這喜鵲先給我們道個好兆頭呢。」

四人才剛吃完早餐，就聽到院子裡小雪歡快的叫聲，是平祿準時地到了。

馬車到了街口，劉嬤嬤和秋思帶著小雪下車先回夏府，安然帶著小端去雙福樓。

早在門口等著的阿根領著安然二人來到雙福樓後院，一進院子，一幅多風格美男圖就呈現在安然眼前——一身飄逸雪白的黎軒背靠著樹幹，雙眼半閉，臉上似笑非笑；陽光帥氣的薛天磊手裡端著一杯水，對著另兩人正在說什麼；而面癱冰山男鍾離浩還是永遠的黑色，斜斜地坐靠在椅子上，髮髻上一根銀色的簪子，在陽光下閃閃發光，給他增添了幾分別樣的慵懶和不羈。

安然心裡直呼——要不要這麼養眼啊？不過，一早欣賞這樣的美男圖，確實有助於心情愉悅、保持身心健康。

「咳咳！」冰山美男已經到了她的面前，警告地看著她。這個臭丫頭，不犯花癡不行嗎？搞得他每次跟犯了肺病似的。

「偉祺公子好。」安然趕緊回神，福了一禮。又對著黎軒行禮。「黎公子好！」然後才看向薛天磊，笑靨如花。「薛大哥好，你是為美麗花園開業回來的嗎？」

薛天磊寵溺地笑道：「當然了，安然的美麗花園開園了，薛大哥怎麼可能不趕回來？」

「咳咳！」一旁的冰山憤怒了，鍾離浩肺沒病，可胃犯酸啊。他的小花癡怎麼可以對薛天磊那廝笑得那麼甜美？還薛大哥？叫他就偉祺公子！

「安然，妳是帶了什麼吃食給我們嗎？」薛天磊看著小端手裡的食盒問道，沒有理會鍾離浩的黑臉——他一年裡有三百六十五天臉都是黑的好不？

「是啊，薛大哥，給你一個驚喜，保證讓你們雙福樓多一系列美味。」安然此時就是一隻討賞的貓咪，一副愛嬌的模樣讓人心疼死了。

小端已經把食盒放在石桌上，打開蓋子一樣一樣地端出來——三小碗紅豆蓮子羹、一盤香煎藕餅、一盤桂花糯米藕。

沒等安然介紹，三位美男齊齊拿起湯匙或筷子忙碌起來了，全然不顧美男形象，看得安然和小端在一旁大眼瞪小眼。

等三碗兩盤都空了，薛天磊才顧得上問：「安然，紅豆一起的那是什麼？這兩盤的主料是同一種食材，吃起來脆脆爽爽的，又是什麼？」

安然還沒開口，那黎軒就先抱怨起來。「小安然，妳要帶這麼好看美味的食物給我們，要提前說一聲嘛，我們就不吃早餐了，這下可好，都撐壞了。」

鍾離浩狠狠瞪了他一眼。「撐壞了還搶那麼快！」

撐壞了？該！那最後一片藕餅簡直是從他筷子下挾走的。

安然沒有理會那兩個搗亂的傢伙，她示意小端把最下面一個食盒打開，裡面有幾粒蓮子和一節蓮藕。

安然指著那節藕解釋道：「這是蓮藕，是蓮花的根莖，肉質細嫩，鮮脆甘甜。這些一粒粒圓圓的是蓮子，是蓮花的果實，食用能強心安神，滋養補虛。」

三位美男聽得眼睛都直了，原來剛才吃的美味是蓮花埋在泥塘裡的根，這小丫頭怎麼知道的？他們通常都只是欣賞那蓮花罷了。

安然拿出一張紙遞給薛天磊。「薛大哥，這裡有五道菜譜，分別是蓮藕獅子頭、涼拌蓮藕片、蓮藕炒雞片、香煎藕餅、蓮藕排骨湯。都是用這蓮藕做的菜，你讓廚師做出來嚐嚐就知道，美味又養生，算是我對薛大哥支持美麗花園的謝禮。對了，這藕製成粉後，還能有很大的用途，等我有時間弄出來，再告訴薛大哥。」

薛天磊接過菜譜收好。「安然，菜譜我是一定要收的，但不能白收。上次馬掌櫃帶回來的那道拍黃瓜，現在可是我們雙福樓極受歡迎的一道開胃小菜。更別說妳前次給的那五道菜譜了，我們各地雙福樓的生意最近都明顯好了很多。我知道妳的腦袋裡有很多好東西，我們合作可好？妳以後每月推出一道新菜譜，還要經常給我提些好建議，我讓妳擁有雙福樓一成的股，合作契約我早就讓馬掌櫃準備好了。當然，如果還有什麼條件妳也可以提出來。」

一成？10％？雙福樓在大昱可是有幾十家欸，要不要這麼誘惑？安然的眼前閃爍著銀白色的光芒，不由自主地就點頭應了。

看著安然眼珠滴溜溜的財迷樣，黎軒很想大笑，薛天磊又想摸她的腦袋了，鍾離浩則是哼了一聲「小財迷」，然後直接被安然橫了一眼。

那眼神……看在鍾離浩眼裡似嗔似嬌……讓他心裡癢癢的，像小貓抓似的。

黎軒對著薛天磊說：「你今天可是賺到了，以後小安然推出的新菜，我都要免費試吃。」

安然突然想起還有黎軒的事呢，她讓小端從包袱裡拿出一套竹製拔火罐放在桌上，又拿出另外兩張紙遞給黎軒。「黎公子，上次收了你那麼多好東西很不好意思，這些不知道對你有沒有用？權表心意。」

一張紙上是拔火罐的用途和使用方法。另一張是關於溺水的急救方法，包括人工呼吸和胸外心臟按壓，都是圖文並茂。

黎軒可是名醫，一看就明白其中的奧妙，笑得嫵媚多姿，差點又讓安然失神了。

「小安然，以後需要什麼迷藥補藥毒藥，不管什麼藥，就跟黎軒哥哥說一聲啊。」邊說邊興奮地用手拍了拍安然的肩，可惜下一秒，就「啪」地一聲被鍾離浩拍掉了。

迎著鍾離浩的怒視，黎軒很委屈地眨了眨那媚死人的桃花眼。

安然心裡立刻樂了，又開始八卦地暗想，真大的醋勁啊！不過這兩人也太……那個什麼了吧？大白天的，要不要這麼曖昧的？哈哈。

心裡正在八卦神遊，突然感覺有道委屈抗議的眼神戳著自己，跟著傳來鍾離浩涼涼的聲音。「我的呢？」

「啊？哦……呵呵……我不知道偉祺公子需要什麼？」安然訕訕的，想起這位面癱爺可是幫了自己大忙。

「我的荷包壞了，要藏青色，繡茉莉花的。」依然是涼涼的聲音，他很懷念那淡淡的茉莉香啊。

「啊？哦……啊？」

「下次見面就要給我。」

「啊？哦……啊？」

還沒等安然回過神來，一疊紙就到了她的手裡。「這單張的是齊榮軒賄賂考官作弊的親筆信，一疊的是冷弘文貪污賑災款的證據，足以革職流放三千里。妳收好，會用得著。」

安然心裡真想三呼YA，趕忙稱謝。「多謝偉祺公子，謝謝！」

「叫浩哥哥，我單名『浩』。」聲音依舊涼涼的。

「啊？哦，謝謝浩哥哥。」安然總是覺得這面癱很能對她產生壓力，讓她不由自主地聽話。不過他可是幫了她超大的忙有沒有？而且能弄到手上這些東西的一定不是普通人。浩哥哥就浩哥哥吧，這麼個超強人，叫浩叔叔也行啊！

鍾離浩偏過頭拍了拍手，並趁那瞬間悄悄勾了勾唇，一抹笑容一閃而過。

兩個人應聲而落，嚇了安然一跳。

「她武功很好，人也機敏，以後就在妳身邊侍候。」鍾離浩指著那個十六、七歲，一身青色衣裙的女孩。又指著一身黑，二十三、四歲的男子。「他是暗衛，也在妳身邊，但在暗處不在明處，妳會感覺到，但看不到，不要害怕。」

看著安然驚訝的表情，鍾離浩不容拒絕地說道：「妳手上的這些東西，加上冷府裡那位夫人，妳很快會需要他們的。」

安然只是驚訝他怎麼對自己這麼好，怎麼能想得這麼周到，才不會想拒絕這天大的好事呢。這就是滴水之恩，湧泉相報吧？那晚碰巧救他真是太值了，賺大發了！

安然順勢謝過。「謝謝浩哥哥！」

這話聽在鍾離浩耳裡軟軟糯糯，怎麼都像是「謝謝好哥哥」。

「你們叫什麼名字？」安然問那兩人。

「請小姐賜名！」兩人齊齊跪下。

安然趕忙拉起他們。「那就叫舒安、舒全吧。」女的叫舒安，男的叫舒全，他們可不就是來保護她的安全的？

「謝小姐賜名。」兩人很開心，他們以前是沒有名字的，只有代號。

話音剛落，舒全就不見身影了，舒安則閃到安然的身後。

「哇，高人欸！」安然不由驚嘆出聲，這小說、電視中才有的暗衛，真不是蓋的。

「哈哈，你們兩位都給小安然送了東西，我不表示表示豈不是太沒面子了。」黎軒說著就揮了下右手，一個一身藕荷色的女孩又落在安然面前。

「她的武功沒有舒安好，但善於辨毒、用毒，醫術也還行，以後就跟著妳了，也給她賜個名吧。」說著就遞過三張紙。「這是他們三人的賣身契。」

安然接過，對那個女孩說：「妳以後就叫舒敏吧。」舒敏謝過賜名，也站到了安然身後。

安然轉向三位美男，很鄭重地福了個禮。「安然謝謝三位兄長，此生能認識三位兄長，是安然三輩子修來的福氣，謝謝三位兄長對安然的關愛！」

「行了，好好保護好妳這條小命就行。」鍾離浩心裡撇了撇嘴，他才不要做小花癡的兄長，有那兩兄長就夠了。

安然想了想，反正他們三位都很清楚她和冷家的事了，君然的事還是跟他們說一下比較好。她自己不知道的是，她已經不知不覺地對鍾離浩產生了依賴。

於是，安然把君然的身世、她與君然的相認過程都詳細說給了他們聽……

鍾離浩聽完，垂著眼眸沈默了一會兒，說道：「妳是對的，先不要讓冷家知道君然的存在。另外，我也會另外找一個人跟在君然身邊。」

「嗯。」安然乖巧地點點頭。

鍾離浩敏銳地捕捉到她眼裡的那絲依賴，咳咳，他真的很喜歡這種被他的小花癡依賴的感覺啊。

一段「送人」的插曲過後，四人坐下來，開始聊起美麗花園開業一事。

安然對他們也毫不隱瞞，詳細說了各項準備工作，包括常規碼數、量身訂製、贈送小禮品、積分貴客卡，還有限量款等等販售方式。

聽得三人嘖嘖稱奇，這小丫頭腦袋裡到底還有多少新奇東西？還都是些聞所未聞的。

「小安然，妳弄那個限量款不是平白讓自己少掙錢嗎？再說人家模仿得可快，妳這裡賣得好了，很快就會有人仿製的。」黎軒好奇地問道。

「能引起大家跟風也是為美麗花園做宣傳啊，美麗花園就是要以獨特的設計和精良的做工打造出自己的風格。」安然自信的微笑讓她那張本就美麗的小臉染上一種瑰麗的風采。

「而且我們的限量款和量身訂製，都是針對那些有錢有地位的夫人小姐，她們會願意跟在人家後面穿仿製的嗎？美麗花園出品的衣服上可都縫有特殊的標誌，別人很難仿照。」

「噢？什麼樣的標誌？」薛天磊瞪大了眼睛。

安然看了小端一眼，小端從自己包袱裡拿出一塊拇指大小的小布片，上面繡著「美麗花園」四個字，現在這些商標都是由秋思和小端繡的。

薛天磊接過一看，繡工精美，可是這也不難仿製啊？腦中一個心念閃過，快速翻到反面，果然，也是精美的「美麗花園」四個字，正反兩面一樣的漂亮平整。

「安然，麗繡坊的雙面繡轟動了整個福城，都快傳到京裡去了，那可是妳的傑作？」薛天磊問道，三人六隻眼睛都緊緊盯著安然，等待答案。

安然微微偏著頭，抿嘴不語，笑得可愛極了，不置可否。

「小安然，妳今年到底幾歲？不會真的是天上掉下來的金童玉女吧？」黎軒上下打量著安然，似乎真的想發現什麼奇異之處。

「怎麼？我喜歡吃好吃的食物，喜歡穿好看的衣服，喜歡琢磨漂亮的東西，不可以嗎？我就是聰明又有創造性，不可以嗎？」安然索性耍起賴來。

「可以可以，當然可以，太可以了！以後黎軒哥哥的衣服都交給妳了。」黎軒連忙討饒兼討便宜。

「不用理他，最多交給繡娘。」鍾離浩冷冰冰地說道。開玩笑！他的小花癡怎麼能給他之外的男人做衣服？嗯，那個雙胞胎君然勉強可以，如果小花癡一定要做的話。

「呵呵，安然，這次美麗花園開業，妳要薛大哥做些什麼？」薛天磊趕緊岔開話題緩和氣氛。

「嗯，薛大哥，你送兩個大花籃吧，上面貼著賀詞，一個寫『雙福樓賀』，一個寫『七彩綢緞莊賀』。」安然笑咪咪的。

「大花籃？為什麼？那有什麼用？我早準備了更好的賀禮，馬掌櫃明天會送去。」薛天磊疑惑地問。

「大花籃放在門口啊，人家都會看到七彩綢緞莊和雙福樓跟我們關係交好，我們可以借借你的勢嘛。」安然倒是坦白。「薛大哥你介不介意？」

「不介意不介意，美麗花園若有什麼難事，薛大哥一定會幫忙出頭的。我們七彩綢緞莊和美麗花園本來就有合作嘛！」薛天磊連忙應承。

「明天，張知縣的夫人還有幾家官家夫人小姐，都會過去美麗花園的。」鍾離浩在一旁插嘴。有他在，誰敢找美麗花園的麻煩？哪裡需要借薛家的勢？

「太好了，呵呵，謝謝浩哥哥。」安然眉眼彎彎的笑容讓鍾離浩的心柔柔的、軟軟的。

這時，馬掌櫃送來了合約，安然看了一遍便簽字摁手印，收起自己的那一份，心中無比歡喜，看來這喜鵲報喜還真是那麼回事呢。

四人又聊了一會兒，安然起身告辭，要回府裡安排一些事，還必須早點回莊子去，她的直覺告訴她冷府的人這幾天一定會到的。

看著安然的馬車漸漸遠去，黎軒拿手上的扇子敲了鍾離浩肩膀一下。「喂，大冰塊，你越來越不對勁啊！你不會是……嗯……那個……救命之恩，以身相許吧？」

鍾離浩自從四歲那年親生母親過世，自己又差點被毒死後，一直是冷著個臉的，小小孩子卻周身散發著寒氣。他的皇伯母兼親姨媽，也就是當今薛太后，戲稱他為小冰塊。皇上、皇后，還有自小一起長大的薛天磊和黎軒也一直都叫他小冰塊。前幾年開始，他堅持不讓兩人這麼叫了，兩人玩笑時就改稱他為大冰塊。

「別胡說，她還小。」鍾離浩冷冰冰地丟下一句話就自個兒轉身走了。在心裡補充了一句——「不過我可以等她長大。」

薛天磊也白了黎軒一眼。「安然才十三歲，你真無聊！」轉身也走了。

剩下黎軒獨自站在那兒，抬頭望天，翻了一個白眼——十三歲怎麼了，再兩、三年不就長大了嗎？他說錯什麼了他？

安然不知道自己離開後還有這麼一小段，她帶著舒安、舒敏和小端回到夏府的時候，正趕上準備開飯。

安然沒有讓人伺候吃飯的習慣，著秋思和小端帶舒安、舒敏去吃飯，自己和君然、劉嬤嬤邊吃飯邊說著舒安、舒全、舒敏的來歷。

君然已經聽劉嬤嬤說了齊府退親的事，他很憤怒，卻也知道自己做不了什麼，幫不上忙，只有加倍努力讀書。

姊姊說過，他們姊弟倆只有讓自己更強大，才能保護自己。姊姊現在努力賺錢，就是為了使他們更強大，而他要走的「變得更強大」之路，就只有求取功名、獲得權勢。雖然他比別人晚了很多年，但是，他可以比別人努力很多倍。

「姊，我會努力變強的，我一定會成為妳的依靠，我以後就是妳的娘家。」君然輕聲但堅定地說道。

「嗯，姊相信你。但是你要記住，過猶不及，努力讀書是應該，更必須好好照顧好身體，否則，你自己要是都成了病殃殃的書呆子，姊還怎麼依靠你？」安然還真擔心這個讀書狂弟弟壓力太大，讀成個小老頭。

「我明白，我記得姊說過的勞逸結合，一定不會變成書呆子的。」君然想到上次姊姊給他描述的書呆子形象，忍不住笑了起來。

安然又提起鍾離浩會送一個護衛來給君然的事，君然想了想，說道：「姊，既然還要來一個人，妳讓平喜去店鋪吧！我這邊也沒什麼事，不需要那麼多人。我看平喜一有空就很喜歡去店鋪那邊幫忙，他人也機靈。姊以後還要擴大店鋪，多培養一些自己的人備著比較好。」

平喜和平樂是何管家給君然買來的兩個小廝，平喜十六歲，平樂十三歲。

安然笑了，轉頭對劉嬤嬤說道：「嬤嬤妳看，我確實是瞎擔心了，我這弟弟還真不會成了那『兩耳不聞窗外事，一心唯讀聖賢書』的書呆子，都知道幫襯我培養人才了。」

劉嬤嬤呵呵笑道：「人家都說雙生子心意相通，你們姊弟倆這可是典型的心意相通呢。」

第十六章　終於來人了

用完午餐，安然找來何管家，討論了平喜和新來的帳房王平的事，又詢問了些相關安排。

安然之前給了何管家一張圖紙，讓他找人給王平訂做了一張輪椅和一副柺杖，大大方便了王平的行動，王平的兒子虎子也跟著福生學做木藝。目前為止，安然對這父子倆的工作非常滿意。

「何管家，何嫂身體如何了？」談完了工作，安然突然問道。

何管家滿臉開心的笑容。「毒公子的『榮血丸』太厲害了，加上她每天都按小姐的囑咐早晚運動，現在已經恢復得跟她受傷前的情況差不多了，昨兒還嚷嚷著不要浪費那兩顆藥丸，要還給小姐呢。是奴才說既然有效就徹底把身子補回來，身體好了才能更好地為小姐做事，她才沒有再堅持。」

「呵呵，有效就好，跟何嫂說，再好的藥丸，放在那裡沒用也白搭，沒什麼東西比身體健康更重要，等她身體好了，我還指望她照料君然的生活呢！我這個弟弟一讀起書來就什麼都忘了。」安然本來想找一個嬷嬷放在君然身邊照顧飲食起居，沒想到何林娘子林氏主動提出做君然身邊的嬷嬷。她在之前的主家就是少爺院子裡貼身照料的嬷嬷，還有著一手做菜、做點心的好手藝。

「小姐，奴才正要請示呢，她是想現在就開始去照顧少爺，奴才也覺得應該沒有問題，人太閒也會閒出病來的。」何管家呵呵笑道。

「你要覺得行就明天開始吧，我跟君然說一聲。不過你要交代何嫂慢慢來，不能一下子太辛苦。」安然回答道。

何管家高興地應了。他們一家受小姐大恩，實在希望能多為小姐做些事，照顧好少爺應該是小姐最希望看到的。

馬車回到莊子的時候，剛過了申時頭。

小院門口，莊頭娘子正陪著兩位大戶人家嬤嬤打扮的人，嘴裡似乎還在罵罵咧咧地說著什麼，身旁還跟著一身豔紫色的美娟。

劉嬤嬤小聲說道：「是老夫人身邊的容嬤嬤，和林姨娘身邊的丁嬤嬤。」

安然吩咐黃伯先回府，自己幾人下了車，秋思則去開門。

莊頭娘子衝著劉嬤嬤大聲叫嚷。「劉嬤嬤，妳把二小姐帶去哪兒了，我們都在這裡等了快兩刻鐘。」

「家裡米、鹽、油都沒有了，我們去縣裡交繡活，換些東西回來。鄭娘子的女兒跟小姐交好，讓小姐一起去坐坐。」劉嬤嬤不慌不忙地回答著，一邊伸出左手攔了攔，闢出位置，讓安然先進院子。

進了院子，安然在榆樹下的一張靠背椅上坐下，舒安、舒敏站到她身後，秋思和小端一起把帶回來的東西提進廚房。小雪則乖乖地伏在安然腳邊，犬視眈眈地瞪著跟在她們身後進來的四人。

安然撫摸著小雪的腦袋，眼皮都沒抬起。「說吧，妳們二位嬤嬤來做什麼？簡短點說，妳們知道的，我不是很有耐心。」

從第一眼看到安然起，容嬤嬤就一直處於震驚狀態，無法相信自己眼中所見。這個被不聞不問、丟在莊子上的二小姐，不該是面黃肌瘦、粗鄙可憐的一副鄉下丫頭樣子嗎？可是眼前的女孩雖然還未完全長開，身上的飾品也不多，卻是姿容秀麗、白裡透紅、肌膚吹彈可破，渾身散發出一種清貴、獨特的氣質，不但漸漸有了先夫人的風姿，還多了先夫人沒有的清冷和凌厲。

二小姐身上那件衣裙，看起來不比府裡幾位小姐的衣服差，甚至更好。還有站在她身後的那兩人，雖是丫鬟打扮，卻有著勝過一般小戶人家小姐的氣度。

到底，發生了什麼事？

容嬤嬤正待開口，一旁的丁嬤嬤已經按捺不住了。「二小姐，您身後的這兩人是誰？還有剛才那個黃衣服的小丫頭，她們為什麼會在我們冷府的莊子上？」

安然慢慢抬起眼眸，譏諷地看著丁嬤嬤。「丁姨娘？還是丁夫人？我那父親什麼時候收了妳，讓妳也成了這冷府的主子，到這個『你們冷府』的莊子上來大呼小叫？」

安然平靜的輕言慢語卻讓丁嬤嬤白胖的臉由白轉紅，由紅轉紫，由紫轉青。「您……您……我……我……」

容嬤嬤拉下丁嬤嬤指著安然、氣得直打抖的手，笑著說道：「二小姐真是長大了，會說笑了。我們奉了老夫人和夫人的指令，來取齊家的信物『滿月』，還請二小姐把東西交給我們帶走，我們也不敢多打擾二小姐。」

安然接過劉嬤嬤端來的一杯加了蜂蜜的溫開水，慢悠悠地喝了，才開口說道：「『滿月』那是給我的信物，自然是由我保管，憑什麼要給妳們拿走呢？」

在旁邊等了半天的美娟總算找到了插嘴的機會，激動地指著安然大叫起來。「冷木頭，妳被齊家退婚了，人家不要妳了，妳還有沒有羞恥心啊？趕緊把東西拿出來！」

話音未落，小雪突然吼了一聲，立起身體，一副就要衝過來的樣子，嚇得美娟抱住頭就往外跑。「啊呀，媽呀，救命啊！」另外三人也駭得往後退了幾步。小雪雖然才三個多月，還不是很大，可是架不住人家是純種狼狗啊，那天生的氣勢也夠嚇人的。

安然伸手摸了摸小雪，讓牠乖乖伏下，然後淡淡地說道：「退婚，那很好啊，應該還。」還沒等容嬤嬤鬆口氣，接著說道：「不過，既然是退婚，要歸還信物也應該是雙方都要還的。這樣吧，妳回去把齊府的退婚文書和我娘親的『九丹環珮』拿來，我就將『滿月』交給妳帶走。」

容嬤嬤趕忙答道：「退婚書和『九丹環珮』自然是由老夫人和夫人收著的。」

「跟齊府的親事是我娘親訂下的，『九丹環珮』是我娘親的嫁妝，當然應該由我自己收著。」安然把手上的空杯子拿高，對著陽光轉動著，似乎在研究瓷杯的紋路。「妳回去跟林姨娘說，大姊姊那條繡並蒂蓮的絲帕子味道香得很，可惜我這兒沒有桂花樹，要不還可以讓林姨娘來試試這帕子的奇效。」說著還斜睨了丁嬤嬤一眼。

容嬤嬤和丁嬤嬤都是知道那件事的，當場都黑了臉。丁嬤嬤急道：「二小姐亂說些什麼，什麼帕子，什麼桂花，您不要亂說話，壞了我們大小姐的名聲。」

「我是不是亂說都沒有關係，總之妳們把話帶到就可以。還有，也給齊夫人帶句話，齊公子給京城楊大人的信我有幸看到，字還寫得真不錯。跟齊夫人說，好好琢磨著寫那退婚書，如果退婚書的內容惹惱了我，或者我娘的九丹環珮有什麼問題，京城很多人就會看到齊公子的一手好字了。」安然懶懶地說道，好像在說著一件與她無關的事。

「信？什麼信？二小姐哪裡看到的信？」容嬤嬤急急地問，今天的事完全出乎她們的意料啊。

「這不是妳可以問的，妳把話帶回去就是。記住，我只給妳們五天時間，五天內，若我拿不到讓我滿意的退婚書，和完整無損的九丹環珮，那封信就會到京城去了，相信帕子也會讓福城很多人感興趣的，誰不想多聽聽冷府大小姐的閒話呢？時間很緊，妳們還是趕緊地趕路去吧。」說完，安然就站起身，帶著小雪回自己屋子去了。

舒安和舒敏冷冷地盯著那三人，一副逐客的姿態，劉嬤嬤則很「熱心」地勸道：「妳們現在趕路，明天這個時候應該就能到福城了。拿了東西趕緊地趕回來，把滿月帶走，就完成任務了不是？我這就不耽誤二位的時間了。」

丁嬤嬤怒視著劉嬤嬤，還想說什麼，被容嬤嬤拉住了，三人走了出去。

莊頭娘子好奇地問容嬤嬤。「什麼帕子？什麼信？很重要嗎？」

容嬤嬤冷臉一板。「不該妳關心的不要亂問，夫人不是讓妳盯著她們嗎？怎麼二小姐變化這麼大？到底發生過什麼事？她們都認識了什麼人？」

「沒有什麼事啊，有什麼動靜我都及時報告給夫人了。劉嬤嬤一直給麗繡坊做繡活，好像鄭娘子對她挺滿意的，還送好布料給她們。有一個客人因為喜歡劉嬤嬤繡的屏風，還給二小姐請來了大夫，前一段時間那個客人還讓自己家的繡娘，就是剛剛那個穿黃衣服的小丫頭的娘，一起來跟劉嬤嬤學刺繡。還有就是劉嬤嬤的兒子福生前陣子跟了個好東家，有了點錢，給她們買了不少吃食，就這些了呀。至於那兩個丫鬟打扮的人，今天之前還真都沒有見過。」莊頭娘子急急地辯解道。

她還真沒覺得二小姐有什麼變化，都是那麼冷冷的、暴躁的。最多只是越來越漂亮了而已，可是，這個她也沒辦法啊，聽說二小姐的娘是大美人，冷知府也是有名的英俊，他們的女兒能醜嗎？

容嬤嬤沒有心情理會莊頭娘子的糾結，她們還真得盡快趕回福城去。二小姐的話可不像是假的，出了什麼問題她們承擔不起。

第十七章　開業大吉

大昱至和三年九月初八，閩州，平縣，一家名為「美麗花園」的女裝成衣鋪子聲勢浩大、熱熱鬧鬧地開張了。

為什麼說聲勢浩大呢？一大早，就不斷有人送花籃來，店鋪門口擺著整整十三個大花籃，其中擺在最顯眼位置的三個最大的花籃落款分別為平縣縣衙、平縣商會和七彩綢緞莊。然後依次是雙福樓、田家繡莊、萬有錢莊、麗繡坊，以及平縣較出名的幾個商鋪、酒樓，惹得眾多來客和過往行人都在紛紛猜測這家店鋪東家的來頭。

平縣商會的會長就是田家繡莊的大東家田老爺，田老爺昨日下午突然被張知縣叫去，討論了一下平縣商業的前景。說到有一家別出心裁、大有前途的成衣鋪子「美麗花園」即將開業時，張知縣身邊的師爺便建議，當今聖上鼓勵商業發展，對這樣的新生力量，作為一縣父母官應該表示鼓勵。張知縣大為贊成，當即表示以縣衙的名義送上花籃表示慶賀，還說讓夫人明天親自過去捧捧場。

田老爺自是積極回應，表示以商會的名義也送個花籃鼓勵後輩。

回府以後，田老爺越想越覺得其中必有奧妙，馬上吩咐以田家繡莊的名義再送一個花籃過去。

有些事，總是傳得特別快，有些人，總是在這些事上特別用心。

於是，美麗花園門口就有了那十三個大花籃。

吉時到，作為美麗花園合作商的七彩綢緞莊大少爺薛天磊，跟張知縣一起拉下牌匾上的大紅綢，美麗花園正式開業。

福生送上一個大紅包，與何大管事一起送張知縣離去。

知縣夫人作為貴客第一個踏進店門，並免費獲得美麗花園發出的第一張貴客卡。憑卡可以打九折，可以優先購買限量款，可以參加美麗花園不時推出的各種活動，還可以積分升級到更高等級的貴賓卡。

當知縣夫人得知別人要先用積分卡積到五千分——累計購買達到五百兩銀子，才能獲得跟自己手上一樣的貴客卡時，臉上立即笑出了一朵老菊花。

眾位夫人小姐，有的是跟來回應知縣夫人的，有的是被相公叫來探情報的，有的是來湊熱鬧的……

可是，當她們跨進店鋪，看到那些新穎、漂亮、別具一格的衣裙時，她們都忘記自己是幹什麼來的，只顧著選衣服、問價格了。福生少爺、何大管事、加上六個夥計全部上場——麗櫻、麗桃本是負責二樓量身訂製區的，介紹款式、介紹碼數、介紹訂做流程，這時也忙得不亦樂乎。

麗蘭、小端、小午、虎子都出來幫忙了，在櫃檯裡介紹禮品，或者在休息區幫忙倒茶水。

麗蘭正在跟一位買了衣服的夫人介紹禮品和積分卡，就聽到那夫人的女兒走過來抱怨道：「我剛剛看中了一套衣裙，碼數應該也合適，但是是綠色的，我猶豫了一下就被人買走了。」

麗蘭拿出一本畫冊，裡面是店裡販售的所有衣服的「畫像」，上面標著款式名稱，比如菊零零一、菊零零三、梅零零一……那位小姐找到她看中的那款「竹零零五」連忙輕呼。「對，就是這款竹什麼的，你們還有嗎？」

麗蘭笑著解釋。「這些符號是方便夥計記錄的，妳只要指給夥計看就可以了，只要不是限量款，都可以預訂，同色同料就按照衣服原來的價錢，妳們跟夥計說好款號、碼數就可以，如果要別的顏色需要加錢，如果還要選別的布料或要量身訂製，就要上二樓了，價格更高些，具體的妳們可以問夥計。」

正說著，平福帶著另一位小姐過來了，也是要看畫冊找被別人買走的款式，前面那位小姐則趕緊跟平福訂做粉紅色的「竹零零五」。

麗蘭心裡那個美啊，那本畫冊是她畫的，現在起了很大作用呢。她真是佩服他們家小姐，小小年紀，怎麼有那麼多新奇的想法。

而此時，作為東家小姐的安然，正坐在外院的廳堂內看薛天磊在那兒激動地打著轉呢。

薛天磊一臉興奮。「安然，妳沒看到那個場景，真是……那些夫人小姐，好像銀子不是自己家的一樣……哈哈……不行，安然，妳這美麗花園就開在平縣太可惜了，應該馬上在福城開一家，然後再開到京城和更多大城市去。這樣，我們合作好嗎？我負責……」

「不行！」本來一直坐在那兒「專心」喝茶的鍾離浩，猛然打斷了薛大少爺的遊說。

「你的七彩綢緞莊已經是美麗花園的供應商，再合作經營美麗花園不合適。」

「怎麼不合適了？七彩綢緞莊按照原來的協議正常提供布料，這跟我和安然合作經營美麗花園有什麼關係？難道你認為我會謀算安然的美麗花園？」薛天磊氣憤地瞪著鍾離浩。

「總之，你以這樣的雙重身分合作就是不合適。」鍾離浩面無表情地說道。「小丫頭有很好的販售方式，又有不愁賣的貨品，她需要的只是資金和當地的人脈，我可以給她，我跟她合作比較合適。」

「天磊天磊，你聽我說。」黎軒趕緊跳出來打圓場。「你以布料供應方的身分跟小安然合作，確實有點太強勢了。雖然你不會坑了小安然，可是現在七彩綢緞莊也不是你一人說了算不是？如果你大哥知道你在美麗花園有一份，你認為他不會慫恿你爹做些什麼？」

「這……」薛天磊似乎想到了什麼，不言語了。

「所以嘛，」黎軒繼續說道：「還是大冰塊比較合適。」

「大冰塊？」安然一個沒忍住，噗哧一聲笑了出來，指著鍾離浩輕笑道：「是指你嗎？大冰塊？呵呵。」原來不止她一人這麼認為啊，他可不就一整個大冰塊嗎？

鍾離浩看著安然笑得燦爛的小臉，嘴角抽抽，有這麼好笑嗎？這個傻丫頭！他狠狠地怒瞪了黎軒一眼，那廝很無辜地抬頭望天，尋找那朵最……啊，不……是天花板上那朵最美麗的木紋花。

「過兩天我就讓一位孫掌櫃找福生和何管事談具體的細節，我已經在福城買下了一家製衣坊以及裡面的二十位繡娘，孫掌櫃正在找合適的店面，他到時會把所有的房契、身契都帶來給妳。我負責資金和找人、找地方，其他都由妳安排，還需要我做什麼就跟我說一聲，所得利潤四六分。」鍾離浩一口氣說完，就又開始悠哉地喝他的茶了。

太誇張了，製衣坊都買了？就這麼肯定她要跟他合作嗎？啊不，等等，這不是重點，重點是四六分，憑什麼，雖然他是大投資商，可怎麼樣也得五五分吧！

回醒過來的安然正要開口，就聽到鍾離浩的「妳六我四」四個字，閉嘴了。

這還差不多嘛，安然美滋滋地想著，突然又覺得不對了，怎麼所有事情都由他一人決定了呢？

「大冰塊，呃，不是……」安然被鍾離浩的眼神「凍」了一下，趕緊改口。「浩哥哥，你怎麼就確定我要在福城開一家美麗花園呢？一早就連製衣坊都買了？」

「冷弘文，還有那個冷府裡的人看到妳不在他們的控制中了，一定會讓妳回府的。」鍾離浩冷聲說道：「而且，平縣太小，不夠妳玩。」

玩？大冰塊不用把她的心態看得這麼透吧？姊可是一心想多掙點錢防身的，可不敢抱著玩玩的心態。

就在這時，剛下學的君然過來了，安然忙拉過君然介紹道：「這是我弟弟夏君然，君兒，來，這位是……」話沒說完就被蹦到面前的黎軒嚇了一跳，只好先介紹他。「這位是神醫黎軒。」

君然正要見禮，就被黎軒搶了先。「這還真是雙生姊弟，簡直就像一個人似的。這要在人前一站，誰都能猜到你們是姊弟或兄妹了。小安然，妳要瞞還真瞞不住呢。」又對著君然說道：「君然是吧，你就跟小安然一樣稱呼我們，不用客氣，我是黎軒大哥，他是薛大哥，那位冷冰冰的是浩大哥。」

君然趕忙見禮。「黎軒大哥好，薛大哥好，浩大哥好。」

黎軒給的見面禮是一小盒強身健體、提神補腦的藥丸，薛天磊的是兩本名家字帖和一本厚厚的本子。「這是『一門一狀元一探花』謝家謝言博狀元的讀書筆記，希望對君然有幫助。」

「謝謝薛大哥，我知道謝言博大學士，先生總是拿他做榜樣來勉勵我。」君然興奮得滿眼都是閃亮的小星星。

寒門兩兄弟謝言博、謝言廣分別為同屆科舉考試的同榜狀元和探花，在大昱幾乎是家喻戶曉的傳奇故事。謝言博更是以自小行乞討生活，十五歲啟蒙，三十歲中狀元而聞名。

鍾離浩一個眼神過去，站在南征身旁小廝打扮的人走到君然面前跪下。「奴才見過少爺，請少爺賜名。」

君然伸手拉起他，看了安然一眼，又看向鍾離浩。

鍾離浩說道：「這是我給你準備的護衛，保護好你自己，不要讓你姊擔心。」

君然趕忙謝過，並給那名護衛起名平勇。

君然輕聲對安然說：「姊，我剛過來的時候，嬤嬤說陳家姊姊來了，在內院廳房等著。」

安然點頭，轉身對鍾離浩幾人笑道：「陳家的之柔姊姊來看我，我去招待一下，讓君然陪你們一起用午餐，今天那道滋補老鴨湯可是我親手煲的，你們都嚐嚐。」

看著安然匆匆離開的背影，薛天磊問道：「陳家？哪個陳家？」君然搖頭，他只知道陳家姊姊是個官家小姐，但不知道陳家具體是做什麼的。

鍾離浩則回答了他。「新任刑部尚書陳庭恩家，小丫頭的那位之柔姊姊是清平侯嫡次子葉子銘的未婚妻。」

「葉子銘？就是那個……」薛天磊詢問地看著鍾離浩。

「是的，就是他。」鍾離浩點了點頭。

安然匆匆趕到內院，卻見陳之柔在花園裡玩新架好的秋千，看見安然過來便呵呵笑道：「妹妹妳可真會享受，這花園雖小，卻也別致，這亭子、秋千都是妳搗出的花樣吧？妳的那個小腦袋啊，總是新奇點子多。」

安然得意地笑。「花園不在於大，而在於精緻。之柔姊姊要是喜歡，以後多來玩。」

「唉——」陳之柔嘆了口氣。「妹妹，妳給妳外祖母的壽禮是否能提前，在十三前完成？我和我娘要提前出發了，但我祖母她們還是十九走。如果妳不能提前完成，我就讓爾畫等十九的時候跟祖母她們一起走，妳到時候把東西交給爾畫，她是爾琴的妹妹，辦事也很妥帖。」

「啊？為什麼突然這麼急？沒什麼事吧？我的東西倒是沒有關係，這幾天就能完成。」安然從前世就一直有的習慣，做事總是趕早不趕晚，寧願前面趕得辛苦些，以防萬一有什麼變數。

「我的那個未婚夫好像是受傷了，清平侯希望我們提早成親，所以我父親讓我娘和我先趕過去再商議。」陳之柔的眼裡帶上了一層擔憂。

「這樣啊？應該不會很嚴重的，姊姊妳先不要太擔心了。」安然安慰道。

陳之柔長長吐了一口氣。「希望吧！說真的，我在六歲的時候見過他一次，還不知道他現在是什麼樣的呢？」

又是該死的娃娃親，古代女子很多悲劇人生的起源之一啊！安然在心裡罵了一句。

「好了，不說這些不高興的事了。」陳之柔拉起安然的手。「快跟我說說，妳這小腦袋裡哪來那麼多稀奇古怪的好東西？妳那個美麗花園還真是名副其實，店美、衣服更美，人在裡面，還真像是在花園中了。那些衣服全都是妳想出來的嗎？真是沒有一件不漂亮的。我剛才過來府裡的時候，架子上的衣服已經換第二批了。很多人沒買到，都只能去登記預訂，幸好我眼明手快，買了兩套特別喜歡的。」

看著陳之柔臉上得意的笑容，安然的心也跟著飛揚起來。這真是個乾淨明媚的女子，在她的心裡，永遠有種純潔的信仰，總是帶給她快樂和希望。憂愁於她，來得快，去得也快。

安然特別喜歡這樣的女子，可惜她自己不是，她是個心思重的人，有著複雜的心態。總是把事情想到最壞；做事，總要留下一手。

安然拉著陳之柔朝廳房走去。「之柔姊姊，我們先去吃飯，吃完飯，有禮物送給妳，保證獨一無二的。」

「什麼禮物？先看，先看完再吃嘛。好安然，先給我看嘛，要不我吃飯都吃不香啦！」陳之柔本來就是個見風就是雨的人，又知道安然出品的東西都是新奇玩意兒，哪裡還耐得住這種誘惑。

「好啦好啦，怕了妳了。」安然對秋思使了個眼色，秋思就笑著朝安然房間走去了。

陳之柔知道秋思是拿禮物去了，到了廳房也不坐下，只伸著脖子張望，逗得安然直樂。

待秋思拿來一個扁木盒子，在衣架子前放下，陳之柔就知道一定是衣服了，滿臉期待之色。秋思將衣裙掛好，是一款正紅色雲錦製成的高腰襦裙，衣領採用旗袍式的斜襟立領，斜襟上有五粒由紅色蜜蠟做成的扣子，下裙是繡著朵朵玫瑰的遍地散花袘地長裙，外面還披著一襲寬袖、與裙同長的亮紅色輕紗。

陳之柔用手掩著嘴才沒有叫出來，太美了，她的眼睛都捨不得移開了。

「衣裙上繡的花叫玫瑰，玫瑰代表愛，我祝之柔姊姊嫁到夫家後的生活幸福美滿。」安然看著目瞪口呆的陳之柔，笑呵呵地說道。

陳之柔一把摟住安然的肩。「安然妹妹，謝謝妳！太漂亮了，我太喜歡了！成親時候我一定穿上它！」

「喜歡就好，之柔姊姊，現在可以吃飯了嗎？我餓了呀。」安然調皮地眨了眨眼睛。

「妳這個小丫頭，敢揶揄我！呵呵，吃飯，吃飯，我也餓了。」已經拿到禮物、心滿意足的陳之柔高高興興地在飯桌前坐下，現在就是給她一碗白粥，也是最香的。

吃完飯，陳之柔就趕回府去了，因為很快要上京，有不少事情要安排。安然送走陳之柔，回到內院時，正巧君然拿了書本要去外院書房上課。

君然沒有忘記鍾離浩的交代，說道：「姊，浩大哥有話留給妳。一是以後每次他來府裡，都要喝妳親手煲的湯；二是要我提醒妳不要忘了他的荷包。」

「好，你去書房吧！」安然笑答，伸手拂掉君然肩膀上的一小片落葉。

哼，這個資本家大少爺，有錢了不起啊！呃，有錢好像確實是了不起。算了，就當賄賂一下大投資商了。

安然又埋頭苦繡了三天四夜，終於完成了那幅觀音圖。

圖中觀音腳踏蓮花，手持淨瓶，神態靜穆慈和，頭上祥雲朵朵飄蕩，雲中淡粉色的花朵輕舞飛揚。整幅圖清淡高雅、莊嚴妙麗，最妙之處在於那觀音大士的眼眸，不論你從哪個方向看，觀音的眼睛總是在注視著你。

觀音圖像的兩邊還繡著兩句詩——「淨瓶綠柳輕扶風，觀音妙相入凡塵。」

劉嬤嬤在旁邊嘖嘖稱奇。「小姐這幅觀音圖，構圖巧妙，圖面清麗莊嚴，加上小姐出神入化的繡工，那飛舞在雲中的花朵、觀音大士白色仙袍上的每一道褶紋，都像真的飄在眼前。最奇妙的還是那眼睛，無論在哪個位置看，總覺得那眼睛是看向自個兒的。小姐，這幅掛圖送去，老夫人一定會非常喜歡的。」

夏老夫人虔心禮佛，最是信奉觀音大士，收藏了各種觀音雕像、畫像、繡像，可劉嬤嬤相信，哪一幅都沒有她家小姐繡的這一幅讓人震撼。

安然淡然一笑，她自己也很滿意，不枉這大半個月來日日夜夜的辛苦。

秋思拿來福生早就做好的紫檀木卷軸，將繡布壓進卷軸扣好，上軸桿上刻著六個「壽」字，下軸桿上是一行小字——「安然敬賀外祖母壽辰」。

觀音圖再用兩張油紙護好，被放進一個扁平的紫檀木盒子裡。盒子上雕刻著一個大大的壽字和三個大壽桃。右下方也刻著一行小字：敬賀外祖母六十壽辰。

安然又讓秋思將盒子裝進一個棉布袋子裡縫好，以免路上磕碰，然後才把盒子交給一早趕來的黃伯，讓他馬上送去陳府，陳之柔明天下午就要出發了。

第十八章　誰怕誰

下午，安然睡了一個午覺，正睡得香甜，迷迷糊糊聽到嘈雜的吵鬧聲。她打了個哈欠，眼睛依然閉著，問道：「秋思，誰在外面，這麼吵？」

正站在屋外窗邊的秋思應了一聲，從門口走進來。「小姐，林姨娘和齊夫人來了，我正想進來叫醒您呢。」

「噢？親自出馬？讓她們等等，我洗漱一下，換身衣服。」

秋思應下，走了出去，小端便端了水盆進來。

院子裡，林姨娘看了看劉嬤嬤端過來的兩張椅子，瞪了劉嬤嬤幾眼沒有得到反應，只好拉著齊夫人坐下，人家劉嬤嬤已經說了「鄉下小院簡陋，請您二位將就」，她還能怎樣？她不是沒看到對面那張靠背椅子，可是小雪伏在那椅子前面冷冷地瞪著她們，沒人敢過去啊。

林姨娘看著守在安然屋外的舒安和舒敏。「妳們兩個是什麼人，為什麼在這裡？」

兩人眼皮都沒動一下，似乎沒聽到有人說話。

還是劉嬤嬤答道：「她們倆是小姐的一位朋友送給小姐的丫鬟。」

林姨娘對舒安兩人不理不睬的態度極為惱火，尤其還有齊夫人在場，當即提高聲音對著兩人罵道：「什麼朋友，說，妳們的原主子是誰？」

舒安冷哼一聲。「我們的原主子，這位夫人妳還沒資格知道。」說完依舊面無表情地站在那兒。

林姨娘的一張臉氣得發紫。「如此無禮的丫鬟，不管妳的原主子是誰，到了我冷家，我就是妳們的主母，丁嬤嬤，掌嘴。」

丁嬤嬤揮起右手就衝了上去，可惜才衝到一半就被一陣氣流颳倒在地，摔了個狗吃屎，是真的吃屎，那是在她們進門前沒多久一隻雞剛拉的新鮮雞屎，劉嬤嬤本來正準備打掃的，誰知……而且好巧不巧，丁嬤嬤摔就摔了，還正好摔在那個位置，嘴巴正好就撲在那雞屎上面。

「喲，丁嬤嬤，上次冒充主子姨娘跑到我這兒來大呼小叫，這次又跑來吃雞屎，妳的興趣喜好還真是奇特啊。」安然緩緩走過來，對著齊夫人福了一禮，在靠背椅子上坐下，舒安、舒敏也跟了過來站在安然身後。

安然接過秋思遞過來的蜂蜜水。「林姨娘、齊夫人，二位親自到這鄉下地方來，看來二位滿心急的嘛？」

林姨娘身邊的大丫鬟錦秀傲慢地開口。「二小姐，您應該稱夫人為母親。」她以為安然不知道林姨娘早已經扶正了。

安然悠悠地喝了一口水。「這位姊姊，妳跟在妳家主子身邊，也該學點文化，不要丟了妳家主子的臉。妳不知道按照大昱朝的律法，被扶正的姨娘在原配嫡出子女的面前永遠是姨娘嗎？」大昱朝的嫡庶之分，尤其是原配嫡出子女與其他子女的區別還是很明顯的。

林姨娘脹紫著臉，看著安然那張清麗脫俗、與夏芷雲已有七成相似的小臉，以及那慢悠悠地喝著水的優雅姿態，心裡恨得像被什麼狠狠撞擊似地疼，眼睛裡露出狠毒的目光。早知道十三年前就應該把這個賤丫頭一起弄死，要不是因為只是個女孩，又多少顧忌大將軍王府……

齊夫人也在一旁悄悄打量著安然，一頭墨黑的長髮被紮成兩束鬆鬆的麻花辮，繫著粉紅的髮帶，一身淡粉色的直領高腰棉布襦裙，全身上下除了一對絞絲銀鐲子和一串檀香木手串，再無別的首飾。但就是這樣一身素淡的打扮卻依然襯得她眉目如畫、清雅脫俗，說不出的貴氣和優雅，像足了當年被稱為京城三大美女之一的夏芷雲。

齊夫人忽然覺得有些後悔了，背棄跟夏芷雲訂下的婚約，把安然換成冷安梅，值得嗎？唉，現在最重要的還是兒子榮軒的那封信，不知道是不是真的落在安然的手裡。齊夫人斂了斂神，讓自己笑得盡可能的慈愛。「然姊兒，妳還記得嗎？妳小時候都叫我珍姨的，我以前一直很照顧妳娘。」

劉嬤嬤清了清喉嚨。「齊夫人，我記得是我們夫人救了您，還一直關照您，這些雲祥師太最清楚了，當年在泉靈庵……」

「咳咳。」齊夫人連忙打斷。「是，妳娘當年對我有恩，我們一直像親姊妹一般互相關照。然姊兒，妳娘一直把榮軒當自己兒子一般疼愛，那封信，妳……妳……」

「齊夫人。」安然喝完了水，輕輕放下杯子。「既然您知道了那封信，就應該知道我要什麼，您把退婚書和九丹環珮給我，我自然會把那封信和你們的滿月還給您。」

「九丹環珮已經由妳父親作主給齊家，作為妳姊姊安梅的訂親信物了，妳一個女孩兒家拿著退婚書做什麼？」林姨娘凶巴巴地說道。

「哦？」安然笑了起來，如明媚的陽光。「既然這樣，二位請回吧。舒安，可以讓人把信和絲帕放出去了。」

「是，小姐，奴婢馬上放出消息，信三日內就會到達該到的人手裡，絲帕明日之前就會讓整個福城的人看到。」舒安說完就抬腳要走。

「不要、不要！」齊夫人霍地站起來要伸手拉住舒安，卻見手裡抓空，抬頭一看，舒安站在那高高的牆頭，這下齊夫人幾人的下巴都快掉了。

齊夫人很快回過神來，慌亂中想抓住安然的手臂，在半途就被舒敏一揮手拍掉了，人還被震出幾步之外，幸好她的兩個丫鬟靈敏，及時扶住了。她只好站在那兒急切地對安然說道：「帶來了，退婚書和九丹環珮我都帶來了。然姊兒，安然，妳別急，快讓那姑娘回來，我這就把東西都給妳。」

安然手一揮，舒安就輕巧地落在了安然身後，甚至一點兒聲響都沒有。齊夫人、林姨娘，以及帶來的幾人都瞪直了眼睛，嚇出一身汗。

齊夫人拍著胸脯順了半天氣，才緩過來，從懷裡拿出一張紙，將紙和用絲巾包裹著的九丹環珮遞給安然，卻被舒敏接了去，丟回絲巾給齊夫人，把信和環珮左右看了看才遞到安然手裡。

安然把九丹環珮給劉嬤嬤看，自己則看了一遍退婚書，退親理由有兩個，一是安然年齡太小，齊榮軒又是獨子；二是兩人八字不合。嗯，這兩個理由還行。安然收起退婚書，又看了看劉嬤嬤，劉嬤嬤點頭表示九丹環珮沒有問題。

安然笑道：「齊夫人還算明白事理，看在我母親生前曾與您交好的分上，我也不會為難您，舒安，把信和『滿月』還給齊夫人。對了，絲帕您要嗎？」

齊夫人鬆了一大口氣，高興地接過舒安遞過來的東西，下一秒聽到安然的話又愣住了。「絲帕？什麼絲帕？」

林姨娘趕緊衝過來。「沒有沒有，沒有什麼絲帕，那是她們姊妹之間的事。安然也真是的，齊夫人畢竟是客，府裡的事我們待會兒再說。」

齊夫人狐疑地看了林姨娘一眼，但她此刻的心思在那封信上，打開看了看確實是她要的，舒了一口氣，也沒有多理會林姨娘。她祈求地看著安然道：「安然，這封信，有……」

安然很「善解人意」地擺了擺手。「齊夫人放心，這封信除了我之外，只有把信給我的那位朋友看過，而我那位朋友，對這些事根本不屑於理會。」

齊夫人尷尬地低喃。「那就好，那就好，如此我就不打擾安然了。」說完看向林姨娘。

林姨娘對莊頭娘子說：「妳先帶齊夫人去坐坐，吃些點心，我跟二小姐說點事就過來。」

待齊夫人等人出去，丁嬤嬤把院門關好，林姨娘便冷聲喝道：「把絲帕拿來。」

安然「噗哧」一笑。「還真有知府夫人的氣勢呢。這是我求妳來拿絲帕的嗎？」

林姨娘重重一拍安然面前的桌子——幸好杯子被秋思拿走了。「退婚書和九丹環珮妳已經拿走了，妳還想怎樣？」

「那是齊夫人拿來交換她要的東西，妳不是還想搬出父親來昧下我娘的九丹環珮嗎？我又為什麼要將絲帕給妳呢？」安然斜睨著林姨娘，一臉嘲諷。

「那妳到底想怎麼樣？妳不怕我讓老爺把妳逐出冷家嗎？」林姨娘氣得臉都扭曲變形了。

「那很好啊，我還要多謝妳呢。林姨娘請趕緊去跟父親說，我等著。」安然看著林姨娘，笑靨如花。

「妳……妳……妳到底要怎樣才能把絲帕還來？」林姨娘狠狠憋下一口氣，耳垂上兩個碩大的綠寶石耳璫襯得她此時的臉色越發鐵青，右手小指上精心修剪的長指甲硬生生斷在她捏緊的拳頭裡。

「小端，拿筆墨紙硯來。」安然吩咐完轉向林姨娘。「寫下聲明書，證明妳為了自己的貪念，四處造謠破壞我的聲譽。」

「不可能！妳作夢！妳去死吧！妳就算把那絲帕傳出去又怎樣，我們可不承認那是安梅的帕子，以妳現在的名聲，沒有人會相信妳的。」林姨娘咬牙切齒地強撐著笑了出來。

「不需要誰相信，我就喜歡這麼玩，如何？」安然把小雪抱起放在桌子上，用手指幫牠梳理著背上的白毛。「舒安，去，把那絲帕給齊夫人瞧瞧，跟她說說這絲帕的奧妙之處，然後就拿回來，不用說太多，管她愛信不信。」

「是，小姐，奴婢這就去。」舒安立刻應了。

「不許去！」林姨娘伸手要攔，舒安冷笑一聲，抬起手來，嚇得林姨娘抱著頭往後躲，卻見舒安用手拂了一下額前的一綹頭髮。「就憑妳，攔我？笑話！」說著抬腳就要走。

「不要去，我寫！」林姨娘憤恨地拿起筆，一字一頓，按照安然的要求寫了，並簽了名。

舒敏走過來，看了一遍上面寫的東西，抓起林姨娘的右手大拇指，也不知道用什麼一刺，就冒出了大粒血珠子，往她自己的簽名上一按，拿走了紙，丟開了林姨娘的手。

林姨娘搶過舒安遞過來的帕子，確認了一下是冷安梅那一條，收了起來，陰森森地說道：「冷安然，妳就得意吧！妳父親正在為妳跟秦尚書家的傻侄兒議親，等妳大姊姊出嫁了，妳就等著成親吧，哈哈哈，想跟我鬥，看最後是誰哭！」

低著頭的安然心下一沈，不過瞬間回過神來，抬起頭看著林姨娘，笑道：「是嗎？妳回去告訴父親，慢慢議，不著急，他還是先關心一下自己的那些帳目帳冊比較好，要不然很快啊，這冷家一百多口人都要被抄家，流放三千里了。對了，大姊姊的親事也趕緊辦，要不然恐怕來不及呢。」

「妳胡扯什麼？妳這個小賤人，妳敢詛咒冷家！」林姨娘瘋了似的要衝上來，被舒安一個掌風過去，一屁股摔在了地上，還往後滑了半米，嘶啦——眾人立即聽到絲綢劃裂的聲音。

安然莞爾一笑。「舒安，妳把那疊紙，隨便拿一張撕一半出來給林姨娘帶回去，給知府大人參考參考。」又轉向林姨娘。「妳愛要不要，把它撕得粉碎我更歡迎，不過以後可別再找我要嘍。我還是建議妳先帶回去給父親大人瞧瞧再撕，免得哪天你們被提溜下大獄，都不知道出了什麼事。」

很快，舒安拿著撕得歪歪斜斜的半張紙遞給林姨娘，林姨娘正想撕了，一直站在旁邊、沒有吭聲的容嬤嬤連忙伸手攔住，對著她搖了搖頭。有了那條絲帕和齊府那封信的事在前，容嬤嬤相信這個二小姐沒有確實的東西是不會信口開河的。

安然注意到容嬤嬤的動作。「還是容嬤嬤比較理智，請妳回去轉告父親，不許再管我的事，不要再拿我的親事做文章。惹急了我，他就等著被革職流放吧，聽說當今聖上對貪官污吏下手可狠呢。」

容嬤嬤嘴角抽抽。「二小姐，妳畢竟是冷家的女兒，冷家出了什麼事，妳也會被牽連的。」

「那又如何，冷家不出事我的日子也不曾好過不是？不如大家一起玩完！嫁給傻子？好啊！總比哥哥姊姊弟弟妹妹們被賣作官奴好吧？何況當今聖上特別申明，對大義滅親的檢舉者是不會一起牽連發落的！林姨娘，你們該多學學律法！」

「妳……妳……妳……安然，那是妳父親，冷府也是妳的家！」林姨娘費了好大的勁兒才讓自己的語氣「和藹」下來。

「知道就好，只要你們記住不要再來招惹我，我才沒興趣對你們做什麼。否則，再有下次，我不會再有這麼多耐性了。對了，林姨娘，請妳轉告父親，不要想著玩些過火的遊戲，我既然敢威脅你們，東西就不會再放在我身邊，如果我們這裡有人來騷擾，或者我們的人有個三長兩短，我保證那些東西會更快到達皇上手中。」安然說完，就開始訓練起小雪，不再理會她們了。

「我們走！」林姨娘咬咬牙，帶著人走了出去。「吱呀——」一聲，劉嬤嬤在後面關上了門。

「容嬤嬤，妳說，這半張紙真的是老爺的嗎？真的會招來殺身之禍嗎？那個小賤人會不會是在唬我們？」林姨娘一臉的憤恨。

「夫人稍安毋躁，回去給老爺看了就知道了。二小姐不像是在信口開河，那條帕子，您也看到了，還有那封信，看齊夫人的臉色就知道一定非同小可。」容嬤嬤看了看周圍，小聲說道。

她們不知道的是，她們的知府老爺此時正鬱悶得滿頭包呢！

福城，冷府。

這天，冷知府從外面回來，一臉的怒容，身邊的人都不敢說話，動作都儘量小心，不發出聲響，怕觸了霉頭，做了炮灰。

冷弘文心裡那個恨啊！想他自小被譽為讀書奇才，雖然家裡靠著一間小豆腐坊支撐，並不富裕，但母親還是咬牙支持他讀書。自己也爭氣，十六歲考上秀才，十九歲中解元，二十歲成為大昱開國以來最年輕的探花。

他「偶遇」去寺廟上香的大將軍王之女夏芷雲，花錢使了手段贏得美人心，本想著自己這個無權勢無背景的寒門探花能夠借助大將軍王府的勢力直上青雲，何曾想大將軍王對他正眼都不瞧一眼。在翰林院做了三年七品編修，一年六品侍講，才有幸得到大舅爺夏燁偉的幫助，獲得一外放福城的五品知府之位。

冷弘文雖有文才，卻無振興經濟、發展商業的能力，這麼多年無功無過，就一直守著這五品官位，偏偏與夏家關係冷淡，夏芷雲又是個清高的，總是勸他憑自己的能力上位，不願意去求助父兄。夏芷雲死後，夏家對他更是形同陌路。

好不容易，他借助戶部尚書秦大人的兄長攀上秦大人這條線，有望突破上位。

前幾天，秦大人的哥哥秦員外突然跟他說，他小兒子秦宇風今年十七了，尚未訂親，有高僧說秦宇風命中注定必須找一個命硬之女，以毒攻毒，方可雙方如意，所以有意與冷府那個命薄的二小姐結親，還暗示說京城很快會有一個正四品官缺，他弟弟有意留給冷弘文。

冷弘文心知那秦宇風是個傻子，小時候發燒燒壞了腦，十七歲的人只有七歲的智力，可他對那個自小就不招他喜歡、八歲就被送走的嫡女毫無感情，甚至幾乎要忘記有這麼個女兒存在了。而且母親和夫人都說那個孽女福薄命硬，還孤僻暴躁，現在又傳得沸沸揚揚，以後應該也找不到什麼好人家，能嫁進秦家對她也算好事，還能為他這個當爹的謀點福利。即使夏家真追究起來也有理可訴，何況夏家根本對冷府的事不聞不問。

於是，冷弘文與秦員外商定，等齊夫人取回信物，退親完成，冷、秦兩家的親事就訂下，待明年春冷安梅及笄出嫁後就把冷安然嫁進秦家。

一切談妥，冷弘文正興高采烈地等著升官進京，誰知今天一早，秦員外就差人來找冷弘文，說與二小姐的親事作罷。

原來今天一大清早，秦宇風的丫鬟發現秦宇風被堵著嘴綁在床頭，左手還被切下一指放在桌面上，其下壓著一張紙，紙上赫然兩行大字。「再打冷二小姐的主意，下次看到的就是一具屍體。」

秦夫人當場就嚇暈過去了。秦宇風雖然是個傻的，但秦員外夫妻二人當初因為秦大人的事耽誤了兒子治病，一直心懷內疚，格外疼愛他。就是那秦大人，都很偏疼這個侄兒。

秦員外把那張紙摔在冷弘文面前，怒視冷弘文。「你們冷家要是不願意，直說就是，何必如此？我弟弟可是最疼愛宇風的，你們等著瞧！」

冷弘文嚇得冷汗涔涔。「不是不是，我們很願意啊，這事絕對不是我們做的，我對天發誓。」

「算了，我們是實在不敢高攀貴府二小姐了，此事作罷，你走吧。」秦員外下了逐客令。

冷弘文回到府裡，腳還在打顫，這回不但沒有綁上秦家的大船，還把秦大人得罪了，後果不堪設想啊。

冷弘文又氣又急，氣的是不知道那個孽女認識了什麼人做下這可恨的事，急的是該想什麼辦法來挽救自己和秦家的關係。

這怒氣攻心之下，冷弘文病倒了。

林姨娘等人回府的時候，冷弘文正躺在床上哼哼，冷安梅姊弟幾個剛離開，只有冷老夫人坐在一旁勸慰著。

容嬤嬤詳細說了在莊子上的事，才聽到帳冊、抄家、流放幾個字眼時，床上的冷弘文也顧不上在那兒哼哼唧唧了，猛地坐起身拉住林姨娘就吼道：「那半張紙呢？快拿出來給我看！」

林姨娘駭了一跳，邊從懷裡掏出那半張紙遞給他，邊冷哼道：「不過是那賤丫頭裝神弄鬼罷了，你急個什麼勁兒？」

話還沒說完，就見冷弘文一把推開她，鞋也不穿，就向外衝去。幾人正呆愣著還沒回過神來，就聽到外面有人大叫——

「不好了，老爺在書房暈倒了！」

眾人嚇得匆匆趕往書房，亂成一團，還是容嬤嬤最快反應過來，大聲安排。「快請大夫，快請葉大夫過來。」

冷弘文的小廝冷貴用力按了冷弘文的人中好幾下，才見人悠悠醒轉。

冷弘文一醒神就用力抓過林姨娘。「是妳，都是妳，我早說過那丫頭是貴命，而且後面還有大將軍王府，妳非要把她丟在莊子上，還到處破壞她的名聲，現在好了，我們冷府就要家破人亡，妳滿意了吧？」

「什麼貴命？那雲祥老尼姑胡謅幾句也能相信？你自己不也是討厭那賤丫頭？你不是也說過那雲祥老尼姑是夏老太婆的好友，不能相信她的話嗎？現在倒全賴我了！」林姨娘氣憤地反駁，她這幾天可是受了不少的氣。

「你們都給我住嘴！」老夫人用力拍了一下桌子，怒喝一聲，止住了對罵的兩人。

容嬤嬤在她的眼神示意下，帶著所有下人退下去，也把已經趕來、候在門口的葉大夫又送回去了。

書房門被關上後，冷老夫人才問道：「文兒，究竟發生了什麼事？那半張紙是什麼東西？」

冷弘文垂著頭，一副大難臨頭的樣子。「是我帳本中的一頁，官場打點、交好上面都需要錢。這十幾年，我從稅銀還有朝廷撥給下面幾個遭水災縣城的救災款中，都截留了不少，數額足以抄家流放甚至砍頭。剛才我才發現所有相關帳冊、帳單不知道什麼時候都被人拿走了，那半張紙，就是其中的一頁。」

「砰」的一聲，林姨娘一屁股摔在了地上。抄家？砍頭？那賤丫頭說的都是真的？

冷老夫人也倒吸了一口氣，強自冷靜，才沒有暈倒。「會不會是夏家？」

「不會。」冷弘文搖了搖頭。「如果是夏家，根本一早接走二丫頭，把那些東西交上去了，而不是現在這樣把東西都給二丫頭。」

「我看就是那賤丫頭找的小毛賊，我們出重金找人把東西搶回來吧。」林姨娘梗著脖子嚷嚷。

「小毛賊？」冷弘文隨手抓起一塊昏迷前被自己掃到地上的紙鎮就砸了過去。「小毛賊能夠拿走我小心藏著的帳冊而我毫無知覺？小毛賊能劫走齊府的重要信件？小毛賊能潛入秦府傷了那麼多人看護著的少爺而沒人發覺？」

林姨娘的胸口被紙鎮砸中，哀嚎一聲，痛得差點暈過去。

冷老夫人正想說什麼，聽見外面容嬤嬤敲門道：「老爺、老夫人，齊知府、齊夫人到了。」

冷老夫人皺眉。「齊夫人剛回家吧？他們怎麼會這麼快過來？蘭兒，二丫頭給妳那半張紙的時候齊夫人在嗎？」

「沒有沒有，她拿到那封什麼信後我就讓莊頭娘子帶她離開了，就怕她知道帕子的事。那半張紙，還是在帕子之後的。」林姨娘趕緊否認。

冷弘文強撐著站了起來，拍了拍自己的衣服整理了一下，再狠狠瞪林姨娘一眼，出去了，畢竟也不好讓齊知府等太久。

冷老夫人和林姨娘也趕緊跟上，齊夫人來了，她們也需要出面的。

第十九章　她恨我嗎

齊知府夫婦坐在廳堂裡，茶几上的茶杯看著就是碰都沒碰過。

看見冷弘文三人進來，又見到冷弘文病態的臉色，齊知府夫婦對視了一眼，從彼此的眼裡看到了對來冷府之前心中疑惑的肯定。

二人站起來行了個常禮。齊知府就不客氣地開口道：「冷兄、冷夫人，今天我們過府有兩件事需要與你們商議。一是關於你們大小姐和我家榮軒的親事，需要暫緩。榮軒一直疑惑自己那天為什麼會失常，他雖然與大小姐走得近些，但一直把大小姐當作妹妹和未來妻姊看待。而那日……」

林姨娘忍不住吼出來。「你們這麼說是什麼意思，想不認帳嗎？什麼當作未來妻姊？難不成是我們安梅勾搭他嗎？」

「這可是妳說的。」齊夫人冷冷說道。

「妳！你們不要欺人太甚！鬧起來對誰家都不好。」林姨娘指著齊夫人怒道。

「春枝，妳來說說前天在平縣莊子裡聽到的。」齊夫人轉向身後的丫鬟。

「是。」春枝上前兩步。「那天見過冷二小姐之後，我們就跟莊頭娘子到了他們家的院子裡喝茶、用點心，大概過了兩刻鐘，莊頭家的二姑娘鬼鬼祟祟地在門口朝她娘使眼色，莊頭娘子說有人找她談他們家大姑娘嫁妝的事，要出去一下，母女兩人就出去了。我們家夫人讓我以如廁為名出去，暗中跟著她倆，聽到了她們的談話。原來那二姑娘跑去看冷二小姐怎麼被冷夫人懲罰，偷偷躲在小院門口偷聽，聽到了冷二小姐用冷大小姐的帕子威脅冷夫人，莊頭娘子還說她之前也聽到什麼帕子很香，什麼可惜沒有桂花樹，說冷二小姐也是用這帕子讓容嬤嬤把九丹環珮送回去給她的。」

林姨娘跌坐在椅子上。「那又怎樣，她一個鄉下小丫頭的渾言渾語哪能當真？而且這跟安梅和齊榮軒的親事有什麼關係？」

冷老夫人忍不住了。「齊夫人到底想說什麼？」

「我們問過大夫，有一種藥草的薰香，跟桂花香混合之後，能讓人迷情，尤其是男人。」齊夫人冷冷地看著冷老夫人和林姨娘。

「妳的意思是我們安梅用藥賴上你們家齊榮軒？」林姨娘梗著脖子恨聲說道。

「前後各種緣由串起來，我們不得不做出此想。冷夫人，可否把安然給妳的那條絲帕讓我們看看？」

「荒謬，女孩子家的帕子，怎……怎麼能隨便給你們？」林姨娘強作鎮定，舌頭卻不由自主地打結。

「先不論這些亂七八糟的事情是真是假，齊兄說暫緩，是想緩到什麼時候，又怎麼解決？」一直沒有吭聲的冷弘文抬眸看向齊知府。

「無論如何，榮軒確實是有損冷大小姐的清白名聲，但是疑點太多，我們齊府不能接受這樣的大少奶奶，過一段時間，若你們冷府確實沒有要命的大事發生，榮軒會娶冷大小姐進門為貴妾。」

「冷府會有什麼事情？」

「我們安梅怎麼可能做妾？」

冷弘文和林姨娘幾乎同時叫了出來。

齊知府看了春枝一眼，春枝繼續說道：「那天，莊頭家的二姑娘還說，她聽到冷二小姐讓冷夫人轉告冷大人什麼半張紙，還說什麼革職流放，還有小心砍頭、賣作官奴。」

「胡扯，鬼話連篇！」冷弘文怒吼。

齊知府冷冷瞧了他一眼。「冷兄，我也希望這些話是那個什麼莊頭二姑娘胡扯的，但是如果你們真有什麼事，看在我們兩府交往這麼些年的分上，請不要牽連到我們，我們齊家可是有幾百口人呢。如果一年後，你們冷家確實無事，我們會依約讓冷大小姐進門，但是，只能為貴妾。若你們不同意，我也沒有辦法，幸好他們兩人那天並沒來得及鑄成什麼大錯。就此告辭，不多打擾了。」說完攜著齊夫人抬腳就走。

快到門口的時候，齊知府突然停步，回頭對著冷弘文說道：「冷兄，多年之交，我還是多嘴奉勸一句，你們家二小姐畢竟是大將軍王府的嫡出外孫女。」說完就大步離開了。

「老爺，老爺，你可要為安梅作主啊，他們齊府真是欺……」林姨娘話未說完就被冷弘文一個巴掌搧倒在地上。

林姨娘愣了愣，「哇」地一聲撲向冷老夫人。「娘，您可要為我作……」

「閉嘴！」冷弘文一聲暴喝，平日裡一派斯文儒雅的他此時額角都是青筋暴露，走到門邊對著守在遠處的容嬤嬤喝道：「把冷安梅給我叫過來！」

「文兒，你這是幹麼？梅兒已經受了委屈，你還要遷怒於她嗎？先想辦法把那些東西弄回來再說吧！」冷老夫人平日裡可是最疼冷安梅四姊弟的。

平日裡最孝順的冷弘文此時卻像什麼也沒聽到，一把揪住林姨娘胸前的衣服把她提起來。「那條帕子呢？拿出來！」

林姨娘抖著手從袖袋裡掏出那條絲帕，冷弘文一手搶過，另一手用力把她推出去，冷眼看著她再一次狠狠地跌倒在地。

冷弘文看著那條繡著並蒂蓮和一個「梅」字的絲帕，稍微湊近點聞聞，還有殘餘的奇怪香味。

他的臉更黑了，這就是素日裡那個漂亮、乖巧、溫文爾雅的大女兒？這就是那個整日被母親和夫人掛在嘴邊誇讚「聰敏大氣」、「有大家主母風範」、「日後必定可以給冷家帶來很多助益」的寶貝女兒？

此時，冷安梅踩著歡快的步子走進門了，臉上還帶著一抹嬌羞的紅暈，慢慢向冷弘文走來，盡力壓抑著激動，輕輕問了一聲。「爹，您找我？」還沒走到跟前，一團布就劈頭擲在她臉上。

冷安梅嚇了一跳，待她緩過神來看清落在她手上的東西，頓時呆住了。這條絲帕不是在她妝奩盒子的最底層嗎？為什麼會在父親手裡？榮軒哥哥的父母剛走，父親似乎很震怒，還有這條絲帕……天啊，難道……

她不敢想像地看向她的娘親，這時才看到娘坐在地上，滿臉是淚，髮髻也亂了，臉上還有清晰的巴掌印……還有祖母，祖母的臉上滿是心疼和懊惱，憐惜地看著她，卻又是那麼無可奈何。

冷安梅的臉立刻蒼白了，雙腿一軟，跪坐在冷弘文的腳下，眼淚唰唰直掉。「爹，我……我……」

「妳還要不要臉了，一個大家閨秀做這種事情，妳還有沒有羞恥心？妳簡直把我們冷家的臉都丟盡了！妳怎麼還好意思在這裡哭？妳怎麼不去死？妳……妳不要臉妳的弟弟妹妹還要臉呢！」冷弘文這幾日所有的氣、急和怒似乎一下找到了出口，對著冷安梅，劈頭蓋臉地就罵個不停。

冷安梅的臉像死灰一樣的白，十五年來，她一直都是祖母、父親和母親的掌上明珠，就連庶女的時候待遇也都比冷安然好。更別說嫡母病死，冷安然被逐到莊子裡、母親扶正後，她根本就是冷府裡的大公主。別說打罵了，就是一句重話，父親都沒有跟她說過。

冷老夫人也撲過來摟著冷安梅哭起來。「老大，你做什麼？你嚇到梅兒了。她不就是從小喜歡齊榮軒嗎？你又不是不知道。都是冷安然那死丫頭害了你和梅兒，你衝梅兒發什麼火？」

「妳……妳……妳們……」冷弘文吐出一口血，再次軟倒在地，昏死過去。

「老……老大……文兒……文兒……快叫大夫……快……快叫大夫！」老夫人抱住冷弘文的腦袋，聲嘶力竭地叫喚著。

林姨娘和冷安梅也顧不上傷心了，圍著冷弘文「老爺」、「爹」地拚命叫著。

當一個時辰內第二次被請來的葉大夫氣喘吁吁地趕進來的時候，看到的就是這麼一幅景象——冷大人躺在地上，老夫人摟著他的頭，冷夫人和冷大小姐圍著他，趴在他身上哭，愣是把葉大夫嚇了一大跳。身體一向健朗的冷大人怎麼突然一天之內暈在地上兩次，看這三個夫人小姐哭成這個樣子，地上竟然還有一小灘血，不會……

葉大夫駭得趕緊上前，讓三人散開，他探了探冷弘文的鼻息，又翻開眼皮看了看，撈起冷弘文的手探脈，這才輕呼出一口氣，讓容嬤嬤叫來小廝把冷弘文抬到臥室床上去。

葉大夫幾根銀針下去，冷弘文才慢慢睜開了眼睛。

「冷大人，您這是急火攻心，氣血上湧，內臟受到損傷而導致吐血、昏倒。我給您開幾副藥先補養補養，最重要的還是請您保持良好平靜的心情，不要動怒。」葉大夫看著面無表情的冷弘文輕輕閉上眼睛，也不知有沒有聽進去，嘆了口氣，轉向冷老夫人。「老夫人，你們要注意，千萬不要再讓知府大人動怒了，否則對身體的傷害非常大，後果會很嚴重的。」

冷老夫人趕忙應下，讓冷貴送葉大夫出去。

冷弘文睜開眼睛，對冷老夫人說：「容嬤嬤留下，讓其他人都出去吧。」

林姨娘可憐兮兮地看了冷弘文一眼，心不甘情不願地跟著一起出去了，容嬤嬤關上了房門。

「容嬤嬤，妳說說這兩次見到二小姐的感覺，具體點說。」冷弘文看向容嬤嬤。

容嬤嬤看了冷老夫人一眼，還未開口，冷弘文又說道：「容嬤嬤，妳在我母親身邊多年，是我最信任的嬤嬤，又一家十幾口都在冷府，此事很重要，關係到冷府的存亡，妳一定要實話實說，不得有一點糊弄，不要管母親和夫人的想法，只照實回答我才好。」

冷老夫人嘆了口氣，也無奈地朝容嬤嬤點了點頭，她雖極度自私又見識淺薄，但她對兒子的愛和對冷家的看重是無可置疑的。

容嬤嬤一家十五年前就是因主家犯事被拍賣的官奴，幸好合了冷老夫人的眼緣，連同她丈夫、兩個兒子一同買下，現在她一家三代十幾口人都在冷府或是莊子上、鋪子裡，她是真心不想冷府出什麼事，全家再一次淪落到被拍賣的命運。

容嬤嬤正了正神，回答道：「老奴第一次去，看到二小姐就覺得非常震驚，二小姐沒有一點落魄挨餓、受苦受累的可憐樣子，也一點不像鄉下長大的姑娘……」說到這裡，她似乎突然想到什麼，小心地看了冷弘文一眼。

冷弘文一直都清楚林姨娘如何苛待在莊子上的冷安然，只是他以前也不在乎，當作不知道而已。

「妳繼續說吧，不要顧忌什麼。」冷弘文朝容嬤嬤揮了揮手。

容嬤嬤清了清喉嚨，繼續說道：「二小姐雖然還沒長開，但已經出落得非常漂亮，而且氣質出眾，言行舉止大方優雅，可媲美世家大族的千金小姐，只是看起來很是清冷淩厲，不像先夫人的柔弱。她身邊有兩個陌生的丫鬟，是懂武的，而且應該武功很好，她們時刻站在二小姐的身邊，給二小姐的東西都要她們看過才會遞給二小姐。這兩個丫鬟眼裡只有二小姐，很是傲慢，對夫人完全不假顏色。對了，那天夫人問她們的原主子是誰，有一個還回答說她們的原主子夫人沒資格知道。」

冷弘文緊蹙著眉頭。「就那兩個丫鬟嗎？還有沒有其他人？妳覺得有沒有可能讓人去把她們手上的東西弄回來？」

容嬤嬤搖了搖頭。「除了那兩個丫鬟和劉嬤嬤、秋思，就只有一個十歲左右的小丫頭，據說是跟劉嬤嬤學刺繡的。是了，老爺，那天我們離開的時候，二小姐還讓我們轉告老爺，她既然敢威脅，就不會把那些東西再放在身邊，如果有人去騷擾她們或者她們的人出了什麼事，那些東西會立刻被送到皇上手上。」

「啪」地一聲，床頭矮櫃子上的一盞燈檯被掃到了地上。

「這個死丫頭，就不怕我們把她驅逐出冷家嗎？」冷老夫人也恨聲罵道。

這個老夫人，到這時候了還拎不清！二小姐恐怕還巴不得脫離冷家免受牽連吧？容嬤嬤搖了搖頭，在心裡長嘆了一口氣。「夫人那天也說要老爺把二小姐逐出冷家，二小姐笑著要夫人快點回來勸說老爺，她還說她會因此感謝夫人的。」

「她……她……她這是中邪了……這個該死的孽女。」老夫人氣得手腳都打起抖來。

「她……我是說二小姐……很恨冷家，很恨我嗎？」冷弘文長嘆了一口氣，閉上了眼睛。

「這……老奴覺得二小姐雖然看起來凌厲清冷，卻不像是狠心的人，老奴看她對齊夫人雖然冷淡，但還是客氣知禮的，拿到退婚書和九丹環珮，就很乾脆地把那封信還給了齊夫人，沒有再為難她絲毫。二小姐說了，只要老爺不要再……不要再招惹她，不要再拿她的親事做文章，她是不會對冷家、對老爺做什麼的。」容嬤嬤如實回答。

「什麼叫招惹她？她的親事不該由父母作主嗎？」冷老夫人狠狠地罵著。

「娘，如果您不想我被砍頭，就不要再偷著去惹那二丫頭。」冷弘文閉著眼睛沈默了許久，冷聲說道：「妳們都出去吧，我自己一個人靜靜。」

第二十章　京城來人了

遠在平縣的安然不知道冷府人仰馬翻的一場鬧劇和冷弘文的痛苦糾結，不過，就算知道，她也不會覺得這些跟自己有什麼關係。

自從林姨娘等人走後，安然恢復了忙碌又輕鬆的日子，事情一多、心情一好，時間瞬間飛逝，一眨眼就到了十一月中。

這天午後，安然坐在大榆樹下給君然做荷包，臉上還敷著滋潤肌膚的蜂蜜玫瑰花瓣面膜。

舒安端了水過來給安然洗掉面膜。「小姐，您可真疼少爺，林嬤嬤（注）或劉嬤嬤每給少爺做一身新衣服，您就配上一個新荷包。聽說少爺每次都要到處轉一圈，還故意用手撥弄著，就怕人家沒看到似的。」

安然想像著舒安嘴裡那個因荷包而傲嬌的君然，噗哧笑出聲來，那可是她在這個時空唯一的血脈至親呢。

安然用乾淨的棉巾擦了臉，抹了點舒敏自製的面脂。「舒敏呢，妳們今天不切磋武功啦？」

舒安掩著嘴輕笑。「舒敏在房裡讓小端教她刺繡呢，結果三下兩下就繡成了亂線團，哈

注：林嬤嬤，即何林娘子。

哈，還求小端不要讓人知道。」

「妳可別打擊她的上進心，刺繡本來就是個精細活，要費點工夫慢慢學的，多點時間就好了。而且尺有所短，寸有所長，妳們會的東西，可不是人家隨隨便便就能學會的。」安然笑道。

「就是，就是，還是小姐好，妳這個舒安就會跟我搗蛋。」舒敏不知何時從房裡出來了，一手叉著腰，一手指著舒安。「妳可別只顧著笑我，也不想想上次是誰非要跟著劉嬤嬤學做點心，結果做出一個能磕掉滿嘴牙的硬疙瘩。」

哈哈哈哈，大家都忍不住大笑出聲，劉嬤嬤笑得腰都直不起來了，扶著一張椅子坐下來。「舒……舒安……妳……先去把那隻烏雞殺了……等我把雞湯燉下鍋……就開始教妳做點心。」

「好咧，很快就好。」舒安應聲過去抓雞，凶光霍霍向烏雞，那雞似乎也感覺到危險的氣息，立刻就撲騰起來。

「嬤嬤，前兩天才吃了鴿子，今天又殺烏雞？」自從這個月初安然初次來月事，劉嬤嬤天天變著花樣可著勁兒要給她補身，而且不容拒絕，說這時候補好了對她一生都很重要。

劉嬤嬤正待回答，就聽到敲門聲——

「劉嬤嬤，開門，是我，莊頭娘子。」

舒安拿著殺雞的刀就去開門，莊頭娘子一見，嚇得往後倒退了幾步。「這……這……舒安姑娘，我是來給二小姐帶話的。」

安然笑道：「舒安，讓她進來吧！」

上次林姨娘來過之後沒幾天，不知什麼原因，莊頭娘子和她的小女兒美娟被莊頭狠打了一頓，關在家裡，已經好久沒有出來了。這都是孫大媳婦神神秘秘地告訴劉嬤嬤的，莊子裡的人大多很討厭那母女倆，不少人很是幸災樂禍。

舒安側開一步，莊頭娘子忙閃身進來，還真得服了她，那滿是贅肉的身子可以這麼靈活。

「二小姐，呵呵，老夫人傳話來，說大將軍王府的人來接您去京城過年，來人已經到府上。老夫人讓您準備一下，明天一早就讓大石頭用莊子上的馬車送您回府。」

「噢？有沒有說大將軍王府派了誰來？」安然問道。

「好……好像是夏老夫人身邊的嬤嬤，姓什麼我就不知道了。」不知為什麼，莊頭娘子一直偷偷盯著舒安殺雞，又被她的動作嚇得一下一下發抖。沒辦法，這舒安從小受的訓練是怎麼殺人，怎麼不被人殺。至於怎麼殺雞嘛，她只好自己融會貫通地摸索著來，所以動作還是滿嚇人的。

「莊頭娘子，還有別的事嗎？」劉嬤嬤看著莊頭娘子那樣子覺得好笑。

「沒……沒有，我這……這就走了。」莊頭娘子說完就轉身快步離開，好像生怕舒安會拿著刀追上去似的。

「這個莊頭娘子，是不是上次真被莊頭打狠了，變得這麼老實！」舒安看著莊頭娘子的背影大笑。

「姊兒，老夫人真的派人來接您了，太好了，太好了！」門一關上，劉嬤嬤就激動地拉著安然的手。「只要大將軍王和老夫人給您撐腰，他們就不敢對您怎樣。快，我們快收拾東西。對了，還有君哥兒，我們要把君哥兒一起帶去。」

「嬤嬤，妳先別急。」安然拉著劉嬤嬤坐下，又讓聽到動靜早都跑了出來的秋思、舒敏、小端和舒安都坐過來。「我們要先商量一下怎麼安排。

「嬤嬤，明天讓秋思陪著妳先回冷府。我後天再帶著舒安、舒敏一起走，比妳們晚一天。我要去麗繡坊和雙福樓說一聲，還要回夏府安排一下。君兒是要一起去京城，但是不能跟我們一起，要分開走。」

「那我們就一起晚一天走不成嗎？」這麼多年了，劉嬤嬤還從來沒有讓安然離開過自己。

安然笑道：「外祖母的人已經在冷府了，如果我們人沒有趕回去，而只讓人傳話，嬤嬤不擔心嗎？如果她們說了什麼讓外祖母的人誤會了，那……」

「我明白，我明白了，是要小心一點好，那我明天就先回福城，不過秋思還是跟您一起走。舒安和舒敏功夫好，可以保護您，但沒有秋思照顧得細緻。」劉嬤嬤可不放心那兩個會打架但煮粥都煮不好的傢伙。

遭受歧視的舒安、舒敏正要抗議，小端先委屈上了。「小姐，小端不要離開您，小端也要跟您去京城。劉嬤嬤，您讓秋思姊姊跟您走，小端會照顧好小姐的。」

「小端，這一去一回要兩、三個月呢，妳不想妳爹娘還有弟弟嗎？」安然戳了一下小端的額頭。

「奴婢的爹娘就希望奴婢跟著小姐，小午現在忙得很，才沒空理奴婢呢！」小端撇了一下嘴。

安然被她的話逗笑了。現在美麗花園不僅衣裙好賣，連絹花、飾品，還有竹木小製品都好賣得很，尤其是穿著漂亮衣服的木藝小公仔，現在虎子和小午可忙了。因為福城美麗花園即將開業，他們倆除了自己雕刻，還要帶徒弟，福生又買了三個手巧的十二、三歲的小廝跟著他們做活。

小端每次回夏府，小午不是在書房上課，就是在木藝房忙得不亦樂乎，有點時間也是在教虎子認字學習，直嚷著沒空理會小端。

小端見安然神色有點動搖，趕緊接著遊說。「如今麗芙、麗蓉繡商標也完全沒有問題了。小姐，您就帶上奴婢吧。」

麗芙、麗蓉是一對雙胞胎姊妹，十五歲，父母雙亡，狠毒的叔叔嬸嬸不僅侵占了她們父母留下的家產，還給她們灌了啞藥，準備賣到青樓去，一個好心的家僕悄悄通知了她們，姊妹倆半夜推倒油燈燒著了房子，自己從後窗逃出來。

兩人扮成男孩，一路逃到平縣，路上又被偷了包袱，身無分文。聽說李牙婆是個聲譽不錯的人牙子，就找上門自求賣身，不要賣身錢，只求賣個好人家清清白白地做丫鬟，做粗活也沒關係。李牙婆問她們女紅如何，兩姊妹拿出自己身上的帕子表示是自己繡的。李牙婆一看手藝還真不錯，又會認字寫字，就把她們帶到夏府試試。

何管家和麗梅正在與李牙婆細細詢問的時候，君然恰巧有事來找何管家，看見那兩姊妹就愣住了。原來當年兩姊妹的母親曾收留過花娘子和君然，甚至還想過將君然認做義子支撐門戶。花娘子不肯，後來他們住了半年左右就離開那個縣城了，母女三人對君然都很好。

何管家和麗梅見少爺認識這兩個女孩，似乎還有交情，她們的繡藝又都不錯，就將兩人留下了。

安然本想直接收留她倆在府裡，畢竟她們母女曾經幫助過君然，姊妹倆卻執意不肯解除賣身契，說如果只是客居在夏府裡，萬一有一天叔叔嬸嬸找上門還可以帶走她們，她們只是一介孤女，賣給一個好主家為婢反而更安全，也不會給安然姊弟帶來麻煩，安然想想也就隨她們了。

後來安然決定在福城開美麗花園，計劃找兩人專門繡商標，小端在刺繡上特別有天賦，安然準備以後讓她和秋思接手麗繡坊的雙面繡繡活。

跟麗梅商量過後，安然就把這工作交給姊妹倆了，由小端負責教她們。她們平日不在製衣坊工作，而是在內院兩人自己的屋子，專門負責繡商標，只有製衣坊趕急活，有需要的時候才到前面幫忙。

安然看著一臉祈求的小端，想想她學雙面繡也不宜中斷，就說：「好吧，明天回去問問妳爹娘，他們沒意見我就帶上妳。」

小端高興地跳起來，興沖沖地拉著秋思就要去整理行李，她爹娘那頭，根本不可能有問題。

安然笑著拉住她，還有話沒說完呢。「嬤嬤、秋思，妳們到了福城，不要在外祖母的人面前提到君然，即使到了京城，我們也要等見過外祖母之後再決定。」

劉嬤嬤幾人點頭應下，這才各自忙活去。

第二天辰時二刻，大石頭就在外面等著了。

眾人上了馬車，劉嬤嬤對大石頭說：「先轉到麗繡坊，讓二小姐她們下車，二小姐還有繡活的事情要跟鄭娘子回覆，明天才回福城，你今天先送我和秋思過去。」

大石頭愣了一下，應了，反正劉嬤嬤回府自然會跟老爺和老夫人說的。

舒敏和小端帶著小雪先在街口下車，說是要去採買，實際上是先走回夏府。

到了麗繡坊門口，安然和舒安下了車，馬車就往福城趕去了。

安然進了麗繡坊，迎面碰上正朝外走的鄭娘子。

「然姊兒，妳今兒怎麼過來了，我正準備去福城呢，來，我們進去坐坐。」鄭娘子現在兩頭跑，主要心力落在福城，十天半個月才回來平縣幾天。

進了小會客廳，安然說了京城來人的事，鄭娘子也很替她高興。「有妳外祖父和外祖母在，冷家不敢太過分的。這樣吧，我遲一天去那邊也沒有問題，明天我們一起過去。」

安然應道：「這樣也好，我們在馬車上可以談些事情，那我今天就不多坐了，先去安排其他的事。」說完讓舒安把帶來的十張繡稿交給鄭娘子，約好明天辰時中出發，就帶著舒安離開了。

來到雙福樓，跟馬掌櫃說了要離開兩、三個月去京城的事，問道：「薛大哥和浩哥哥他們還在京城嗎？」

「是啊，偉祺少爺的父親生病，聽說挺嚴重，他要留在京城照顧他父親，大少爺和黎公子也陪著他，應該還要一段時間。妳到了京城說不定還能和他們在京城碰上一面呢。」

安然把兩張紙遞給馬掌櫃。「這裡有四道菜譜，其中有兩道是你們要的羊肉的新做法。馬掌櫃，那我就先走了，如果有什麼事，你就讓人給福生哥哥帶個話。」

回到夏府，君然、福生、何管家，還有麗梅幾人都已經在外院廳房等著。

君然一見到安然就激動地衝過來問道：「姊，外祖母派人來接妳了？是真的嗎？」

安然笑著點點頭。「是的，人已經到冷府了。君兒，你也要跟姊一起去京城，不過我們要分開走。」

「嗯。」君然高興地點點頭。他很希望自己姊弟倆能有真心待他們的長輩，姊姊的肩膀太柔弱，他不想讓她承擔那麼多，而自己目前除了努力讀書，什麼也做不了。

「妹妹，上次薛少爺幫我們看的那個福城的院子，我們已經買下了，正在修整。這次君然過去，先將就著住幾日還是沒有問題的，廚房什麼的都有。」福生說道。「你們此行是好事，多陪陪老夫人和老將軍，美麗花園有我們在呢，莫要掛心。」

「是啊，小姐，您儘管放心，奴才一定會盡心盡力幫著福生少爺，鋪子裡和府裡都會好好的。福城美麗花園的各項準備工作已經基本完成，偉祺少爺派來的那個孫掌櫃很是能幹，而且經驗豐富呢。」何管家就差拍著胸脯立誓了。

他真心心疼這個剛過十四歲的小主子，別家小姐這個年齡還在撒嬌吧，他們家小姐卻是挑起了這麼大一個擔子。雖然不是很清楚這小姐弟倆為什麼會獨自在這平縣，但是現在聽說有外祖父母來接他們進京過年，他還是很替他們高興的。

麗梅也堅定地看著安然。「小姐，製衣坊現在人手充足，大家配合越來越有默契，也有了足夠的存貨，小姐不用擔心，福城美麗花園開業後，奴婢和莊嬤嬤會分守兩邊，還有麗棠現在也可獨當一面了。」

這一個多月來莊嬤嬤、麗梅、麗蘭和後來但已學成的麗棠都輪著在福城的製衣坊培訓繡娘。美麗花園二樓的量身訂製區，麗櫻和麗桃也分別帶著兩個新人麗鵑和麗丹。

「呵呵，我才不擔心這些呢。就算我人在平縣，在這府裡，不也都是你們操心著嗎？有你們在，我安心得很。」安然笑道。又轉向何林。「何管家，小端想跟著我去京城，你捨得不？」

「小端跟著小姐，奴才求之不得，哪裡談什麼捨不捨得，那是小端的造化。」何林趕忙應道：「奴才的媳婦也要跟著少爺去呢，她說不放心少爺。」

「呵呵，我也希望林嬤嬤跟著照顧君然，不過你們一家卻是要分開兩、三個月了。」安然真是覺得有點不大好意思，人家一家子的，而且夫妻感情還很好。

「小姐多慮了，要是讓奴才媳婦兩、三個月看不到少爺，她才真正憂心呢。」何林笑呵呵地回答道。

君然看向安然。「姊，先生說他也要跟我一起去京城，兩、三個月時間太長，之前定下的學業計劃會落下很多。」

「先生跟著自然最好，只是來回顛簸很是辛苦，而且還有小諾，若是太多人跟著又不大方便。」

此時得了小午消息的許先生和林嬤嬤也過來了，剛好聽到安然的最後一句話。

「安然小姐放心，老夫這點奔波還是禁得起的。君然悟性好，又肯努力，學業便排得很緊，老夫實在不捨得浪費這麼長的時間。至於小諾，他留在府裡我是一點不擔心，他在這府裡過得好得很，總是跟我說要一直住這裡不離開呢。這府裡的人都疼他，虎子和小午也很照顧他，他不會想跟我們去的。」許先生一口氣說了一大段，想要打消安然的顧慮。

小午也小大人似地胸脯拍得砰砰響。「先生儘管放心跟少爺去，我和虎子哥會好好照顧小諾的，保證不讓他掉一根頭髮少一兩肉。還有大猛、嬌嬌和小雪可以陪他玩呢。」眾人聽了都哈哈笑起來。

何管家摸著小午的腦袋也笑道：「小姐放心，許先生放心，我們都會照顧好小諾的。」

安然想了想，還是決定讓許先生跟著，兩、三個月時間確實有點長。「好吧，就這樣，許先生、林嬷嬷、平勇、平樂跟著君然一起去，小諾留在府裡，讓舒心多照顧著。」

眾人應下。

福生又接著說道：「妹妹，我已經安排人去買兩套大一點又舒適些的馬車。我們以後兩地生意，府裡也是要添馬車的，現在大家去福城經常是臨時僱的馬車，不是很方便。不過，車夫只好先僱兩個短工了，臨時買人，來不及。」

安然點點頭，正要說話。就看到平勇站了出來。「福生少爺，您只需先僱一個車夫，少爺坐的那輛馬車，有我就可以。」

安然說道：「這樣也好。還有，兩輛馬車都給君然他們用，方便許先生休息。他們也不用在福城待了，直接進京，路上時間可以更充裕些，白天上路，天色一晚就找客棧休息，明天讓新進府的車夫柱子叔送我到福城就可以，我必然是坐外祖母派來的馬車進京的。」

進京之事大致安排好，安然就讓其他人先散去做準備，自己和福生、何管家、麗梅還有王平繼續討論美麗花園的一應事宜。

當天晚上，月上枝頭的時候，安然把暗處的舒全給叫了出來。

在君然的內院書房，安然、君然姊弟倆與舒安、舒全、舒敏、平勇一起討論了君然等人的進京路線、京城落腳處以及聯絡方式。

夜半時分，望著好似掛在樹梢的明月，安然心問——京城的月亮，也會這樣溫柔地照拂著他們姊弟嗎？

此時在京城裡，也有一個人站在窗前看著天上的月亮。

十五剛過去三天，月亮已經開始缺角，不圓了。鍾離浩對著月亮呢喃。「父王，您是否已經與母妃重逢？」

從四歲那年中毒被皇伯母接進宮，鍾離浩與父王就不再像以前那樣親近了，他幼小的心靈覺得是父王縱容了那些女人，才導致母妃病死、自己中毒。後來新王妃進府，再後來新王妃把許側妃生的第二個兒子、也就是他的三弟鍾離麟過繼到自己名下成為嫡子，皇伯母就幾乎不讓他回慶親王府了——每次都會碰到這樣那樣的「意外」，不是在王府裡，就是在回宮的路上。

父子兩人碰面越來越少，每次父王到宮裡來正巧碰上，也都只是問他的學業武藝，或者呵斥他成天到處跑，不正正經經地做點有用的事。

十三歲那年，他救出了太子哥哥，也就是當今皇上，而自己渾身是傷且中了毒箭，昏迷了三天三夜才醒過來，醒來第一眼看到的竟然是一臉憔悴、鬍子拉渣、似乎老了五歲的父王，他一把抱住睜開眼睛的自己，不一會兒他就感覺到了父王的眼淚打濕了自己的衣裳後頸。

南征告訴他在他昏迷的三天三夜裡，慶親王爺始終守在他的身邊，甚至向老天祈求折自己二十年壽命換回兒子。

那時，他糊塗了，父王不是一直最疼愛鍾離麟的嗎？自己死了他不是應該更高興嗎？畢竟總算可以立鍾離麟為世子了……

後來，皇伯母實在忍不住了，偷偷告訴鍾離浩，當年是慶親王進宮求皇上、皇后把他接進宮的，慶親王娶新王妃也是迫不得已，一方面是當年皇上需要新王妃娘家的勢力，另一方面是慶親王想讓新王妃和許側妃制衡，把注意力從鍾離浩身上轉開。鍾離浩幾次遭遇意外後，也是慶親王提出不要讓鍾離浩回府，而是自己進宮「碰巧相遇」。

鍾離浩懵了，他為自己這麼多年誤解父王、忽略父王對自己的愛而愧疚，可是多年的淡漠使他們父子都不知道該怎麼表達對彼此的愛護了。

直至這次慶親王突然病重，太醫院的結論是慶親王傷寒引發舊疾和身上舊傷所致，鍾離浩飛馬趕回來，路上甚至還遭遇幾次突襲，在慶親王身邊親力親為照顧了大半個月，父子兩人才在慶親王爺生命的最後時刻，享受到了父子之間的天倫之樂與骨血之情。

然而，父王還是走了，月亮還是缺了……

月亮落下，太陽再次昇起的時候，安然姊弟開始動身，分頭趕路。君然直接前往京城，而安然和鄭娘子結伴往福城去。

馬車走了一天一夜。

白天，安然同鄭娘子一起分析了麗繡坊目前的競爭對手，麗繡坊的優勢、弱勢，以及未來的發展方向。

鄭娘子對著這個十四歲的少女感慨萬千。「然姊兒，如若不是親自面對著妳，只聽妳那一番見解，大概所有人都會認為妳是一位在商場上奔勞十來年的老手呢！」

安然心裡默囧，她可不就是在商場奔勞十幾年了？現在的她只是一個披著小紅帽外皮的老妖婆罷了。

「鄭娘子謬讚了，我只不過喜歡看書，喜歡自己多想，把書上別人的見解和自己看到的事情揉巴揉巴，用自己的想法說出來而已。」安然笑得很無辜。

「呵呵，不過話說回來，妳那位父親也是從小被稱為神童。他雖然對妳不好，但你們冷家這聰明血統還是有遺傳的，妳看妳那弟弟君然吧，以後肯定也是金榜題名的大才。」鄭娘子想當然地為安然的這份「天才」，找到了遺傳方面的緣由。

安然笑笑，也不反駁，她的才能可跟那便宜父親沒有半毛錢關係，但君然讀書好像是很有天分的，也許多少有點遺傳那「進士」之才吧，只要沒有遺傳到那種鼠目寸光的「近視」就可以。

晚上的時候，安然就在鄭娘子的車上休息，紅錦跟舒安她們在夏府那輛馬車上坐靠著睡。

鄭娘子的馬車比較大，車上兩邊的長椅很寬，一人一邊，墊上軟軟的棉被，還是睡得滿舒服的。

車快進城的時候，馬車在路邊停下。安然被舒安搖醒了，到那邊車上洗漱換衣，然後所有人都坐到鄭娘子這邊的馬車上來了。

柱子叔要把車上的東西拉到即將開業的美麗花園去，孫掌櫃在那兒。在福城休息一天，明天晚上他還要把在這兒培訓新店夥計的麗蘭和平福接回平縣去呢。

而鄭娘子的馬車則將安然主僕四人送到了冷府大門口，劉嬤嬤和秋思一早就在這兒等著了。

第二十一章 回府

幾人進了門，剛走幾步，就見前面三、四個人快步迎了過來，打頭的是一個穿褐色錦緞夾襖的嬤嬤，劉嬤嬤對安然說：「這是您外祖母身邊的燕嬤嬤，是看著您娘親長大的，您外祖母特意讓她來接您。」

安然見燕嬤嬤就要行禮的樣子，趕緊先伸手扶住她。「燕嬤嬤好，大老遠讓您這麼辛苦跑一趟，安然真是不好意思。」

「不辛苦，不辛苦，讓老奴好好看看表小姐……嗯，像，真像！表小姐跟小姐這麼大時候的樣子簡直一模一樣。」燕嬤嬤上下打量著安然，說著說著眼淚就掉下來，安然知道她是想起自己的娘親夏芷雲了。

「二小姐，快，快，快先進去拜見老夫人、老爺和夫人，大家都盼著您回來呢，今天這外面風大，很冷的。」容嬤嬤說著就要過來攙安然的手臂，被舒安冷著臉伸手擋開了，只好訕訕地退後了兩步。

安然淡淡看了她一眼，對燕嬤嬤和劉嬤嬤笑著說道：「燕嬤嬤、嬤嬤，我們先進去再說，今兒的風挺冷。」

容嬤嬤領著她們來到慈心院，也就是冷老夫人的院子。

廳堂裡，老夫人坐在正中的貴妃榻上，穿著一身墨綠色繡松鶴雲紋的長夾襖和褐色錦緞下裙，戴著一條墨綠色鑲黑寶石寬抹額。此時，她的懷裡正靠著一對粉雕玉琢的男女娃娃，一邊一個，都穿著大紅色絲襖，看年齡和那五成相似的相貌，應該是冷安竹、冷安蘭兄妹了。

貴妃榻再來是一般廳房常有的八椅四几，冷知府坐在左邊第一張椅上，對面坐的是林姨娘。林姨娘下首是趙姨娘和兩位年輕嫵媚且作姨娘打扮的女子，其中一位手上還抱著一個三歲左右的小女娃，應該是這幾年裡冷弘文新納的兩位姨娘。冷安松、冷安梅、冷安菊則依次坐在冷弘文的下首。

老夫人坐榻前面正中地上放著一個蒲團，冷安然雖然心裡很是不情願，依然按照常例行了跪拜禮。「安然見過老夫人，老夫人萬福！安然見過父親，給父親請安。」然後沒等誰叫起，就直接站了起來，對林姨娘福了半禮。「林姨娘安。」

正在跟冷安蘭咬耳朵的冷老夫人抬起頭，瞇起眼睛，定定地看向盈盈而立的冷安然，她本來想著不叫起讓她多跪一會兒的……

安然今天穿著一襲象牙白繡紫鈴蘭襖裙，外罩紫羅蘭色褙子，都是細棉布做的；頭髮梳成垂掛雙髻，插著兩朵紫色的珠花，耳上一對銀色的月兔耳墜。無論是衣服還是飾品，都是精緻淡雅有餘，無半點張揚之氣，可安然就這麼一身站在那裡，卻從裡而外透著一種無法言喻的貴氣。安然的臉型、鼻子和櫻桃小嘴都像母親夏芷雲，那飽滿的額頭和一雙大眼睛，卻是十足遺傳自冷弘文，也是她和君然最是堪稱一模一樣的地方。

冷弘文此時也在打量著安然，一種久違的熟悉感覺油然而生，嘴裡不由自主地喊了出來。「雲兒。」

林姨娘臉色陡然泛青，狠命絞著手上的帕子，心裡暗恨，這麼多年了，表哥竟然還記著那個短命的賤人！

安然面上無波，心裡暗自冷哼一聲。

安然那種清冷的氣息讓冷弘文瞬間清醒過來，雲兒一向溫婉柔和，沒有這樣的清冷。

「咳咳，二丫頭，雨蘭現在已經是妳的母親了。還有，一家人本該親近些，妳稱呼祖母就好，叫老夫人顯得太過於疏離。」

「安然不敢，現在福城裡誰不知道我是剋害家人的福淺命薄之人，老夫人年紀大了，萬一被我剋死就不好了。還是稱呼老夫人為好，疏離總比被剋死的好。至於母親，我只有一個母親，就是冷家的原配嫡妻夏芷雲。」

「妳……妳……妳……」冷老夫人指著安然，氣得說不出話來。一口一個的「剋死」，這孽障是巴不得她早點死呢！

此時，長姊冷安梅適時站出來「好聲」勸道：「二妹妹，我娘現在已經是冷府的夫人了，就是妳的母親，妳好歹也是大家小姐，可不能讓人說妳不知禮啊。」一雙酷似林姨娘的狐狸眼此時正充滿「痛惜」地看著安然，一副心疼妹妹、憐其不爭的好姊姊姿態。

看了半天戲的燕嬤嬤一臉不可思議地看向冷弘文。「姑爺，你們冷府的大小姐應該熟通禮法吧？按照禮法，二小姐可不需要稱這位林夫人為母親，只要行半禮即可。倒是各位少爺小姐和姨娘應當先向二小姐行平禮或妾禮，二小姐回半禮才是。您看這都好一會兒了，不但沒見誰向二小姐行禮，這大小姐還指責二小姐不知禮。二小姐可是依著規矩，該行的禮都行了呢。雖然冷姑爺是外放的官員，可府裡這種嫡庶不分的情形若是讓那些御史知道了，想必不大好吧。」

冷安梅滿臉通紅，她一向自詡是熟讀禮法的大家閨秀，只是夏芷雲早死，林姨娘扶正多年，冷安然又被趕到鄉下，她一直把自己當作冷府的嫡長小姐，哪裡在意過這原配正室嫡出小姐的特殊待遇？

冷弘文則是被燕嬤嬤的一番話說得脹紫了一張老臉，指著一眾兒女、姨娘。「你們平日裡學的禮法都到哪裡去了，還不向二丫頭行禮？」

冷老夫人不樂意了，出聲道：「這一家子兄弟姊妹的，又是在自個兒家，親近隨和些才好，這行禮過來行禮過去的忒麻煩了。好了好了，大家都趕緊坐下才是。」

一旁的冷安竹這時卻舉著手要衝上去打安然。「妳不敬祖母和母親，還要我們向妳行禮，我打死妳。」

舒安右手一揮，正衝向這邊的冷安竹就摔在了地上，「哇」地大哭起來。

林姨娘倏地奔過來抱起安竹，指著舒安喝道：「妳這個作死的賤婢，竟敢犯上打少爺！

給我拖下去杖斃！」

舒敏冷笑一聲，一揮衣袖，動作無比優美，撲上來要抓舒安的幾個婆子立即捂著臉大叫起來。

「好癢，我的臉好癢！」

「啊，我的眼睛，我的眼睛好痛……」

那些婆子用指甲把自己的臉抓出一條條血痕的樣子愣是把老夫人、林姨娘和一眾姨娘小姐都嚇呆了，容嬤嬤趕緊讓其他丫鬟把這幾個婆子拖出去。

舒安冷哼。「我們可不是妳冷家的丫鬟，誰要靠近我們小姐，對小姐不利，我打的就是誰。」

冷弘文在官場上混了近二十年，還是見過不少大場面和大人物，並非沒有見識。舒安、舒敏身上那種冰冷、鋒利的氣勢，以及這可怕的身手，絕不是普通人家丫鬟能有的。他緊盯著舒安兩人。「妳們是什麼人？是誰把妳們送給二丫頭的？」

「知府大人，我們就是小姐的丫鬟而已，至於我們之前的主子是誰，大人您還是不知道的好，以免嚇得睡不著覺。做了虧心事，就怕鬼敲門嘛。」

冷弘文緊握的拳頭因為握得太緊而發抖，臉皮抽動得厲害，他立即想到了那些帳本。

「什麼叫虧心事，誰做虧心事了？妳這個賤丫頭滿嘴胡謅些什麼？冷安然，妳就是這樣縱容妳的丫鬟打殺妳弟弟、誣衊妳父親嗎？」老夫人咆哮道。

安然淡漠地看了冷老夫人一眼。「看老夫人這話說得，剛才喊著要打死我的可是安竹弟弟呢。舒安若不攔著他，說不定明日父親就要被人彈劾教子不嚴，長幼嫡庶不清。老夫人這是怕父親的官位坐得太穩了嗎？」頓了頓又道：「至於有沒有誣衊父親，父親可是都沒跟舒安較真呢。」

「妳……妳……妳這個……」老夫人氣得話都說不麻溜了。

「好了，二丫頭，妳就不能好好跟妳祖母和家人說話嗎？」冷弘文喝了一聲。

安然蹲下身福了一禮。「真是對不住了，父親，我已經五年多沒有家人，沒有進過這冷府了，還真不知道怎樣說話才算是好好說話。這樣吧，我也不要在這兒讓老夫人生氣了，眼不見心不煩不是？」說著轉向燕嬤嬤問道：「燕嬤嬤，我們可以動身了嗎？我還沒見過外祖父、外祖母，真想早點到京城呢。」

「可以可以，我們隨時都可以出發，下面人早都準備好了，老夫人也交代趕緊帶表小姐回去讓她看看，擔心表小姐沒坐過這麼長時間的馬車，還特意把她自己專用的那輛大馬車派過來了。」燕嬤嬤趕緊回答，她可真是不願意在這冷府多待一刻了，有很多事要趕回去跟老夫人彙報呢。

「胡鬧，妳這才剛回來，怎麼也得歇息兩天再啟程，這路途遙遠，一路很辛苦的。越往北越冷，下人們也還有不少東西要準備呢！」冷弘文急急開口道，他怎麼能讓安然就這樣離開去大將軍王府？他的東西還不知道在哪兒呢？

「歇息兩天？我的院子空出來了嗎？」安然剛才進來的時候，可是聽劉嬤嬤抱怨她的院子被冷安蘭占著了。

「這……」冷弘文皺了皺眉，對林姨娘喝道：「去，馬上把安蘭的東西搬出靜好苑。」

「不要，不要，我不要搬，我就要住靜好苑，我不要搬回蘭苑。」冷安蘭撲在冷老夫人的身上大哭起來。「讓那個賤丫頭去住客院。」

「啪」的一聲，冷府所有人都愣住了，冷弘文竟然打了冷安蘭一巴掌，要知道平日裡他最是疼寵冷安竹和冷安蘭這一對雙胞胎兄妹了。

安蘭被打懵了，竟然忘記了哭。

老夫人心疼地抱緊安蘭，罵起冷弘文來。「你好好的打她做什麼？都在一個府裡，住哪裡不是住？就讓二丫頭把院子讓給妹妹住怎麼了？不就是一個院子嗎？有什麼大不了的。二丫頭，妳說話啊，一個院子比妳妹妹還重要嗎？」

安然沒有理會，就好像什麼都沒聽到一樣，看著舒安把一張太師椅提過來讓她坐下，斜對著老夫人的貴妃榻。

「老夫人，靜好苑的亭臺樓閣、一草一木都是先夫人為二小姐專門找人設計的，裡面的家具物什都是先夫人的嫁妝。」

「那又怎麼樣，她夏芷雲嫁進冷家，她的東西就是冷家的，還什麼她的嫁妝？」冷老夫人正吼著，突然看到燕嬤嬤嘲諷的眼神，似乎意識到什麼，趕緊補充了一句。「她不也是安蘭的嫡母嗎？安蘭住著用著怎麼不可以了？」

冷老夫人再怎麼沒見識，也知道這女人的嫁妝並不屬於婆家，只有本人和嫡親子女才有權支配。所以她當初才想著法兒把從夏芷雲嫁妝裡哄騙來的部分田產莊子賣了，再另外買了其他的田產鋪子。

「二丫頭，妳就不怕人家說妳容不下弟妹，不能善待弟妹嗎？妳就不怕傳出去名聲不好嗎？」冷老夫人又對著安然發飆，想逼她表態把靜好苑讓給安蘭。

安然喝了一口舒敏端過來的水——這還是她們自己帶著的杯子，笑呵呵地說道：「我現在最不怕的就是人家拿名聲來說事了，老夫人、林姨娘，這還要感謝妳們呢！現在誰不知道冷府二小姐孤僻冷漠、粗鄙暴躁？這樣的人又怎麼會善待姨娘生的弟弟妹妹呢？呵呵，這樣吧，要不我幫妳們一把？再狠一點宣揚宣揚我的壞名聲？舒安，去，把話傳出去，就說冷府二小姐心黑手狠、小心眼，不肯把院子讓給庶妹住，不肯把母親留下的嫁妝讓給庶妹。記住，一定要用最快的速度傳得滿城都知道。」

「是，小姐，奴婢知道誰最擅長做這種事，奴婢馬上去找他。」舒安興奮得立刻就要往外衝。

這到底是破壞誰的名聲啊？老夫人和林姨娘簡直要吐血了。

「站住！」冷弘文怒吼一聲，一把抓住林姨娘向門邊推出去。「讓妳去，妳還不快去，愣在這裡幹麼？限一個時辰內把靜好苑給二丫頭整理出來。」

林姨娘一個踉蹌又要摔倒，幸好錦秀和門邊的一個婆子手快，抓住了她的手臂。

燕嬤嬤拿出一張疊得厚厚的紙對安然說道：「表小姐，這是我來的時候抄的一份小姐的嫁妝單子，我和劉嬤嬤現在過去把表小姐院子裡小姐的嫁妝對照登記造冊，回去跟我們老夫人也有一個交代。」

安然一笑。「好，妳們去吧。舒敏，妳陪兩位嬤嬤一起。」真不愧是外祖母身邊的老人，這反應快得！

舒敏領命跟著燕嬤嬤和劉嬤嬤出去了。

林姨娘狠狠瞪了安然一眼，眼裡似乎要滴出血來，好像下一秒就會撲過來咬住安然的脖子。

「還不快去？」冷弘文砸出一個不明物體，擦著林姨娘的腦袋呼嘯而過，砰地一聲落在地上。

丁嬤嬤和錦秀趕忙攙著林姨娘出去，廳堂裡的氣氛有點僵住了……

這時，秋思和小端走了進來，手裡捧著從外面買回來的包子、麵條和豆漿。秋思上前行禮。「老夫人，老爺，二小姐趕了一天一夜的路，還沒吃早餐呢！燕嬤嬤讓我們去買了食物來，說餓壞了身體大將軍王和老太君會心疼的。奴婢斗膽請求老爺老夫人，先讓小姐過去吃些東西再來回話。」

冷弘文深吸一口氣，閉了閉眼睛，睜開。「二丫頭，妳先去吃了東西，然後到書房來，我有話跟妳說。」

安然應了一聲，起身告退，帶著舒安三人到靜好苑的小廳房吃早餐。

等她們吃完，靜好苑也收拾得差不多了，林姨娘帶來收拾安蘭物品的人都拿著東西相繼退出去。其實她們也就是收拾安蘭的衣物首飾，有當年幫著夏老夫人為夏芷雲準備嫁妝的燕嬤嬤和陪嫁大丫鬟劉嬤嬤在，靜好苑裡夏芷雲的嫁妝物件那些人倒是一件都敷衍不出去。

當年，夏芷雲極其疼愛安然這個唯一的親生女兒，把自己嫁妝中的不少好東西都給了安然，擺置在靜好苑裡。

也許是林姨娘從來沒想過安然還會回到這個院子吧，加上又是她最寵愛的小女兒冷安蘭搬到了靜好苑住，所以這院子裡的物什倒是大都留著，還保養得很好，並沒有被移走或賣掉。

燕嬤嬤將所有物品登記造冊，拿去給林姨娘和冷弘文簽字確認。林姨娘那個悔那個恨哪，可她也知道當前情勢不容她不簽。冷弘文更不好說什麼，他現在已經感覺自己是一個頭三個大了，冷安然手裡的那些帳冊帳單、秦尚書可能的報復、大將軍王府的怒氣，哪個都能讓他官位不穩……甚至，脖子上的腦袋不穩！

安然讓秋思幾人把不常用的物件全都打包鎖進庫房裡，舒敏看著關上的庫房門，眼珠子轉了兩轉，在安然耳邊說了幾句話，見安然點頭，很興奮地就跑去對庫房的門、天窗、鎖都動了些手腳，然後得意地對著自己的傑作笑得賊開心。

幾人正在討論進京的行程，舒安突然做了個噤聲的手勢，縱身跳起，越過院牆，從挨著靜好苑的花園西角那堆爬藤裡，提溜出一個穿著灰色襖裙的丫鬟，很快地躍回院子。

秋思一見那丫鬟便驚呼出聲。「冬念？怎麼是妳？我昨天回來問了幾個人都不知道妳，還以為妳早被賣出去了。」說著抓起冬念的手，卻因手上的觸感猛地吸了一口氣。「妳的手？怎麼這樣？妳現在到底在做什麼？」

安然也細細打量著那丫鬟，在腦海裡尋找有關她的記憶。

這丫鬟跟秋思一樣，也是被夏芷雲救下的。當年嗜賭的父親要把十二歲的她賣給一個小傻子做童養媳，在路上一追一逃時，差點撞在去店鋪巡視的夏芷雲母女的轎子上，因為小安然嚷著要娘親「救可憐的姊姊」，夏芷雲用四十兩銀子買了她——通常情況下這個價格可以買四個小丫鬟了——放在當時七歲的安然身邊和秋思一起貼身侍候，取名冬念。

冬念萬分感激夏芷雲母女把她救出火坑，一直盡心盡力地照顧安然。

夏芷雲去世的前幾天，冬念的娘死了，她娘生前為了躲避嗜賭的丈夫，一直躲在離福城五、六天路程的晉城鄉下一個遠房親戚家。冬念收到娘親去世的消息，向府裡請了半個月假去晉城，安然等人被送去平縣的時候她還沒回府。

冬念見著跟先夫人長得極像的安然，哭著撲過來，在安然前面跪下。「二小姐，奴婢以為再也見不到您了。那年奴婢回來的時候妳們已經被送到莊子上去，奴婢也被調到洗衣房。昨天聽說劉嬤嬤和秋思回來，奴婢想了不少辦法接近，可她們身邊一直有老夫人和夫人的人。二小姐，奴婢一直撐著等您，就是要告訴您柚香姊姊留下的話。」說完就暈倒了。

舒敏抓起冬念的右手為她把脈，然後又換到左手。大家這才看到冬念的兩隻手異常駭人，紅紅腫腫，層層新繭老繭和傷疤交錯，居然還有潰爛的地方，整雙手上幾乎沒有一塊完好的皮膚。

舒敏把完脈，氣憤地說道：「她的身體非常虛弱，心肺嚴重損傷，氣血虧虛，應該是長期勞累、受虐待和浸泡冷水的緣故。」

舒安把冬念抱進最近的一間廂房，放在床上。舒敏將一顆藥丸塞進她的嘴裡，用內力讓她嚥下去，然後給她扎了幾針。

過了好一會兒，冬念睜開了眼睛，慢慢說道：「二小姐……奴婢怕自己支撐不了多久了……奴婢……有事要跟您說……門……門口……」

舒安了然，對她說：「冬念，我在門口守著，妳放心跟小姐說。」說完就走出去並關上了門。

冬念取下自己頭上一根發黑的木簪子，把扁圓那頭用力拔開，從簪子裡面抽出捲得細細的紙條，安然打開一看，似乎是一張簡易的方位指示圖，中間一點濃黑，好像是標示什麼位置。

冬念說道：「這是柚香姊姊在泉靈庵藏妝奩盒的位置。」

當年，因為心裡掛念著夫人的病以及需要照顧的小姐，冬念盡力提前了兩天回到冷府，卻已是人去院空，夫人已經下葬，小姐也不知道被送到哪個莊子上去了。

冬念一回到府裡就被林姨娘關起來，逼問夫人嫁妝的去向。原來府裡一直找不到夫人手裡的另一半嫁妝，夫人的晴雲閣和小姐的靜好苑都被翻了個遍，就差掘地三尺，卻也沒有見到冷弘文嘴裡那個陪嫁妝奩盒和田莊店鋪地契，以及陪嫁婢僕身契的影子。

冬念因為年齡尚小，來冷府又不到一年，所以在關了三天沒問出東西後，就被放了出來，趕到洗衣房去，負責洗衣房的崔嬤嬤欺負冬念是失勢被貶、無依無靠的小丫鬟，幾乎所有最重的髒活累活都推給她。

一天深夜，剛洗完一大盆被單準備回去睡覺的冬念，在經過崔嬤嬤的屋子時，無意中偷聽到裡面的人在說什麼「柚香」、「嫁妝」、「撐不了多久」……

柚香是夫人身邊最得力的大丫鬟，也是夏府跟過來的陪嫁丫鬟，平時很照顧冬念。

冬念悄悄地摸黑找到自己曾經被關的雜物棚，那是兩排背靠背總共六間的木棚，其中一間住著兩個粗使婆子。冬念聽見婆子的屋裡已經傳出此起彼伏的呼嚕聲後，才小心地一間一間摸過去，輕聲喚著「柚香姊姊」，直到最邊上一間棚子裡在她的呼喚聲後傳出微弱的聲音——

「誰？」

冬念小心地朝婆子的屋那邊望了一會兒，才扒著窗子小聲說道：「姊姊，我是冬念。」

屋裡發出窸窸窣窣的細碎聲音，好一會兒才見一個身影攀著窗欄撐起身來，借著月光，冬念看清楚了，那披頭散髮、滿臉血痕的人正是柚香。

柚香吃力地抓著冬念的手。「冬念……是妳？她們……有沒有……對妳怎樣？妳怎麼……到這裡來的？」

冬念滿臉是淚，又不敢哭出聲來，她只覺得又害怕、又心疼，還有見到親人的委屈。「柚香姊姊，妳怎麼成這樣了？怎麼辦？她們怎麼能這樣呢？」她把回府後被審了三天的事簡單說了一遍。

柚香靠在一堆雜物上，吃力地說道：「我奉夫人之命，把東西送去泉靈庵交給雲祥師太，誰知雲祥師太被人請去浦縣，我只好按小師父給的地址去了浦縣，卻撲了個空，再回到泉靈庵，雲祥師太還沒回庵。我擔心夫人，又不敢把東西再拿回來，就在庵裡後院一棵樹下挖了個洞藏起來了。」

柚香說完喘了一大口氣，把一張紙片塞進冬念的手裡。「這是我剛才用木炭畫的圖，準備在這屋裡找個地方藏起的。現在妳來了，太好了。妳千萬藏好，以後交給小姐，告訴小姐，鑰匙在雲祥師太那裡。現在妳趕緊走，不要被發現了。記住，不要再來看我，不管我發生什麼事，妳都要當作不知道。」說完用力推了一下冬念讓她離開，自己往後挪了幾步，倒了下去。

冬念不敢哭不敢叫，趕緊摸黑回去，幸好她是一個人睡柴房，也沒人發現。冬念的木簪是她娘當初為了藏起一張十兩的銀票防身，讓她哥哥幫忙做的。冬念就將那張小紙片搓成細條塞進了簪子裡，一直藏到現在。

冬念記住柚香的話不敢再去找她，直到半個月之後才聽到崔嬤嬤在跟一個媳婦子閒話，說雜物棚那兩個婆子偷偷在棚子前面的空地上燒紙錢，擺香燭祭拜柚香，因為自從半個月前柚香「暴病」死後，她們老是作噩夢。

冬念那時才知道，柚香在把紙片給她的第二天就死了。

安然幾人聽著冬念的敘述，都早已泣不成聲，秋思更是抱著她，哭得唏哩嘩啦。

安然心裡感慨萬千，這古代忠僕的忠心真是不可小覷，毅力之堅定令人感佩啊！

她祈求地看向舒敏。「她還能救嗎？可以治好她嗎？舒敏，妳想想辦法，無論需要什麼、需要多少錢，都一定要想辦法治好冬念。」

冬念平靜地笑道：「小姐，您不要為奴婢憂心，奴婢能撐到現在，把這張圖交給小姐，已經很感謝老天爺了，奴婢也可以沒有愧疚地去見夫人和柚香姊姊了。」

舒敏握住冬念的手。「妳也不要想得那麼糟糕，只要好好調理個一、兩年，妳絕對可以好起來的，就算我不行，還有我們公子呢。妳只是身體嚴重虧損，並不是得了什麼不治之症。」

對呀，還有神醫毒公子黎軒在呢！安然眼睛一亮，輕拍冬念的手說道：「冬念，妳不要多想，從今天起，放鬆心情，聽舒敏的話好好吃藥，好好配合她的囑咐。我會想辦法把妳接走，讓人好好照顧妳。妳放心，妳一定會好起來的，再也沒有人可以苛待妳了。」

冬念眼淚唰唰而下，用力點了點頭，她聽小姐的話就是了，有小姐的這番心意，就算自己的身體真的好不了又有什麼關係？

舒敏正在幫冬念做進一步檢查和詢問，舒安進來了。「小姐，容嬤嬤過來催請小姐去書房。」

安然點了點頭，站起身來，帶著舒安和劉嬤嬤走了出去。

第二十二章　準備進京

到了冷弘文住的文福院，容嬤嬤把她們帶進書房後，就拉著劉嬤嬤要退出去，劉嬤嬤想了想，看了舒安一眼，便跟著出去了。

冷弘文看著舒安。「妳出去等著，我跟二小姐有話要說。」

舒安一動不動，好像沒聽到誰說話。

冷弘文喝道：「我是妳家小姐的爹，還會害她不成？出去！」

舒安還是沒有反應，臉上若有似無地，似乎還掛著一絲譏諷的冷笑。

「妳……妳……」冷弘文氣結。

安然對舒安輕聲說道：「妳到外面等我，沒事的。」

舒安點頭。「我就在門外，小姐有事叫一聲。」說完就轉身出去了。她倒不是怕冷弘文對安然做什麼，小姐雖然沒有內力，但那個什麼跆拳道攻擊力還是挺強的，她就守在門外不走遠，再說還有舒全在暗處呢。

冷弘文看著舒安帶上門，憤懣地哼了一句。「我是妳的父親！」

安然淺淺一笑。「我是稱呼您父親啊。」

冷弘文看著那似在微笑，眼底卻一片冰涼的俏臉，感覺熟悉又陌生。

「安然，妳長得真像妳娘，我第一次見到雲兒的時候，她就比妳現在大一點。妳娘喜歡笑，笑起來就像朵白雲一樣柔和……」冷弘文呢喃自語，不知道是在說給安然聽，還是自己獨自在回憶。

「可是父親，我不喜歡笑，畢竟沒有什麼值得我高興的地方。」安然淡淡地說道。

「安……二丫頭，妳在怪我嗎？那年妳把妳姨娘和姊姊都砸出血了，我能不罰妳嗎？這幾年我事忙，確實忽略了妳，妳祖母和妳母……雨蘭……也確實不夠關心妳。可是一家人哪有過不去的怨恨？妳畢竟是冷家的女兒，冷家好，妳才能好。」

安然乖乖地站在那兒，沒有反應，眼眸微微低垂，臉上依然掛著淺淺的笑意。

但此時此刻此情此景，那抹淺笑卻令冷弘文感覺到一陣陣刺骨的寒意。

「妳以為那些東西交出去對妳有什麼好處嗎？即使不被牽連，妳也成了沒有家族依靠的孤女，妳畢竟姓冷不姓夏！」冷弘文壓低聲音，想盡力讓自己的語氣更感性些。

「家族依靠？我現在是有家族，可有依靠嗎？父親所說的依靠是指那一年一百斤發霉的米嗎？還是指我娘給我訂下的婚約卻被換給大姊姊，甚至我娘的九丹環珮都變成大姊姊的訂親信物？或者說，冷家家族給我的依靠就是要把我嫁給一個傻子？這樣的依靠，父親，您以後都給其他的女兒好了，我還真不稀罕要。」安然涼涼的聲音無波無痕，就好似在說「這塊布料不好看，我不要」。

冷弘文那張臉此時就像一個調色盤，紅、黑、青、紫、白……不斷地變化著顏色。他想罵，可是罵不出什麼；他想打，可是他不敢，別說門外站著那個滿身殺氣的丫鬟，就是衝著那疊東西，他也不敢，他不能拿自己和整個冷家給這不知孝悌的孽女陪葬。

何況，現在這孽女的身後，有可能還站著大將軍王府。他想不明白，這大將軍王府在這麼多年不聞不問之後，怎麼突然想起這個外孫女了？

更令他想不明白的是，那個幫安然拿走帳冊的人到底是何方神聖，他深深感覺到那一定不是個簡單的人物，看那兩個丫鬟就知道了。

安然真的很不耐煩待在這裡看這個所謂的父親玩變臉，於是冷冷地說道：「東西在我這兒，對父親來說，也許更安全呢。您能被人拿了一次，怎能保證不被拿第二次呢？還是那句話，只要父親和您的夫人不要再來招惹我，不要再插手我的親事，我自然會把那些東西保護好。否則，我不介意魚死網破，何況，這漁網還未必一定會破呢。」

看見冷弘文動了動嘴唇，似乎想說什麼，安然又加了一句。「父親放心，此次進京，我也不會在外祖父家透露一個字的。」

冷弘文面色鐵青。「妳準備拿著那些東西要脅我一輩子嗎？」

安然輕哂。「父親放心，我沒有那個閒心，我出嫁之日必然會將那些東西還給您。不要問我嫁給誰，我現在也不知道，總之您不要插手我的事就行。」

冷弘文瞪著這個應該只有十四歲的女兒。「荒唐，自古子女親事都必須遵從父母之命，妳……」

「當然，還可以有另外一種選擇。」安然打斷了冷弘文的「義正辭嚴」。「就是請父親讓我脫離冷家，或者，您也可以以我命薄剋親為由，把我驅逐出冷家，我就立即讓人把東西送回來還給父親。」

「妳……」冷弘文一臉不可思議，見鬼似地看著冷安然，半天反應不過來。

她知不知道自己在說什麼？她知不知道一個被驅逐出去的女兒將面臨什麼？她就這麼討厭冷家，甚至憎恨冷家？竟然寧願被驅逐出族？做冷家的女兒，做他冷弘文的女兒，令她這麼不情願嗎？

如果可以，他真想此刻就親手掐死她。

冷弘文抬起頭，捏著拳，緊閉雙眼，拚命控制著自己的情緒。

不！不能放她脫離冷家！還不知道她後面的高人到底是什麼人，如果這個孽女與冷家沒有關係了，那個人和夏家沒有了顧忌，即使自己拿回了那些帳本，可能還會死得更快。現在情況不明，無論如何，必須想辦法先穩住這個女兒！

「胡鬧！」冷弘文喝道：「這麼大的人了，說話也沒個忌諱！什麼脫離冷家、驅逐出府，這些話也可以胡亂說的嗎？妳是冷家的女兒，就一輩子都是冷家的女兒。以前是父親忽略了妳，父親以後一定會好好補償妳的。」冷弘文邊說著還邊用一種慈愛而充滿愧疚的眼神看著安然，可惜他眼裡閃過的一絲算計沒有逃過安然的眼睛。

演技上佳，可以角逐奧斯卡了。安然心裡嗤笑，面上卻是絲毫不顯，紋絲不動。

冷弘文見自己的表演沒有打動這個油鹽不進的女兒，很是羞惱。勉強壓著惱意，繼續用溫和的語氣說道：「我給妳外祖父、外祖母準備了一些海產品及閩州特產，明天就能備齊。妳這一路上用的東西也要讓下人用心備好，路上能舒適些，也少些辛苦。陪妳外祖母過了年就盡快趕回來，以後就住在府裡了。」

對於冷弘文要求她住回冷府，是安然早就預料到的事情，倒也沒覺得奇怪，而且這也沒理由拒絕，遂點頭答道：「是，不過從京裡回來，還需要回平縣莊子十日左右，我和劉嬤嬤還欠著麗繡坊幾幅繡品，昨日我沒有及時趕回來，就是去跟麗繡坊的東家鄭娘子商量延後去了。」

「不能推掉嗎？我們冷府的二小姐還需要給他們做繡娘？」冷弘文皺了皺眉。

「這幾年，要是沒有麗繡坊給劉嬤嬤那些繡活，我早餓死、病死了。而且，人要講誠信，我們簽了合約就要完成那些繡活。」安然垂下眼眸，聲音還是那麼平靜無波，卻字字砸人。

「好了，到時候讓妳先回平縣十日就是了。還有什麼要求嗎？」冷弘文似乎沒受那些話的影響，堅持把慈父演到底。

「有一事還請父親應允，我離開冷府之前是有兩個貼身丫鬟的，除了秋思，還有一個冬念。昨日秋思回到府裡，費了很大勁兒才在洗衣房找到冬念，她如今身體虛弱，我希望父親讓冬念回到我身邊，畢竟她也是我娘生前給我的丫鬟。」

冷弘文對這些個小丫鬟哪有什麼印象？想想當年安然身邊的丫鬟好像就是兩個小女孩，就應了。「既然原本就是妳的丫鬟，妳要回去也應該。」

「謝謝父親，如此，安然先告退了。」安然福了一禮，見冷弘文揮揮手，就轉身出了書房。

冷弘文看著門被關上，一屁股跌坐在椅子上，深深地吸進一口氣，再重重吐出……然後便閉上眼睛，靠在那兒，沒人知道他在想些什麼。

安然帶著劉嬤嬤和舒安回到靜好苑，見秋思和小端一人拎著兩個食盒回來，說是從大廚房領回來的午飯。

安然笑道：「林姨娘還會關注我們的午飯嗎？」

「不是她，是容嬤嬤，聽說是老爺親自吩咐的，這兩天靜好苑和燕嬤嬤等人住的客院，所有飲食和需求都由容嬤嬤負責安排。剛才我還聽到容嬤嬤在跟廚房管事說，老爺吩咐在二小姐從京城回來前，靜好苑的小廚房必須建好。」秋思笑嘻嘻地回答，還一臉得意樣。

老夫人小戶出身，貧寒日子過怕了，最是小氣節省，冷府裡從來不允許設小廚房，看來冷弘文這次真的是要「慈父」一把、「真心」補償了。安然心頭一陣冷笑。

吃了飯，安然幾人開始議事。

先跟燕嬤嬤確定了後日辰時中出發，又建議了一些需要增添的東西，燕嬤嬤連連稱讚安然考慮得周詳。

安然心裡偷樂，她只是好享受、怕吃苦罷了。這裡去京城，可不是坐三小時的飛機而已，而是要在馬車上顛簸半個多月呢。

接著是取回妝奩盒和送冬念回平縣夏府的事，分別安排給了舒安和秋思去辦。

正事談完，安然覺著有些困乏，她一向喜歡午飯後小睡一會兒的。

秋思最瞭解安然，笑道：「小姐的屋子已經備好了，我們找容嬤嬤要來了新的被子、枕頭等物什，您可以先去睡會兒。」

午睡起來，安然像平日一樣練了幾張小楷，也沒有出靜好苑，她實在沒有興趣看到冷府那些人。

秋思出門約莫兩個時辰就回來了，告訴安然已經跟平福、麗蘭以及柱子叔他們約好，明天早上他們三人在城外官道路口等，把冬念一起接回平縣去休養。

安然對冬念說：「妳到了那裡什麼都不要操心，就好好調養著，把身體養好來比什麼都重要。舒敏會為妳準備好補身的藥方和塗手的藥膏，妳一定要按她說的做。有什麼事就找舒心，她會安排人好好照顧妳的。」

冬念點頭應是。「小姐不用擔心奴婢，奴婢心裡也希望快點好起來，可以繼續在小姐身邊服侍呢。」

快到戌時的時候，舒安也回來了，手裡拎著一個包袱，放在桌子上打開，是一個黃花梨木做的妝奩盒，刻著如意花紋和大大小小的「福」字，做工很是精美。

舒安喝了一大口水，說道：「雲祥師太在半個月前應太后召見去了京城，今天泉靈庵的後院又有客人，雖然埋這盒子的位置很偏僻，我還是等了很久才等到機會動手。」

說完用手摸著妝奩盒的刻紋嘆道：「那個柚香姊姊真細心，盒子用了很多層油紙包得緊緊的，所以即便埋在土裡這麼多年了，盒子都完好無損。」

靠在榻上的冬念眼淚又撲簌簌地掉下。「柚香姊姊被他們那麼折磨，到死也沒有透露這個妝奩盒。」

舒安安慰道：「妳別傷心了，小姐今天讓我在泉靈庵也給柚香姊姊供了一盞長明燈，就放在夫人的長明燈旁邊。現在這盒子回到小姐的手裡，柚香姊姊一定會很開心的。」

「嗯。」冬念用力點點頭，她自己也為能完成柚香姊姊的心願而開心不是嗎？

安然把妝奩盒子抱在懷裡，眼淚開始不由自主地掉了下來，心裡酸酸澀澀的很難受。她意識到這應該是這具身體的本能反應。不過，當她想到這是一位母親想盡辦法給女兒留下的一份摯愛，是一個忠婢寧死保下的一份情意，是一個感恩護主的小丫鬟死死守住的信念，她也真是控制不住自己的眼淚了，情意無價……跟這個盒子裡到底有多少財物毫無關係。

劉嬤嬤抹了抹濕漉漉的眼角。「姊兒，莫哭了。夫人的最後心願沒有白搭，沒有落在那些人的手裡，夫人也可以安心了。柚香的死、冬念這麼多年的苦，也算有個回報。」

安然點點頭，擦掉眼淚，讓劉嬤嬤把妝奩盒收進行李。

京城，慶親王府，剛剛受了封旨繼任慶親王爵位的鍾離浩正在看南征遞過來的飛鴿傳書。

「小丫頭要來京城了？」對於安然有機會跟大將軍王府恢復關係，鍾離浩還是很替她高興的，父族不靠譜，她只有母族可以依靠了。當然，她還有他，以後他一定會名正言順地成為她最堅實的依靠。想到這裡，鍾離浩冰冷的眼眸裡有了一絲暖意。生活於他，多了些陽光和期待，讓他可以抵禦這王府中的陰冷與昏暗。

他也不是沒有想過自己出面去幫忙調解小丫頭和夏府的關係，小丫頭的三舅舅夏燁林多在皇兄跟前，鍾離浩跟他自然也走得近。

鍾離浩是當今皇上鍾離赫的堂弟，他們兩人的父親是親兄弟，母親是親姊妹。鍾離浩的父王老慶親王曾經拚死救了先皇，鍾離浩年僅十三歲時又單槍匹馬從一群死士手中救回鍾離赫，而且鍾離浩自小在當今太后跟前長大，與當年還是太子的鍾離赫情同手足，鍾離赫一直把鍾離浩當成最親近的小弟弟。

因此，鍾離赫與鍾離浩之間的感情，比其他嫡親兄弟之間的情意還要深厚。鍾離赫登基之時，當著所有皇室宗親、滿朝重臣的面親口要求鍾離浩稱呼他為皇兄，稱皇后為皇嫂。

也因此，皇上最疼愛的弟弟鍾離浩和經常在御前行走的大紅人夏燁林，關係自然也是親近。如果鍾離浩讓夏燁林幫忙充當橋樑拉近小丫頭和夏府的關係倒也便利，他可是知道那夏燁林對姊姊夏芷雲也有很深的感情。

但再一思量，感情這東西最是複雜，也最是脆弱，除非真正由心底發出，否則不堪一擊。而且他的小丫頭那麼靈慧、那麼讓人心疼，還是由她自己去爭取親人的疼惜吧，他相信她能夠做到的。

這不，她已經成功地踏出了第一步。

鍾離浩唇角勾起一絲笑意，一閃而過，隨即暫時放下小丫頭的事，冷聲問道：「那幾個人呢？這些天都沒動靜？」

南征撇嘴。「一個個倒是一副收了心的模樣。太妃把她娘家的幾個侄女招來陪她。許側太妃除了給太妃請安，其他時間都待自己院子裡沒出來，聲稱要為老王爺抄往生經三百六十五遍。二爺忙著拜訪親友，感謝他們在老王爺後事上盡心出力。三爺則越發用心苦讀，不是去宮學（注）就是在自個兒書房裡。」

鍾離浩冷嗤一聲，揮了揮手讓南征出去，自己在書桌上鋪開了宣紙。今天他要為父王畫一幅松圖，父王生前一直想要的。

鍾離浩擅長丹青，尤其長於畫松。

第二十三章　姑姑來了

天色已晚，安然正在對著燭光想著進京後的事，小端進來說道：「小姐，老夫人院裡的青豆來請您過去，說是姑太太來了，老爺、夫人，和所有少爺小姐都過去了。」

姑太太？冷幼琴？她不是在平縣嗎？怎麼這時候過來？

秋思拿了一件鵝黃色錦緞斗篷過來給安然披好，提了門簷上那盞絹紗圍製的宮燈遞給舒安。在秋思看來，那些人找安然就沒好事，太多人跟著又會讓老夫人找碴，還是得舒安和舒敏兩人在小姐身邊比較好。

安然三人跟著青豆來到慈心院，果然眾人都到了。只見一位著桃紅色襖裙的婦人正攙著老夫人的左手臂說話，老夫人的右手邊則依偎著一位一身蔥綠色的年輕姑娘，正是上次在路上差點撞倒安然，並聲稱「福城知府是我親舅舅」的那位姑娘，俞家二小姐俞慕雪。俞慕雪的身旁還坐著一位著藕荷色短襖、紫色長裙的少婦，看上去十七、八歲左右，相貌跟俞慕雪有幾分相似，不過更沈穩大氣些。

俞慕雪也認出了安然，站起來指著安然就衝過來。「是妳，原來上次害我摔倒的就是妳這個掃把星，看我怎麼收……」

「啪」地一聲，舒安一巴掌打斷了俞慕雪的叫罵。

注：宮學，宮中所設為王室子弟求學的地方。

俞慕雪呆住了，她長這麼大，只有她打人的分，哪有人打她的？而且打她的還是個丫鬟？還是那個最不討喜、被丟在莊子上的冷木頭的丫鬟？

還沒等俞慕雪醒神過來朝老夫人嚎哭，舒安掏出一塊帕子擦了擦手丟在她面前。「我說過，不管是誰對我們小姐不利，是打是殺我都敢做，你們也不要再問我怎麼敢了，都是廢話。」

「妳……妳……娘，這都是哪來的粗野丫鬟啊，娘您可得為雪兒作主啊！」冷幼琴氣得指著舒安的手都在哆嗦，轉向老夫人哭道。

俞慕雪這才反應過來，撲在冷老夫人懷裡大哭起來。

老夫人向安然喝道：「雪兒是妳的表妹，妳怎麼這麼狠心？妳要不招惹她，她會罵妳嗎？妳好好的做什麼害她在大街上摔倒？」

安然冷笑著看向老夫人。「老夫人，您還是先問問這位雪兒表妹吧，她和她的兩個丫鬟要是不願意說實話，那天大街上可是很多人圍觀的。她自己摔倒，還希望人家給她當肉墊子，滿嘴喊著福城知府是她的親舅舅，讓那麼多人都在那兒議論冷知府家仗勢欺人，我看她這是擔心父親這知府位置坐得太穩了吧？難道不知道朝廷現在對稱霸一方的地方官盯得最緊嗎？」

「妳……妳胡說！妳……」俞慕雪大叫。

「閉嘴！以後在外面不許隨便打著我的名號！」冷弘文指著俞慕雪喝道。

「大哥，雪兒可是你的親外甥女啊！」冷幼琴一臉控訴地看向冷弘文。

冷弘文不為所動，笑話，親外甥女又怎樣？他的官位不穩，外甥女養他嗎？那個俞家只知道打他的名號、占他的好處，暗示了幾次要他們幫忙拿點錢出來打點上面，一點動靜都沒有，只知道哭窮！不然他也不用冒險黑下那些官銀，現在更不會卡在冷安然手上。以為他不知道冷幼琴透過老夫人賺了多少好處？要不是只有這麼一個妹妹，哼……

俞慕雪身邊的少婦拉了拉冷幼琴。「娘，是雪兒不懂事，小孩子心性。那天的事我知道，是雪兒自己摔倒了覺得沒面子，跟安然妹妹賭氣而已，您就不要生氣了，我們今天來可是有事請安然妹妹幫忙的。」

老夫人奇道：「二丫頭能幫你們什麼忙？一個小丫頭片子的。」

冷幼琴被大女兒提醒了一下，正了正神色，冷眼看向冷安然。

安然今天梳了個反綰髻，插一朵鵝黃色絹花，像極當年剛進門的夏芷雲，卻更顯俏麗生動。身上穿了一襲水青色長襖裙，鑲蔥綠色錦緞窄邊，繡黃蕊白梅花，站在那裡，就像亭亭玉立的水仙花，說不盡的清雅貴氣。剛剛進門時披著的那件鵝黃色斗篷，此刻正掛在旁邊那丫鬟手臂上。

怎麼可能？這是那個被扔在莊子上五年多的二丫頭？就算她們現在賣食譜掙了些錢，可是吃了五年的霉米，又在鄉下長大沒人教導，哪來這通身清貴逼人的氣勢？

冷幼琴端起長輩的架子，冷聲說道：「二丫頭，我是妳的姑姑，這位是妳的表姊慕泉，那是妳的表妹慕雪。」

「姑姑安，表姊表妹好。」安然眼皮子都沒抬一下，福了個禮，淡淡地打了招呼，但是禮節周全，誰也挑不出刺。

「妳們說啊，二丫頭能幫妳們做什麼？」老夫人追問。冷弘文已經再三警告一家大小不要去招惹二丫頭，尤其她馬上就要離開去京城大將軍王府了。

「娘，您不知道您這孫女本事有多大，那雙福樓來平縣，本來就把我們兩家香滿樓的生意擠掉了一半，這死丫頭還賣什麼菜譜給他們，聽說他們雙福樓所有店鋪的生意都因此增加兩成了呢，她這是存心要我們香滿樓死啊。」冷幼琴說完，狠狠地瞪了安然一眼。

「啊？菜譜？是二丫頭嗎？妳、妳們搞錯了吧？」不只老夫人不相信，冷弘文、林姨娘和在場的眾多人都驚訝地看向冷幼琴，這姑太太不是魔怔了吧？

冷幼琴恨聲道：「怎麼可能搞錯？我們老爺花大錢把一個之前在雙福樓做事的小夥計請到我們香滿樓來做管事，這些都是他說的。他還迎二丫頭進店過呢，說每次都是大掌櫃甚至大少爺親自接待。就我們過來的前一天，還在雙福樓對面的街上看到馬掌櫃親自送二丫頭出來。有人聽到馬掌櫃叫她安然，我才想起二丫頭，再看她那張臉和夏芷雲那麼像……我跑莊子上去想確認一下，那莊頭娘子說你們接她回府了，我們家老爺就讓我過來看看。」

老夫人不可置信地看著安然。「二丫頭，妳姑姑說的是不是真的？妳哪裡來的什麼菜譜？還會作什麼對聯？」

「菜譜是一個老婆婆給我看，我記下來的。連一年一百斤發霉的米都三拖四欠，我們三人幾乎餓死，我病倒了大夫都請不來，賣菜譜換點米錢、藥錢不可以嗎？」安然淡然回答道，依然是眼皮都沒動一下。

「妳……之前不知道就算了，現在妳趕緊把那些什麼菜譜寫出來給妳姑姑，也不枉妳姑姑疼妳一場。」

安然面無波瀾，沒有絲毫反應，舒安卻是冷哼一聲。「不枉疼一場？說這話也不怕牙疼？人在做，天在看呢，姑太太您說是不是？」

安然真是很喜歡舒安這個「代言人」啊，好像跟她也有心靈感應似的，她不好說的話舒安總是能那麼及時到位地說出來。

「妳……妳……」冷幼琴滿臉脹紅，說不出話來。

俞慕泉心裡嘆了一口氣，臉上迅速堆起笑容。「安然妹妹，我娘一直很疼妳的，她真不知道妳在莊子裡過得不好，如果她知道，一定會勸舅媽對妳好點的。我娘總是提起妳的親娘多麼和善，提起妳小時候多麼乖巧，如果她知道妳過得不好，一定會把妳接到我們府裡來。」

林姨娘在一旁氣得後牙槽格格響——你們對那賤丫頭很好嗎？不知昧下多少夏芷雲的東西，占盡了便宜，還在這裡踩著我向那賤丫頭示好！

俞慕泉不知道此刻自己被舅媽恨得牙癢癢，她繼續勸道：「怎麼說，我娘都是妳的親姑姑，妳不會看著我們家不好吧？」

這個表姊可比她娘和她妹妹聰明多了。安然心道。抬眼看向俞慕泉。「表姊想多了，只是我和雙福樓簽有協議，不可以把菜譜再給別家酒樓。如果違背協議，那賠償金可不是一般人家可以付得起的，還望姑姑和表姊見諒。」

冷幼琴狠瞪了安然一眼，對著冷弘文喊道：「大哥，我可是你唯一的親妹妹啊！你就看著二丫頭這樣害我們俞家嗎？」

冷弘文哪裡顧得上他那個妹妹的委屈，此刻他正被自己的「頓悟」嚇得兩腿發軟。雙福樓？薛家？那可是當今太后的娘家。聽說雙福樓是由薛家未來的掌家，自小出入皇宮、與當今皇上關係密切的薛大少爺親自打理。雖然薛家為了避免外戚拿大的嫌疑，宣稱太后在位期間薛家人不得入朝為官，可那是百年世家，是世襲的敬國公府，是太后的娘家，能沒有自己的暗勢力嗎？

難怪有這麼凌厲狂傲的丫鬟在二丫頭身邊，難怪能截取齊府的重要信件，能潛進秦家傷了秦宇風，難怪能神不知鬼不覺地拿走自己的帳冊……還有，他總算明白夏家為什麼會突然關心起二丫頭來。

冷弘文越想越覺得手腳冰涼，不能再激怒這個二丫頭了，一定要把她的心扳回冷府才是……

「舅舅，您趕快讓她交出菜譜啊，您看她把我娘氣成什麼樣了？」俞慕雪大聲嚷嚷著。

「閉嘴！妳胡嚷嚷什麼？」冷弘文怒吼。「然兒答應薛家的事怎麼能反悔？薛家是你們惹得起的嗎？都給我閉嘴，不許再逼然兒要什麼菜譜，否則都給我滾出冷府。」

眾人，包括老夫人都愣住了。

冷弘文沒有理睬她們，轉身對安然和藹地說道：「然兒妳不用理會她們，明天一早就要進京了，趕緊先回去休息，明早父親送妳。」又交代舒安。「妳們二人小心侍候然兒回去，幫妳們小姐把斗篷繫好，別受寒了。」

安然被冷弘文的「和藹」姿態，和左一個「然兒」右一個「然兒」狠狠雷到，只覺滿身雞皮疙瘩都起來了。不過她很快回過神，乖巧地應是，行禮告退。

待安然主僕三人出了廳房走遠，那些人都還沒回魂。

冷弘文對著眾人說道：「你們都給我記住了，不許再去招惹二丫頭，否則莫怪我翻臉不認人。娘，您以後也對二丫頭好些，跟她多親近親近，她可是您的正經嫡孫女呢。」說完就轉身走了，不再理會這一眾人的反應。

林姨娘正握著冷安蘭的手抓得死緊死緊的，痛得冷安蘭呼出聲來。什麼叫正經嫡孫女？難道她的四個兒女不是嫡孫嫡孫女嗎？

俞慕雪咕噥道：「大舅舅這是中邪了嗎？他不是一向最不喜歡那個冷木頭？」

「閉嘴！」老夫人對俞慕雪喝道：「妳大舅舅也是妳能非議的嗎？」又轉向林姨娘。「天也晚了，你們都回去吧，妳安排人收拾一下琴兒常住的院子，她們娘仨待會兒過去。」

「是，娘放心，我會安排好的。」林姨娘帶著兒女、姨娘們退了出去。

「娘，這是怎麼回事，那個二丫頭她……不是……你們為什麼突然接她回府？還有她明天進京嗎？去哪兒？」

「大將軍王府派人來接她去京城過年。」老夫人深感疲憊地靠在貴妃榻上，大丫鬟紅豆趕緊上前幫她揉肩，青豆則端來一碗銀耳雪梨羹服侍老夫人喝下。

「大將軍王府？夏家？他們不是一向不管二丫頭的嗎？十幾年了也就夏芷雲快死那會兒讓人來過兩次。」冷幼琴驚訝地問道。

「是啊，我也覺得奇怪，可是最近發生了一些事，大將軍王府真有可能站在二丫頭的身後。琴兒，聽妳大哥的話，不要去招惹她了，大將軍王府要是對付妳大哥的話……我們惹不起，妳二哥一家還在京城郊縣呢。」

「這……可是我們怎麼辦？如今香滿樓的生意越來越差，我們家老爺都快愁死了。」冷幼琴皺眉道：「都怪林雨蘭，一個小丫頭片子能吃多少糧食，偏偏她那樣苛待二丫頭，搞得現在跟仇人似的。要是這次二丫頭去跟她外祖父母告上一狀，夏家有心為她出氣怎麼辦？」

「唉，誰知道夏家會突然冒出來？算了，你們先想其他辦法吧。二丫頭那邊，先緩緩關係再說。」老夫人乏了，靠著身後的大迎枕閉上了眼睛。

冷幼琴只好帶兩個女兒跟著青豆去了院子。

慈心院總算安靜下來了，可林姨娘的雨馨院裡卻是熱鬧得很，隔一會兒一片噼哩啪啦的聲音。第二天清晨，錦秀輕手輕腳進了林姨娘的臥房，只見她家主子就那麼靠在椅子上睡著了，滿地都是碎瓷器片。

安然一早去向老夫人辭別的時候，冷幼琴母女也在那兒跟老夫人道別。

冷幼琴正向冷老夫人訴著俞慕泉的難處。「唉，那個麗繡坊也不知從哪兒請了個高明的繡娘，竟能繡出那不可思議的雙面繡，可把田老爺愁壞了，脾氣特別大，現在田家人都小心著不敢招他眼，連那天天在青樓、賭坊泡著的四少爺都老老實實待家裡了。要不是我們家老爺非要泉兒陪我走這一趟，我還真是不想讓她跟著。田家三個嫡子媳婦中，那大少奶奶是官家小姐，娘家硬氣，五少爺聽說訂的也是負責甄選皇商的官員家的侄女兒，只有我們家泉兒底子薄些，虧得三少爺受寵，又愛重泉兒，這才沒有太落臉。所以啊，這關口上，可不能惹田老爺挑刺兒，我們還是早點趕回去的好。」

安然也不打擾，站在一邊，看著窗外的樹葉隨風落下，如同彩蝶飛舞。她來到大昱的時候是盛夏，現在已經入冬了，時間過得真快。

「二丫頭，妳是來道別的吧？這就走吧，路上小心照顧好自己。」冷老夫人看向她。

安然走上前，福了一禮。「是，拜別老夫人，拜別姑姑。」說完就轉身出去了。

老夫人看著她的背影，搖搖頭，嘆了口氣。這個孫女，以前她是不上心，現在是無從上心。看著那一副表面恭敬實則疏離的態度，和一聲一聲「老夫人」的稱呼，她就知道自己和這個孫女實難做到兒子想要的「親近」。

為什麼會這樣？是她做錯了嗎？不，她沒有錯，都是那夏芷雲母女不好，才造成今天的局面。她起早貪黑、省吃儉用，養大三個兒女，供出兩個進士兒子，尤其長子冷弘文還是當時最年輕的探花。

冷弘文費盡心思娶了夏芷雲進門，可冷老夫人的心裡很不舒服，她只是小門小戶出身，四十多歲了都沒有離開過那個小縣城，兒子卻給她弄進了這麼一個京城裡出身高貴的名門大家閨秀做媳婦，還帶著大筆嫁妝，這不是打她這個老夫人的臉嗎？

那個夏芷雲還算識相，一進門就將大半嫁妝併入府中做為冷家家產，這才讓老夫人的心裡略微舒服了一點。這時，進京探望她的哥哥提醒了她，這樣大背景又有錢的媳婦若壓不住，她這個老夫人就要被架空，那些嫁妝她也動不了。

終於，在夏芷雲進門三年無子後，老夫人把侄女林雨蘭抬進來做了貴妾，雨蘭也爭氣，一進門就有了身孕，老夫人這才斷了夏芷雲的藥。

到了福城一年後，夏芷雲才生下一個女兒，卻也虧了身子，後面再無所出。

冷弘文因為夏家對他的冷漠，對夏芷雲越來越不滿意，兩人因為夏芷雲不願意去求助夏府的事經常爭執，冷弘文基本上都宿在了林姨娘和趙姨娘院子裡。

老夫人對此樂見其成，那夏芷雲表面雖然柔順，內裡卻是孤傲清高，從來沒能讓她這個老夫人有做婆婆的成就感，哪裡比得上她那乖巧孝順的侄女雨蘭。就連夏芷雲生的孫女安然也跟她不親，一點不如自小在她身邊養大的安梅和安松可人疼。

夏芷雲病死，冷弘文翻遍了整個晴雲閣都沒找到她那另一半嫁妝，正在氣頭上，冷安然又砸傷了林姨娘和冷安梅，氣得冷弘文差點就想打死這個從來不討他喜歡的孽女。冷老夫人索性建議將冷安然送到莊子上去，眼不見為淨，而且可以好好搜一下靜好苑。

沒想到這麼多年過去了，冷安然竟然又搭上了夏府，還得到什麼菜譜，想到這個，冷老夫人就生氣。明知道自己的親姑姑家開著兩家酒樓，竟然把菜譜賣給別的酒樓跟自己姑姑作對！這個死丫頭跟她娘夏芷雲一樣，都不把自己真正當作冷家人，都是養不熟的白眼狼。

前院裡，冷弘文已經等在那兒，看到安然走過來，從冷貴手裡接過一件白色貂毛大氅，親自給安然披上，將絲帶打了個蝴蝶結。「路上小心，照顧好自己，到了京城給父親來個信。」

安然在那瞬間真的有點被雷得暈乎了，真情？轉變太快，很假。假意？那眼裡似乎還真有一絲暖意。

「是，父親，您也保重。」安然屈膝行禮，然後由舒安扶著上了馬車。

如果能夠維持一種表面的平和，互不干擾，只要不損及自己的利益，安然不介意與冷弘文偶爾表演一下「父慈女孝」，你不犯我，我不犯你。

第二十四章　瑾兒

安然上車後好好打量了下外祖母的這輛專用馬車，車廂比鄭娘子那輛馬車還大了三分之一。正對著門的長椅，也就是她現在坐的地方，寬得就像一個榻。上面已經鋪了一層厚厚的粉色軟褥，右邊上放著一床粉色錦被和一個枕頭，靠著車壁還擺放著兩個靠墊。

車廂的左右兩邊各有一扇窗，掛著粉色的窗簾，窗下是正常寬度的長椅，也各放了兩個靠墊。長椅下面不是空的，而是放置物品的帶門木櫃。車廂正中是一張兩層的高腳桌，第一層上放著安然專用的瓷杯和一個裝滿點心水果的圓盤，第二層放著一些零碎小物和兩本書。桌下還有一個小火爐，裡面擺了銀霜炭，火爐上架著一個小小的燒水壺，一爐兩用，既可取暖，又可燒水。

這還真是豪華車廂啊，安然萬分感嘆，果然很適合長途遠行。

車隊行駛到官道路口的時候停了一會兒，安然知道是柱子叔的馬車來接冬念了，拿出一封信遞給秋思。「讓麗蘭把這信帶給福生哥哥。」

秋思應聲而去。

很快，秋思回來了，車隊繼續前行。

安然把窗簾掀開一條縫，讓自己能透過窗菱格看到外面的風景。其實安然的心裡真有點歡欣雀躍，前世的她就最喜歡旅行，這裡去京城從南到北大半個月，還真算是一次長途旅行了。

馬車行駛了九天，很快就要到浙州的杭城了。這一路行來看到的地貌和民俗風情，讓安然覺得這大昱的版圖分布還真像前世的大中華，地名都像。照著舒敏的描述，這杭城不就是前世的杭州嗎？安然不得不感慨時空的神秘和奧妙。

這裡的杭城也是大昱絲織業的中心，聽說薛家在杭城就有一間幾百人的大織造坊。

「待會兒進了城一定要去逛逛，買點小玩意兒。」安然笑咪咪地說道。

「小姐，您那榻下一大半空地都裝了您買的那些玩意兒了，人家出門，車上的東西是越走越少，我們是越走越滿。」小端嘟囔著。

她家小姐可真是精力充沛且購買慾旺盛，一路趕來那麼辛苦，停下來住店時只要天還不是太晚，她都要去逛店鋪，一大早出發前還要逛集市。連茶葉、瓷器這些平縣都能買到的東西也弄了不少，而且經常買一些沒人要的奇奇怪怪的玩意兒，有一次還從兩個番人手裡買了一大堆好幾種怪怪味道的東西，說是什麼調料。

「呵呵，妳家小姐我買的可都是物美價廉的好東西呢，以後妳就知道了。」安然拿手上的書輕敲了一下小端的腦袋。

幾人正說笑著，馬車停下來了，燕嬤嬤走過來說道：「表小姐，護衛說到杭城還有一個半時辰，我們在這裡弄點東西吃了再走，您也下來走走？」

「好咧！」安然扶著舒安的手跳了下來。「正好活動活動筋骨，呼吸一下新鮮空氣。」這裡是一片小山林，可以好好補補氧。

「表小姐的花樣就是多，這空氣還有新鮮不新鮮的啊？」燕嬤嬤笑著拉了劉嬤嬤一起去安排生火弄吃食，秋思和小端也跑去幫忙。

安然帶著舒安和舒敏在附近的小道上慢走，還一路揮揮手臂踢踢腿的，突然，從前面傳來微弱的哭聲。

「舒安，妳們有沒有聽到什麼聲音？」安然凝神，專注地豎起耳朵，好像是小孩子的哭聲——

「阿姊……阿姊……」

舒安和舒敏都是練武之人，聽力自然比安然好，只見舒安腳尖輕點，躍到一棵樹上。很快又飛了下來。「小姐，前面有座小山神廟，哭聲應該是從裡面傳出來的。」

「走，去看看。」安然說著就往前快步走去。

舒安和舒敏有些驚訝地對視一眼，趕緊跟了上去。她們跟在安然身邊也有兩個多月了，知道她不喜歡管閒事、湊熱鬧，有時候街上圍著好多人看什麼比武招親、人蛇互鬥，或者什麼賣身葬母、跪求自賣之類，小姐總是拉著她們快步離開，還說「人多的地方是非多」、「好奇心害死貓」。

她們就沒想明白為什麼是「好奇心害死貓」？要也是害死人啊，她們又沒帶貓。再說，貓不懂得好奇吧？

她們不知道的是，安然前世今生都很相信自己的直覺，經常是憑著直覺行事，尤其對於偶然的突發事件。

小山神廟不遠，大約就是一百公尺左右，因為廟很小，又都是樹擋著，她們剛才才沒看見。

到了廟門口，舒安向舒敏使了個眼色，先邁了進去，舒敏一拉將安然護在身後，很快就聽見舒安喊了一聲——

「沒事，進來吧。」

安然和舒敏走進去，只見供奉香案前面的地上躺著一個穿著藏青色男裝、披散著長髮的姑娘，看起來大概十七、八歲，臉色青黑、嘴唇發紫。她身邊坐著一個四、五歲的男孩，此刻正滿臉淚痕地看著安然三人。

舒敏給那姑娘粗略檢查了一下，站起來對安然說道：「她中了劇毒，而且拖得太久，沒得治了。」

「快，我那盒子裡有黎軒哥哥的萬花丹，妳跟我去拿來。」安然說著就要往外跑。

「沒用的。」舒敏叫住了安然。「公子的萬花丹是可以解大多數毒，可這姑娘中的是幾種毒藥混合的毒，其中好像還有阿依族的特製毒藥，而且時間太久了。如果剛中毒時及時服下萬花丹，還能抑制一段時間，另外配解藥，現在……」舒敏搖了搖頭，在安然耳邊小聲說道：「她好像自己服用了什麼抑制的藥物，但是這樣拖著是非常痛苦的。」

「不……不，妳們救救我阿姊……求求妳們……救救我阿姊……」小男孩撲上來抱著安然的腿哭求。

「瑾兒，不要為難人家，阿姊的毒確實是沒得救了。」那位姑娘對小男孩說道。又看向安然。「小姐，您是好人，但我自己知道，我已經不行了，我也懂毒。」說著就要強撐著坐起來。

舒敏半抱半扶地幫她坐起來靠著後面的案台。

姑娘接著對安然說：「只求小姐行行好，能夠收留瑾兒，他才剛剛五歲，一定是天神保佑瑾兒，才讓妳們到這兒的，小姐，求求您，收留瑾兒，他很乖的。」

安然看著哭得唏哩嘩啦的小瑾兒。「你們還有親人嗎？要不我們幫妳把弟弟送回去？他還這麼小，有親人照顧比較好。」

姑娘拉起瑾兒的手。「瑾兒，阿姊口渴，你去外面的樹下採一把酸酸草給阿姊嚼，好不好？」

瑾兒一聽，擦了擦眼淚就站起來往外跑。安然忙讓舒安跟了上去。

姑娘從懷裡掏出一個小布包，裡面是一個刻著「瑾」字的水滴形玉珮、一張生辰八字，和一塊刻著「郭」字的虎形鐵牌。

姑娘看著安然。「瑾兒不是我的親弟弟，我是阿依族人，他是大昱人。五年前，我爹和哥哥去山上打獵時在一個山洞裡見到一對渾身是血的夫妻，那個男人已經死了，而那個女人在看到我爹他們後，看了一眼懷裡躺著的小瑾兒，也死了。那時瑾兒才出生不到十天，裹著女子的裡衣和一塊虎皮，這塊玉珮和生辰紙都在瑾兒的身上，而這個鐵牌是在他父親身上找到的。我爹娘就把這些東西收在一起，想等瑾兒長大後交給他，也許他可以找回自己的家族和其他親人。」

姑娘深喘了一口氣繼續說道：「我爹說，看那兩個人的衣物應該是大昱人。小姐，求求您收留瑾兒，能讓他吃飽長大就行。如果可以的話，還請小姐以後能將這些東西交給他。」

「妳放心，我會好好養大瑾兒的，有機會也會幫他找到親人。」安然握著姑娘的手，很艱難地勸道：「妳如果確實很痛苦，就……就不要硬撐了。」

姑娘了然地笑了笑。「小姐，您是好人，天神會保佑您的。」說著又吃力地抬起手從身邊的包袱裡掏出一本用錦緞包著的本子。「我娘是阿依族最好的織錦女，這本子裡是她一生的心血，請小姐收好，算是我們家人對您的報答。」

這時，門外傳來了瑾兒跑進來的聲音。「阿姊……阿姊……」

姑娘一把包起地上的東西塞給安然，祈求地看向她，安然安撫地笑笑，很快把東西收進懷裡。

瑾兒奔進來坐在姑娘身邊，舉著手上的一把草。「阿姊，酸酸草。」

姑娘摸了摸他的臉。「瑾兒真聰明，阿姊教一次你就記住了，瑾兒長大了，要堅強……

要懂事……以後……聽這位姊姊的話好不好……阿姊在天上會看著你的。」說完想把手上的酸酸草送到嘴邊，抬手到一半卻滑了下去，再也抬不起來了……

舒安找來兩個護衛一起幫忙，就在附近把那阿依族姑娘安葬了。安然問哭得可憐兮兮的瑾兒他阿姊叫什麼名字，瑾兒搖搖頭，說阿爹阿娘叫阿姊「茹兒」，大家沒辦法，就在木牌上刻了「茹兒之墓」四個字。

吃了飯，繼續前行，耽擱了這好大一會兒，進城只得直接找客棧。

瑾兒還小，劉嬤嬤便說讓她帶著瑾兒跟燕嬤嬤住一間。

可這瑾兒自從茹兒下葬後，就一步都不肯離開安然，那小鹿一般純亮的眼睛看得安然心裡軟軟的，實在不忍拒絕他，對劉嬤嬤說道：「就讓他跟著我住吧，他很乖的，剛才在車上快兩個時辰都沒鬧，自己玩我給他摺的小青蛙。」

說到這裡安然突然想到要弄點玩具之類的給瑾兒，還有十二、三天的路程呢，這麼小的孩子，乾坐著多難受。而且安然注意到瑾兒在馬車上的時候，玩著玩著就發起呆來，眼裡濕濕的，明顯是想他阿姊了，卻又不敢哭出來，是怕煩到安然幾人呢，這才多大呀！

可不論是跳棋、魔術方塊，還是拼圖、積木，都不可能在一個晚上找木匠做好。對了，五子棋，安然突然想到可以買圍棋來教瑾兒玩五子棋。舒安她們也可以學學，打發在車上的無聊時間。

於是，到客棧的房間裡稍微收拾一下，安然就帶著瑾兒和舒安等人出去逛街了。她給瑾兒買了兩身冬衣，一件大毛斗篷，一雙棉鞋，還買了一頂毛絨絨的兔毛小帽子。本來還想給他買一些風車之類的小孩玩意兒，可是瑾兒不肯，說他是大人了，把安然幾個直接笑噴，好說歹說，這個五歲的「大人」才點頭買了一個小老虎的面具。

安然又選了一些別致的檀香扇和綢傘，一盒上好的龍井茶。最後，到書齋買了一套圍棋和棋盤。

秋思負責馬車上零食的補給，買了一些點心和蜜餞，還為瑾兒準備了兩串冰糖葫蘆。

幾人滿載而歸，在客棧樓下一人吃了一碗熱湯麵，就回房間洗漱休息去了。

瑾兒今天剛剛換了環境和身邊的人，又沒了阿姊，睡不著，想想眼睛又紅了。安然拿出棋盤放在床上，把瑾兒圈在懷裡開始教他玩五子棋，睡在旁邊榻上的舒安也跑過來看。

三人玩了一會兒，小小年紀的瑾兒終於撐不住，靠在安然懷裡睡著了，小手還緊緊抓著安然的衣襟。

舒安趕忙收起圍棋，安然把瑾兒放平，自己也挨著他躺下。

桌子上的蠟燭被舒安吹滅，安然抱著軟軟的瑾兒，心裡感慨萬千，前世的安然也曾經夢想有一個溫馨的小家，生一個香香軟軟的小朋友。可是緣分弄人，不是人不對，就是時間不對，總是沒等到那「真命天子」的到來。她也曾想過，或許是因為她心裡始終沒有放下Steven吧，今天她買圍棋的時候，那個人的身影又出現在她的腦中。

Steven曾是安然所在公司的老總，臺灣人，比安然大了十二歲，整整一輪。那時安然二十八歲，是Steven的助理。當時公司裡的臺灣協理、經理什麼的基本上都在大陸這邊養了二奶、三奶，有的還棄了在臺灣辛苦持家的妻子，直接在大陸這邊安了個家。

反倒是Steven這個博學穩重、渾身散發著成熟男人魅力的「老大」，從來沒有傳出一點桃色新聞。要知道女裝公司女人多，女人多的地方可是一丁點八卦都藏不住的。

安然在公司最好的朋友是人事部的副理Linda，她可是老大的頭號粉絲，成天在安然耳邊說著老大的「傳奇故事」。

故事一：老大在臺灣的妻子是他父親故去戰友的女兒，他父親以不做手術為要脅，強迫他同女友分手然後娶了他妻子。工廠廠長是老大的大學同學，親眼見證了老大當時的痛苦。傳出這個故事的正是廠長的二奶。

故事二：老大不愛他的妻子，但很愛他的女兒，他的辦公桌上、錢包裡、電腦桌面背景都是他女兒的照片。每次回臺灣都會給女兒買很多東西，偶爾也會給妻子買一件禮物。自從他的女兒到美國讀高中，老大回臺灣的次數就從兩個月一次變成了一年兩次。這些八卦紀錄來自在老大身邊已工作六年的秘書。

故事三：老大有一個超級美女粉絲，就是公司在新加坡的最大客戶，那個女人要貌有貌，要財有財，愣是為了老大年近四十還獨守閨中。老大卻坐懷不亂、不為所動，生生浪費美人一片熾熱情懷。真是聞者感動，聽者流淚……

Linda每每見安然不為她聲情並茂的演講所打動，就極其義憤填膺地控訴道：「安然同學，妳不能因為妳那個混蛋前男友為了一張美國綠卡拋下妳投進一個老寡婦的懷抱，就對所有男人都抱有偏見。妳要知道，我們老大可是經過了公司上下，下至十八歲、上至四十八歲一千多號女性的層層挑剔，千錘百鍊考驗出來的一個經典。」

無論這些故事是真是假，安然不是太關心，跟著老大工作而已，又不是找老公。老公必須是能託付終身的，老大只要能幹。老大要是不能幹，跟著他打拚就什麼前途和「錢」途都沒有了。

安然就是抱著這種心態跟老大工作的，他們兩人倒是配合默契、珠聯璧合，無論是公司開會時對付那些大股東的「皇親國戚」，還是跟客戶、供應商談判時的軟硬結合、進退有度，或者是年底尾牙聚餐宴上的傾情表演……兩人的配合都能將分寸把握得恰到好處，真正堪稱黃金搭檔。

老大的博學和睿智也讓安然仰慕，她從老大那裡學到了很多東西。老大辦公室那一大架子書全都向她開放，每次回臺灣還都會幫她帶她需要的書；老大給她分析自己決策的理由和其中要害，引導她用戰略性的眼光看待問題，作出判斷……是老大教會她打高爾夫，教會她騎馬，是老大的悉心陪練提升了她本是菜鳥的圍棋水準……

慢慢地，安然發現自己開始期待老大每次回臺灣或出差外地回來時給她帶的小禮物，開始關注他喜歡喝什麼茶，在飲酒應酬後第二天頭會不會疼，開始在夜深人靜時腦海裡突然冒出那儒雅沈穩的身影……

不對勁了，突然警醒的安然覺得自己一定是昏了頭，她最看不起那些小蜜、小三，最不屑於那些所謂的「遲到的真愛」，她怎麼能對一個已婚男人有那樣的感覺呢？

安然漸漸與老大保持距離，儘量避免兩人單獨相處，還不能讓他、讓別人發現，她拚命遏制自己那不道德的暗戀進一步蔓延。她對自己說，暗戀還只是在自己心裡，只要沒有第二個人發現，她就不是小三，一切還來得及。

可是沒多久，當安然正努力抹淡自己的暗戀時，要去法國出差的老大給她留了一張字條——

然然，照顧好自己。

下面還有幾行字——

剪不斷，理還亂，是離愁，別是一般滋味在心頭。

天，這是什麼情況？老大一直稱呼她「冷助」或是Emily的，什麼時候改「然然」了？還有那詞？

安然慌了，只是她自己暗戀還好，如果老大也有了什麼想法，那……

三天後，安然向公司遞交了辭職信，人資部協理找她談了幾次，她給的理由很簡單，一是她正在準備出國考試，二是公司本月開始取消了員工班車，對住在市中心的她來說很不方便。

七天後，老大回來了，深深地看著安然。「只是因為這兩點嗎？」

「是的，Steven，還請見諒。」安然直視他，坦然地回答道，儘量讓自己的目光乾淨且平靜。

老大閉上眼睛，很久，很久，久到安然覺得自己的心都快蹦出來了。

「好，我接受了，妳跟Lily交接工作吧，她是妳一手帶出來的，上手會快些。」老大睜開眼，看著安然的眼神，讓她覺得……心痛。

一個月後，安然離職，離職日的三天前，老大回臺北探親去了。

安然離開公司沒幾天，就毅然離開這座城市，應朋友邀請去了深圳，甚至避免與Linda她們聯繫，她不想讓自己聽到與Steven有關的任何消息。

她對自己說，她冷安然本就是最冷情的。

現在，不知道他在那個世界還好嗎？安然想著想著，睡著了，一夜無夢。

第二十五章　到夏府

安然到京城的那天，下雪了。朵朵潔白的雪花無聲無息地飄落，紛紛揚揚，像玲瓏剔透的白梅在迎風起舞，美極了，讓她想到楊萬里的〈觀雪〉——落盡瓊花天不惜，封它梅蕊玉無香。

小瑾兒也扒著窗連聲驚呼，還想伸出小手去接雪花。

「虧得今年雪少，而且來得晚，要不這行程可得慢多了。如果照著往年那樣，我們在路上可就要碰到好幾場大雪，弄不好路都要結冰，那時小姐您看到下雪就沒有這麼高興了。」舒安嗤嗤笑著潑冷水。

安然抿嘴一笑，她只顧著看雪的美妙，忽略了冰雪給行路人帶來的困難。

車隊又走了小半個時辰，終於到了朱雀大街上的大將軍王府。

因為先前燕嬤嬤已派了一個護衛先行快馬回到府裡報信，此時一下馬車進了府，便有一頂小轎在等著。一位身穿淺灰藍長衣、外罩翠綠毛領厚比甲，看起來很是低調穩重的大丫鬟，帶著兩個小丫鬟迎了上來。「見過表小姐，老太君早就召集眾人在大廳裡，正等得心焦呢，直擔心這場大雪讓路不好走了。表小姐可覺得冷？趕快上轎裡。」

燕嬤嬤笑著介紹。「這是您外祖母身邊的大丫鬟明月，最是伶俐，老太君都喚她巧嘴鸚哥。」

安然笑道：「明月姊姊好，我穿得多，不冷。」說著從秋思那兒接過一個粉色荷包，遞到明月手裡。「這是我自己設計的絹花，姊姊戴著玩。」明月忙連聲稱謝。

安然帶著小瑾兒上了轎子，約莫過了一盞茶工夫便到了，轎子落下，明月過來打起轎簾扶著安然出來。

「這是老將軍和老太君住的主院正和院，爺和少爺們剛剛都回府了，在給老將軍、老太君請安呢，老太君說等您到了再一起用晚飯。」明月領著安然等人進了大廳。

繞過一座六扇大屏風，就是內廳了。

內廳正中的左右主位上坐著一對老人。男的穿一身墨色繡蒼松棉袍，頭髮鬍子都已經花白，但精神矍鑠，雙目炯炯有神。女的面容慈愛，著豆綠色立領絲襖，外套棕色繡菊花錦緞長衣。花白的髮髻上一套灰藍色寶石頭面和棕色的絨面抹額相襯，顯得整個人華貴但不失親和。

兩人此刻都直直盯著慢步走進來的安然，老將軍的嘴唇蠕動了一下，沒有發出聲來。老太君卻是沒忍住，雙目含淚，喚了出來。「雲兒？」

安然快走幾步，到老人面前跪下。「安然拜見外祖父、外祖母。」

回過神來的老太君趕忙喚道：「然兒，我的然兒，快，快到外祖母這兒來。」

明月扶起安然送了過來，老太君一把摟在懷裡，就哭了起來。「然兒，我的乖孫，是外祖母不好，跟妳母親生氣，也沒有看顧妳。可憐妳小小年紀在莊子上吃盡苦頭，還記得外祖母的生辰。是外祖母不好……讓我的然兒受了那麼多苦……外祖母沒有想到……真是沒有想到啊……我們早該接妳過來的。」

安然心裡一陣酸楚，想起前世的父母和外婆，想起剛來時的慘狀和差一點被嫁給傻子的事，想起自己在這個時空的無助，眼淚也控制不住噼哩啪啦地往下掉。「外祖母莫要自責，是然兒沒能代母親為外祖父、外祖母盡孝心才是。」

「老祖宗，您瞧瞧，今兒這麼高興的日子，妳們祖孫倆這樣抱頭哭，惹得我們大家心裡都酸酸的。您就是不心疼自個兒，也要心疼心疼我這個小外甥女兒不是？在馬車上都折騰了大半個月，這會兒肯定又冷又餓的，還讓老祖宗您給招出了這麼多眼淚。」站在老太君座椅旁邊的一個紅衣婦人，拿帕子抹著安然臉上的淚水。

「對……對……對，妳二舅母說的是，回來了就好，我們不哭了。今天妳外祖父特意讓妳兩個舅舅和表哥們都提早回府了，妳好好見見，這就是回到家了。」老太君也抹掉眼淚，拉著安然的手說道。

安然轉頭看向老將軍。「然兒讓外祖父操心了。」

夏老將軍眼角也是濕潤潤的。「乖，好孩子，回來了就好。」想他有仨兒子，卻只得夏芷雲一個閨女，簡直是捧在手心裡疼，可……最後還是早早地讓他們白髮人送黑髮人。現在面前這個小外孫女，活脫脫就是當年的雲兒啊。

「來，然兒，我是妳二舅母，妳大舅舅、大舅母如今都在邊關。」紅衣婦人拉著安然的手開始一個個介紹。「這是妳二舅舅，今兒本來要去文尚書府上飲宴的，一聽妳今天到，就推掉飲宴趕回來了。」

二舅舅夏燁華穿一身青色長袍，頭束玉冠，一點兒不像武將，倒是十分儒雅。夏燁華感慨地瞅著面前這個像足了小妹的外甥女兒，親切地說道：「住在自個兒家裡，莫拘束，有什麼需要就跟妳舅母說。以後有妳外祖父、外祖母在，還有我們幾個舅舅、舅母，不會再讓妳受委屈了。」

「對，以後有什麼事，舅舅為妳出頭，不用忍著。我是妳三舅舅，還記得嗎？當年妳娘病重的時候我見過妳一次的，不過那時妳還小著呢。要早知道這樣，那年我就應當把妳帶回來。」三舅舅夏燁林已經迫不及待地自我介紹了。夏燁林是夏家的么子，比夏芷雲小了八歲，小時候多數跟著夏芷雲，所以跟姊姊的關係最好。

老太君壽辰前，陳之柔送來安然給老太君的壽禮，並說了安然在平縣莊子上的事。聽說姊姊剛死，八歲的小外甥女就被送到莊子上去的時候，要不是夏燁華拉著，夏燁林當場就想奔去福城找冷弘文算帳了。

安然看著兩位滿臉關切之情的舅舅，哽聲應道：「謝謝二舅舅、謝謝三舅舅。」

夏燁林指著身旁穿橙色繡蘭草鑲毛滾邊長裙的女子。「她是妳三舅母，聽說妳要回來，這一個月來可勁地給妳搜集了不少好東西，說什麼都是京城裡小姑娘最時興的玩意兒。呵呵，妳以後缺什麼就找妳舅母。」

三舅母一張小蘋果臉，笑起來兩個漂亮的酒窩。「是啦，這府裡就是妳的家，有什麼事就跟舅母說。喏，這是妳的弟弟立果、妹妹立晴。」說著拉過一個八、九歲的小男娃和一個五、六歲的小女娃。

話還沒說完呢，小女娃身邊那位十六、七歲的姑娘倒是不樂意了。「三叔、三嬸可不興夾塞兒，這要按順序來的。」一邊說就邊走過來拉著安然的手笑道：「然兒妹妹，我是妳大舅舅的女兒立菡，妳叫我菡姊姊就成，我爹娘、哥哥嫂嫂和妹妹都在邊城，我就代表我們大房歡迎然兒妹妹，以後有什麼需要，或者府裡哪個下人不好了，就跟我說。」

「可是大姊姊，府裡的下人妳自己都還沒認全呢，那天還問我來著。」小小的立晴歪著小腦袋說道。

「噗哧！」大家忍不住都笑出聲來。

二舅母點了一下立晴的前額。「咱晴兒最最是個小人精，妳菡姊姊自小在邊城長大，月頭剛回來，來年五月分便要出嫁了，我們府裡男孩多女孩少，剛好妳來了，妳們姊妹倆可以多說說女兒家的私房話。」

「是啊，妳二舅母就一氣兒生了仨兒子，想女兒都想迷了，這不，前月裡一聽妳要來，就先說了，來了就是他們二房的女兒，妳說說看，哪有這麼霸道的。」三舅母揶揄道。

安然剛進府時的一點忐忑，此刻都被兩位舅母和立菡表姊的親熱爽朗給化沒了，嬌笑如花，一雙眼睛更是如水晶般清亮。「那是二舅母疼我。」

二舅母身旁一位十一、二歲的少年拉了拉她的衣袖。

二舅母笑著拍掉他的手，牽過安然。「來，然兒，這是妳二表哥立信，二表嫂甄氏珍兒，這是妳三表哥立輝，剛成親兩月，今兒妳三表嫂回娘家有事，明天就會見到。這個等不及的小潑猴是妳表弟立仁，比果兒大一歲，今年十歲了，淨調皮。」

安然一一見禮。

「好了好了，你們這麼多人，然兒一時半會兒哪記得住？日子長著呢，先讓然兒回院子梳洗一下、換身衣服，趕緊過來用飯才是。二媳婦，妳帶然兒去她的怡心院，三媳婦，妳安排下準備開飯。」

安然住的怡心院離正和院很近，走個兩、三分鐘就到了，比較像正和院的附院。

「這是老太君的意思，說靠她近，她隨時能見著妳，下人們也不敢輕看了去。」二舅母宋氏解釋道。

怡心院不大，但非常精緻，由一個兩層的主樓、六間偏房和一個小院子組成，院子裡有一個圓形的小花圃，牆角還有幾株梅花傲立。

花圃邊上有一套石桌椅和一張斜靠躺椅，躺椅上方居然還高高立著一把大傘，把整張躺椅都護在傘下了。安然心想，靠在這躺椅上曬太陽應該很愜意吧？

主樓一樓是一個小會客廳和兩間丫鬟住的屋子，二樓是安然的臥室、書房、儲物間，還有一個小陽臺。

安然的臥室外間有一張小榻，應該是值夜丫鬟休息用的。裡間是淡粉色調，一整套黃花梨家具，包括拔步床、貴妃榻、大衣櫃、梳妝檯、圓桌、凳墩……

梳妝檯上的大汝窯梅瓶裡插著一枝新鮮的梅花，讓整間屋子更添生機。

「這臥室真好看，整個院子都雅致，我很喜歡，謝謝二舅母。」安然眉眼燦爛地拉著宋氏的手甜甜地說道。

「妳喜歡就好，二舅母沒有閨女，這次準備這院子可讓我過足了癮，呵呵。我不知道妳的身量尺寸，沒法做衣服，但準備了很多好看的衣料。明兒起啊，二舅母就給我們然兒張羅著多做幾身漂漂亮亮的衣服。」宋氏看到安然喜歡這院子和屋子，也開心得很，她可是用心準備了一個多月了。

舒敏端了水進來服侍安然洗漱，換了件櫻桃紅鑲白色兔毛的小襖和煙霞粉遍地撒花長裙。秋思給她梳了個垂掛雙髻，繫了兩條紅色絲帶。安然偏愛素淡些的顏色，但這具身體年齡尚小，且老人多喜歡小姑娘穿得喜氣些，加上今天又是第一次與長輩們一起用飯，安然便選擇了紅色系的裝扮。

果然，一踏進正和院的內廳，解下白色貂毛大氅，老太君就高興地拉著安然上下打量。

「我們然兒皮膚白、人大氣，穿紅色忒好看，而且看著就喜慶。」

安然讓秋思將禮物拿出來。「外祖父、外祖母，天氣寒冷，然兒讓嬤嬤幫忙做了兩雙保暖拖鞋，方便在內室穿用。另外，然兒親手給外祖母繡了一條抹額，給外祖父繡了一個荷包，希望外祖父和外祖母喜歡。」

老將軍樂呵呵地接過藏青色繡了一隻金色大飛鷹的荷包，當場就換下身上原來的荷包，看起來喜歡得緊。

眾人都好奇地翻看那兩雙拖鞋，一雙銀黑色狐狸毛配暗紅鞋底的是老將軍的，老太君的則是火紅色狐狸毛配墨綠鞋底，都是既喜氣又不輕佻。狐狸毛是安然、君然生日的時候鍾離浩讓人送來的生日禮物，給他們做斗篷用，這兩雙拖鞋用的就是做斗篷剩下的毛料。

夏燁林讚嘆不已。「然兒好心思，這鞋在室內穿當真好，又暖和又方便，太適用了，這鞋做得也好看。然兒，什麼時候給舅舅也弄一雙啊？」

「一邊去。」老太君奪過夏燁林手上的拖鞋，笑罵道：「然兒給我們兩老的做雙鞋你也眼氣（注）？哪有做舅舅的向小外甥女要禮物的？你也不怕沒臉？」

「娘，好東西要大家分享嘛，兒子平日裡可是很孝順的。再說了，然兒可是我嫡親外甥女，給我做雙拖鞋我有什麼不好意思的，是吧，然兒？」夏燁林是么子，又不是個性格拘謹的，在父母面前向來比兩個哥哥活躍。

安然笑道：「舅舅能喜歡，然兒歡喜得很，晚上回去然兒就設計些不同款式的，舅舅舅母、哥哥姊姊、弟弟妹妹們每人都一雙，保證好看，我給弟弟妹妹設計動物形狀的，穿起來一定很可愛。」

「那敢情好。」宋氏拍手笑道：「我一看見就眼饞得很，還沒好意思開口罷了。這樣然兒，妳把圖樣畫好，我多找幾個手工好、擅長納鞋的丫鬟婆子去跟劉嬤嬤一起做，這樣不會太累到劉嬤嬤和妳屋裡幾個丫鬟，我們也可以快點穿到這拖鞋。」

「娘啊，您看看，您光罵我了，我二嫂這比我還急著呢。」夏燁林看著老太君訴起委屈來。

夏燁華則指著老將軍身上那大飛鷹荷包。「然兒，二舅舅可是眼饞那隻鷹呢。」老將軍一拍他舉著的那隻手。「去去去，這是獨一無二的。這隻大飛鷹就像你老子我，你怎麼能要？」

「那我要隻小點的。」夏燁華摸了摸鼻子。

眾人哈哈大笑。

安然又讓秋思拿出兩個絲絨荷包，一個灰藍的繡著一隻金雕，一個墨綠的繡著一匹金馬，分別遞給夏燁華和夏燁林。「然兒給二位舅舅也準備了，都是我親手繡的，二舅舅看看這隻金雕可喜歡？不過這隻雕是要比外祖父那隻鷹小一些。」

「好，好，這隻金雕舅舅很喜歡。父親，兒子不眼饞您那隻大飛鷹了。」夏燁華一句話又引得眾人哈哈大笑。

安然好喜歡這種氣氛，這才是家的感覺。安然隨即想到了君然，他一定也會喜歡這夏府的。看外祖父母和舅舅舅母的言談，關愛之情必是由心而發，安然覺得可以向他們說明君然

注：眼氣，即看見美好的事物極為羨慕並想得到。

的事了。

待會兒，她就先跟外祖母說說。

這時，燕嬤嬤過來稟報晚餐準備好了。於是，外祖父帶著成年男丁都去了外廳用餐。說是外廳和內廳分別擺一桌，其實也就是隔了一座屏風。

桌子上的菜色很豐富，八菜兩湯，米飯是用上等的碧粳米煮的。

老太君讓明月站在安然身後幫她布菜，自己一個勁兒地指點著明月。「多挾點魚，嫩著呢」、「盛點那雪蓮花雞湯，小姑娘喝這個好」、「那個，那個蟹黃豆腐挾一些」……

小瑾兒跟著安然坐在一起，不用人餵，自己吃得還挺斯文有禮，秋思站在一邊幫他布菜。燕嬤嬤已經跟老太君他們說了小瑾兒的事（當然，她不知道玉珮和鐵牌那些），老太君見瑾兒粉雕玉琢如觀音座下的善財童子，又乖巧伶俐，也很是喜歡，倒沒有反對。像他們這樣的人家，又是這麼一個親人全都沒了的小可憐兒，帶在身邊養大倒也沒什麼，也算是行善積德了。

用完餐，外廳的人基本離開了，舅母也帶著表弟表妹相繼退出去了。安然跪在老太君身前說道：「外祖母，然兒還有一事未向外祖父、外祖母稟明，此事有些複雜。」

老太君疑惑地看著安然。「傻孩子，有什麼事這麼嚴重，趕緊坐起來說話。」

安然搖了搖頭。「然兒未能及時稟明，實為不該，但此事實在是離奇曲折、關係重大，然兒不得不小心謹慎。」

老太君愣了一下，對身後的貼身大丫鬟吩咐道：「明月，妳去將老將軍請來；明霞，妳帶著其他人都退出去吧。」

很快，老將軍過來了，明月也退出去守在門口。

安然流著淚看向兩位老人。「外祖父，外祖母，我娘當年生下的實是一對雙生兒，不止然兒一個。」

兩人呆住了，還是老將軍反應快些。「妳的意思是妳還有一個孿生姊姊？妹妹？她人呢？為什麼妳娘當年的報喜信中沒有提過？出了什麼事？」

「不是姊妹，是比然兒小片刻的弟弟，我娘當年懷的是龍鳳胎，但是娘她至死都不知道自己還有一個兒子。」安然的眼淚不由自主地唰唰而下。

「繼續說，怎麼回事？妳是怎麼知道的？妳弟弟他還在人世嗎？」老將軍焦急地問道，老太君則是直接愣住，不知道反應了，只直直地盯著安然等待下文。

安然把當年發生的事、自己和君然相認的過程、花娘子的血書，還有君然這十幾年的遭遇都詳細說了一遍。

老太君失聲痛哭。「雲兒，我可憐的雲兒，是娘不好，是娘害了妳，還害了一雙可憐的乖孫啊！若是我們沒有疏遠妳，那個黑心腸的姨娘也不敢那麼害妳啊！雲兒，我可憐的女兒啊！」

夏老將軍扶在椅臂上的手也是青筋畢露，明顯地在顫抖，剛毅的臉上泛著憤怒和悔恨。

好半天，老將軍才顫聲問安然。「那妳弟弟，他現在人呢？妳實在應該帶他一起來京城的。」

「不敢隱瞞外祖父，弟弟三天前已經到京城了，只是然兒……之前……不敢確認外祖父外祖母是否願意真心接納我們，而且我現在還不敢讓冷家發現弟弟，所以我……我……沒有讓弟弟跟我一路，而是分開走了，他和隨行的人現在住在客棧裡。」安然有點底氣不足地回答道，雖然她心裡覺得自己這麼做是對的，但是面對真心疼她的兩位老人還是有點愧疚。

老太君扯著自己老伴的袖子急切地說道：「快、快派人去接外孫回來，這都到家了怎麼能住客棧呢，我那可憐的乖孫啊。快，老爺，你快讓人去。」

「天都這麼晚了，不如明天一早……」安然建議道，此時已經是戌時末了。

「不用明天，我等不及明天了，就現在，馬上接外孫回來，府裡有的是屋子，收拾出來很快。」老太君斷然拒絕，她是多一刻都等不及了。

老將軍顯然有同感，立即讓守在門口的明月叫管家和他的貼身長隨進來，同時讓人去請夏燁華、夏燁林兩對夫妻過來。

安然讓舒安同老將軍的人一起去接君然等人，並讓劉嬤嬤去把花娘子的血書和林姨娘的那根簪子拿過來。

當匆匆趕過來的夏燁華兄弟聽了事情經過後同樣氣得臉色發青，夏燁華一拳下去差點沒將厚實的紫檀木桌子砸成兩半。夏燁林拿著花娘子那份血書怒言要告冷弘文寵妾滅妻、謀害嫡子，要殺了那林姨娘為姊姊和外甥討個說法。

宋氏和三夫人何氏，則是既氣憤又心疼那一出生就被抱走、差點沒命了的小外甥，那孩子這十幾年來該是受了多少苦難啊？

宋氏抹了抹眼淚，對老太君說道：「娘，我先去給外甥和他的隨從們安排住處，他就跟仁兒住一個院吧，那個院子大，兄弟倆也好多相處。」

老太君點點頭。「也好，然兒說還跟來了一位先生，給先生安排一間好一點的屋子，明兒再收拾出一間書房來。」

宋氏點頭應是，先退了出去。

在等待的時間，安然又簡單說了一下自己目前的狀況，以及自己的美麗花園。之前燕嬤嬤早已把從劉嬤嬤那裡聽到的大致情況跟老太君說了，但聽了具體經過後，老太君又流淚了，把安然摟在懷裡。「真是為難妳了，小小年紀要想著給自己姊弟倆謀生活。」

何氏安慰道：「老祖宗莫要太傷感，您也要為著有這麼個能幹的外孫女高興啊，小小年紀又能畫又能設計衣裳，還會那什麼雙面繡，給我的那些珠花啊，比宮裡出來的還漂亮。就是那些個名門世家的千金小姐，身邊三、四個最好的教導嬤嬤教著，也沒咱家然兒這麼優秀呢。」

「還不都是被逼出來的，受了那麼多苦，吃都吃不飽！不想法子討生活能行嗎？那個挨千刀的林姨娘，還有那個該殺的冷弘文！」老太君恨恨咒罵著，然後又心疼地輕輕拍著摟在懷裡的安然，說道：「我的乖孫，都是外祖母不好，外祖母以後不會再讓人欺負你們姊弟倆了。」

正說著，明月在門口興奮地通報。「表少爺回來了，舒安帶表少爺回來了。」沒辦法，這姊弟倆實在相像，明眼人一眼就可以認出來。

安然從老夫人懷裡站起身迎了出去，正巧君然跨進門來看見她，高興地喊了一聲。「姊。」

安然笑著應了，解下君然身上的銀黑色狐狸毛大氅遞給舒安，牽著君然的手走到老將軍和老太君面前一起跪下。「君兒，快見過外祖父母。」

君然依言乖巧地磕頭道：「君兒見過外祖父、外祖母。」

老太君欣喜地看著面前這一對幾乎長得一模一樣的姊弟倆。「起來，快起來，讓外祖母好好看看……像，真像哪。外祖母的好乖孫，你叫君兒？」

「是。」君然起身恭敬地回道：「姊姊給我起的名，君然，字容若。姊姊說，君子坦然，能容下很多磨難和經歷，越發自強不息。君兒會一直記得姊姊的話，以此自勉。」

「好，好孫兒，好名字，好一個『君子坦然，能容下許多磨難和經歷』。然兒給君兒起的名和字都好！」老將軍激動地說道。

「外祖父外祖母，然兒不想讓冷家知道君兒的存在，怕那林姨娘再次找人傷害君兒，所以自己作主讓君兒跟著娘姓夏，我們在平縣的宅子也稱作夏府。請外祖父外祖母不要怪然兒自作主張。」安然再次跪下，君然一見也立刻跪到姊姊身邊。

「啊呀，這兩孩子，你們做得很好，沒有錯，趕緊起來說話。」老將軍說著自己就站起要過來拉他們。夏燁華兄弟倆趕緊一人一個，先將安然、君然扶了起來。

「你們本來也是我們夏家的孩子，然兒考慮得周詳，就算是自作主張，那也是好主張。父親，我們可不能讓君兒就這麼回冷府去，就讓他入我們夏家的族譜好了。」夏燁林激動地說道。

「好，好，這個主意好，我可憐的乖孫吃了那麼多苦、受了那麼多難，可不能再讓他們冷家糟蹋。」老太君緊緊摟過君然姊弟，滿臉是淚。

君然開始還有些囧，覺得自己是大人了，外祖母怎麼還像對小娃子一樣把自己摟在懷裡，可是不一會兒他就被那種濃濃的慈愛和溫暖的感覺包圍，忘記了發窘，眼淚也不由自主地掉下來，他覺得自己現在有點太幸福了。

夏燁華抱著雙臂，皺了皺眉。「這事不是說說那麼簡單的，還得從長計議。」

「計議啥？你要是不樂意，就記在老大名下，燁偉那麼疼雲兒，他一定沒意見的。」老太君對夏燁華的「從長計議」很是不滿意，她覺得自己已經虧待了女兒，不能再不護住這一雙可憐的孫兒了。

「娘，您真是冤枉相公了，相公可不比大哥少疼愛妹妹分毫。那時一聽說然兒在莊子裡受苦，他都恨不得親自趕去接了然兒回來。」宋氏愛憐地撫摸著君然的腦袋。「別說相公不可能不樂意，就是我，也是一千個一萬個願意呢。」

「是啊，娘，二哥這是考慮周全，我一時太過激動了。這事確實得從長計議，沒有證據顯示冷弘文知道當年林姨娘做的事，如果我們擅自讓君然入了夏家族譜，那冷弘文一定不會善罷甘休。」夏燁林冷靜下來也覺得自己衝動了。

「現在已經很晚了，大家都先回去休息吧，然兒、君兒剛到，院子裡下人也都要安排，其他事我們慢慢再議。夫人放心，我不會再讓這兩乖孫吃苦了。」老將軍聲音裡透著堅定和濃厚的疼惜。

第二十六章　妝奩盒

接下來的日子，安然姊弟在大將軍王府過得愜意又充滿溫情，尤其君然，自小跟著滿腹仇恨的花娘子，每日裡半飢半飽、東奔西跑，時不時還要承受花娘子的仇恨，在與安然相認前從來不知道「家」的感覺，也從未感受過被人疼寵的滋味。現在他不僅有了姊姊，還有真心疼他的外祖父外祖母、舅舅舅母，幾個表哥表弟也很照顧他。

外祖父寫得一手好字，是武將中難得的書法大家，每天早上君然用過早餐之後都要到外祖父的書房寫半個時辰的大字。

二舅舅在君然每天早晚的鍛鍊項目中增加了一項內容，學習武術基本功和一套防身的拳腳功夫，旨在助他強身健體，萬一遇到危險也能有一定的自保能力。

而三舅舅每天再忙也必定抽出時間，親自考核他的功課，與他分析時事，幫助他打開視野，避免讀死書。

至於外祖母和兩個舅母就更誇張了，什麼好吃好玩的新玩意兒都往他們姊弟倆的院子裡送。幸好表弟表妹都喜歡安然和君然，而且安然姊弟從來不吃獨食，什麼好東西都是拿出來眾兄弟姊妹們一人一份，倒也沒有人吃味，連夏家最小的立晴得了什麼寶貝，都不會忘記然姊姊和君哥哥。

本來就被安然視為讀書狂人的君然，現在學習起來更是不敢有一絲鬆懈，他不想辜負長輩們的關愛，更重要的是，他心底深處藏著一個「大」願望——有一天成為姊姊最堅實的依靠，沒有娘家護著的女子是很難得到夫家重視的。

安然雖然遠在京城，卻還是心繫美麗花園，這可是她在大昱真正意義上的第一份事業。兩位舅母領著她逛了幾家京城裡最好的成衣鋪子，還帶她參加了兩次聚會，近距離觀摩了許多名門夫人、大家小姐的服飾，從而更好地解析出這個時代名媛閨秀的偏好。這些都給了安然很多靈感，讓她的腦海裡呈現出更多將現代時尚與古代審美相結合的元素，也形成了不少能抓住這些「金主」眼球、引起她們興趣的促銷主意。

這樣的日子很快又滑過去十天，沒幾天就要過年了。宋氏、何氏，以及正在跟宋氏學管家的夏立菡都格外忙碌起來。

這天用完早餐，安然陪著老太君笑談來京城路上的趣事，這已經成了老太君每日早餐後的「開心甜點」，瑾兒跟晴兒則在一旁玩安然特意請人做的「白雪公主」的拼圖。

祖孫四個正玩得開心的時候，明月進來通報。「老祖宗，雲祥師太來了。」

「啊?快，快快請進來，她一個大忙人今天怎麼有空來看我了。」老太君欣喜非常，拉著安然的手說道：「我和雲祥師太可是四十多年的交情了，她也是看著妳娘長大的。」

「是啊，如今我們都老嘍!」話音未落，進來一個慈眉善目的緇衣師太，旁邊一位小尼拿著她的大毛斗篷。

這師太挺享受的嘛，尼姑不是都要挨苦修行的嗎？安然心裡偷著揶揄道。

「修行在於心志，不在於表相，修行之人不追求享受，但也無須刻意追求苦行。正如小施主不願生受這世上無謂的束縛，但也不刻意追求離經叛道。分寸，只在於心中的一桿秤，我心我知即可，安然可贊成？」雲祥師太和藹的目光注視著安然。

「嘿，妳倒眼尖，一眼就知道她是然兒。妳不是陪太后去五臺山了嗎？是了，太后也是要趕回來過除夕了。」老太君邊說著邊拉過安然的手。「然兒，這位是雲祥師太，妳小時候應該隨妳娘見過一次。」

「安然見過師太。」安然上前行禮，心裡還在發怵，這個雲祥師太好像真有兩下子，她不是會讀心術吧？難道真有所謂的得道高人？

「天玄地黃，自有其不解之奧妙，就像安然也不曾想過有一天會在這兒吧？」雲祥師太盤腿坐在榻上，接過明月遞過來的茶水，一副非常熟稔的樣子，之前肯定沒少來。

安然的腦袋「嘭」地一聲炸暈了，什麼意思？她……她……

老太君自然想不到別處去，她只以為雲祥師太指的是安然想不到大將軍王府會接她進京，於是十分愧疚和悔恨地說道：「都怪我死腦筋，跟自己女兒較勁，疏遠了她們母女，害得自己的外孫和外孫女吃了不少苦。」

「世上之事，自有其定數，阿文無須介懷。不是有一句話——吃得苦中苦，方為人上人。妳的這一對孫兒，將來都必有自己的造化。」雲祥師太喝了口茶，寬慰著老太君。

老太君實在驚訝於雲祥師太說的「一對」，不過她也知道這個少女時期的閨中密友，如今是連皇家都敬重的得道之人，之前沒有跟自己透露一定有她的不得已，都道是天機不可洩漏不是？

就在這時，雲祥師太的眼睛掃過正專心致志拼圖的瑾兒，滯了片刻，隨即了然，眼神恢復清明，帶著讚許之意再次看向安然。「這孩子的根就在京城，安然可願意替他尋回？」

「師太，您認識他，您知道他的……」安然看了看瑾兒，沒有說下去。

「每年正月初六，敬國公府都有賞梅宴，安然若有機會參加，不妨帶上他，也許會有奇遇。」雲祥師太笑道。

「敬國公府？薛家？妳兩個舅母倒是每年都會收到請柬，安然若想，可與妳舅母同去。」老太君說道，不過她心裡倒不是那麼情願太快找到小瑾兒的家人，她看得出安然真心疼愛瑾兒，把他當作自己弟弟一樣。

安然欣喜地點頭應了，雖然想到有可能很快就送走瑾兒，心裡萬分不捨，但瑾兒那麼小，有什麼比至親之人在他身邊疼愛他照顧他更加重要呢？何況這個世界如此注重家族，根據茹兒的描述和那塊玉珮的質地，瑾兒的家族應該不差。

雲祥師太看著安然的臉色變化，心裡暗自點頭，這個來自異世的女孩心性確是平和純良。她想到這個女孩以後可能的影響力，心裡不由得鬆了一口氣，如若不然，將來將掀起怎樣的軒然大波？

安然自是不會想到雲祥師太心裡把自己想像的那麼重要，她此刻已經不由自主地開始為那還沒影兒的「分離」傷感了。這大半個月來，瑾兒跟她同吃同睡，除了她跟舅母離府去參加宴會，瑾兒就幾乎沒離開過她身邊，那啟蒙的〈千字文〉都是她親自教瑾兒的。這要真是找到了他的家人……她很捨不得送走他啊。

可怕的「讀心人」雲祥師太又開口了。「放心，妳和他的緣分不淺。」

安然忘記了傷感，很悲催地看著雲祥師太，心裡碎碎唸——高人啊高人，您可不可以尊重一下個人隱私，不要讓我這麼透明啊？

面對這位據說是「大昱地位最顯赫的佛門中人之一」的雲祥師太，安然心裡不斷吐槽——

她不是與外祖母同齡嗎？怎麼看起來像三十歲似的，逆生長？難道真的成仙了不成？

她不是德高望重的得道高人嗎？怎麼一點都看不出肅穆凝重的樣子？

安然不由想起劉嬤嬤說過的關於雲祥師太的傳奇故事——雲祥師太也是名門世家出身的千金小姐，自小卻是喜歡跟她祖母在佛堂參佛唸經，據說她六歲學寫字開始抄佛經，到十六歲時已經手抄佛經六十部，共三百本。

最疼愛雲祥的母親和祖母分別在她十一歲和十四歲那年相繼過世。此後，她更是一心沈醉於佛學，除了最好的朋友——即安然的外祖母——以外，幾乎不與其他人交往。

雲祥的祖母生前為雲祥訂下一門好親事，本應於及笄後出嫁的雲祥卻在及笄當天「意外」受傷毀容，父親宣布讓她的庶妹代嫁，並將雲祥母親和祖母為她備下的嫁妝全部抬到庶妹院子裡。

誰知就在庶妹出嫁的前一晚，全府的主子和下人們親眼看著那些嫁妝全部像長了翅膀似的「飛」回雲祥的院子裡，隨後便一場大火熊熊燃起，待這些人回過神來，才發覺雲祥已經不知所蹤。

直到十年後，有心的香客們才發現福城泉靈庵年輕的掌庵師太雲祥就是當年那位失蹤的小姐，只不過臉上猙獰的疤痕不見了。

而那位庶妹的姨娘在火燒嫁妝後坐在地上呆怔了一整晚，第二日就瘋魔了，逢人便說自己當年是怎麼害死夫人，自己母女倆又是怎麼害雲祥毀容的。

那庶妹也就自然而然地名揚京城，無人願娶，好多年後才嫁到一個遙遠的縣城給一個土財主做了填房。

老太君沒有注意到安然正在「跳躍性暢想」，她笑咪咪地看著專心吃蛋撻的雲祥師太，打趣道：「妳這個萬金難請的貴人，今天不會只是來我這兒喝茶吃點心的吧？」

「怎麼，吃妳幾塊點心就心疼啦？太后賞賜的雪蓮果，我可全都帶來給妳了，怎麼算也是妳賺大發了吧？」雲祥師太瞇著眼睛意猶未盡。「不過這點心真是美味，好像從來沒見過，你們家來新廚子啦？」

「那可是我們家然兒親手做了孝敬我的，妳今兒也是趕巧了。」老太君笑道，一臉的得意。

「噢？這丫頭還會做點心？咳咳，然兒，今天我可是特意來給妳送東西的，回頭別忘記給我包些點心帶走！」

「呵呵，妳專程跑一趟，給我們家然兒的東西一定不是凡品吧？」老太君先好奇了。

「師太，您指的是我娘留下的鑰匙吧？」安然腦中靈光一閃，對啊，雲祥師太一進門幾句話就把她震暈了，都差點忘了冬念說的要找雲祥師太拿鑰匙的事。

「妳這丫頭倒是機靈，如此看來，妳已經拿到妳娘留給妳的那盒子了？」雲祥師太從懷裡拿出一個米白色的荷包遞給安然。

安然打開荷包，裡面是一把金屬製的黑色鑰匙，鑰匙頭呈梅花形狀。

「這……這不是雲兒妝奩盒的鑰匙嗎？怎麼在妳這兒？」老太君一眼就認出了那鑰匙。

「當年，雲兒把這鑰匙交給我保存，說待她整理好手上的嫁妝，會將妝奩盒送來給我，等到然兒長大之後再來尋我要回。可是她的丫頭來尋我時我正好外出，待我回到福城才知道雲兒已經去了。」雲祥師太的眼裡有些歉疚。「然兒，妳是如何拿到那盒子的？妳娘後來將它交給了誰？」

安然把當年柚香在泉靈庵挖洞埋藏妝奩盒、死咬秘密被折磨至死，以及冬念飽受五年虐待守住圖紙的事情一一說出。聽得雲祥和老太君兩人滿臉是淚，連聲唸了好幾句「阿彌陀佛」，老太君更是感慨一定要好好補償柚香的親人。

跟著，安然讓劉嬤嬤取來妝奩盒。

梅花鑰匙塞進鎖孔輕轉，盒子「吧嗒」一聲開了，安然這才見識到這個妝奩盒的不同，外面看著是木製的，裡面卻還有一層薄薄的金屬，好像又不是鐵。

「這是由玄鐵加上另外兩種來自苗疆的材料製成，非常堅硬，劈不開砸不破，沒有鑰匙就無法打開，這鎖孔和鑰匙也是用同樣材料特製的，獨一無二。」老太君見安然好奇地摸著那金屬層，就頗為自豪地解釋道：「這個妝奩盒是我母親傳給我的嫁妝，我又給了妳娘。」

妝奩盒有三層，第一層是各種金、玉、名貴寶石首飾，一看都是精心挑選出來的極品。第二層是八家店鋪、兩個莊子的房契地契以及一疊身契，還有一疊銀票，總額八萬兩銀子。

雲祥師太回憶著。「當年雲兒對我說然兒是女孩，她擔心自己走後冷老夫人母子不會為她多做打算，於是雲兒準備把她手上的部分田地、鋪子、古董字畫等都賣掉折成銀票留給然兒，只留下幾個由忠實可靠的人管著的最好的鋪子和莊子。這些應該就是了。」

安然心道——為母則強，這個夏芷雲雖然癡情、為了冷弘文不惜忤逆父母，還賠上大半嫁妝，但最後為了女兒還是長了心眼，留了後手。

妝奩盒的第三層是二十顆同樣大小、飽滿圓潤的珍珠，和二十顆各色寶石。

安然正準備把上面兩層擱上去，只見老太君把珍珠、寶石都拿出來放在一個空盤子裡，然後在那盒子底層摸了一下，用力一推，只見那底板被移開，竟然還有夾層，裡面是二十萬兩的銀票。

老太君呼出一口氣。「還好，雲兒還沒有太傻，不過這也說明冷弘文對她一定不是太好。」

原來，當年大將軍王夫妻很不滿意冷弘文，無奈夏芷雲非要下嫁，也只得應了，但憋不下那口氣，又對冷弘文不大信任，就將原來計劃的嫁妝減少，把二十萬兩銀票放在這個妝奩盒的夾層，再三叮囑夏芷雲不到萬不得已，不能動這夾層裡的銀票。

老太君把銀票放回去，又裝好底板，放回那些珍珠寶石，對安然說道：「這些現在就是你們姊弟倆的財產了，妳好好收著。妳娘這一生啊，總算沒有落個空。」說著又掉下淚來。

——未完，待續，請看文創風301《福星小財迷》2

福星小財迷 1

國家圖書館出版品預行編目資料

福星小財迷 / 雙子座堯堯著. --
初版. -- 臺北市 : 狗屋, 2015.06
冊 ; 公分. --（文創風）
ISBN 978-986-328-457-4（第1冊：平裝）. --

857.7　　104006390

著作者　雙子座堯堯
編輯　王佳薇
校對　黃亭蓁　蔡佾岑
發行所　狗屋出版社有限公司
地址　台北市104中山區龍江路71巷15號1樓
電話　02-2776-5889～0
發行字號　局版台業字845號
法律顧問　蕭雄淋律師
總經銷　知遠文化事業有限公司
電話　02-2664-8800
初版　2015年6月
國際書碼　ISBN-13　978-986-328-457-4
原著書名　《我心安然》，由起點女生網（www.qdmm.com）授權出版

定價250元
狗屋劃撥帳號：19001626
網址：love.doghouse.com.tw　E-mail：love@doghouse.com.tw